U0072272

【老師也常常誤解誤用的詞語辨析】

# 中國人最易誤解的文史常識

## 教授不一定清楚了解的典故溯源

郭燦金、張召鵬◎著

# 編輯室報告

　　雖然教育部長杜正勝表示，他是胡適的信徒，向來反對用成語典故，且成語使人思想懶惰，成語與現代生活無關，使用成語也是國文教育失敗。但是我們認為，成語是中國文化裡面重要的一環，我們應該善加珍視。

　　有人在讚揚義工的貢獻時，用「罄竹難書」來稱讚義工的無私奉獻，讓每個人的頭頂烏鴉飛過。《呂氏春秋・季夏紀》：「此皆亂國之所生也，不能勝數，盡荊越之竹猶不能書。」「罄竹難書」乃是指一個人的罪狀之多，難以寫盡。

　　大陸某學者用李敖自己所說人老文章更老來證明李敖的文章已經不行了。其實，文章老是指老到、老練，古有「庾信文章老更成」一說。

　　大陸某大學校長在歡迎台灣客人的致詞上說：「七月流火，但充滿熱情的豈只是天氣。」殊不知，「七月流火」語出《詩經・國風・豳風》，並不是指七月份天氣熱得像流火，而是指天氣日漸轉涼。

　　在報刊、雜誌和網路上，常會發現「昨日黃花」一詞。比如：「同仁堂的百年盛譽會否成為昨日黃花？」又如：「美網球迷愛紅顏，昨日黃花遭冷落。」不由得納悶，明明是「明日黃花」，怎麼變成了「昨日黃花」了？

　　所謂「明日黃花」，原本北宋蘇軾《九日次韻王鞏》詩：「相逢不用忙歸去，明日黃花蝶也愁。」意思是說，重陽節過後，金黃的菊花便將枯謝涸

敗，到那時候也沒有什麼可以玩賞的了。

當文史逐漸離開我們的生活，外在的繁華景象終究填補不了心靈的缺角。新新人類迷戀感官上的聲光效果，追求都會時尚，在文史常識上的誤解誤用隨處可見，就連總統也不例外，所以，我們決定出版這本書。

文史常識皆有其來源出處與意義，是不能隨意解釋的；而成語是約定俗成的，一旦固定下來，就不能隨意變更它的意思，更不能隨便改變其用法。

本書針對一般人容易誤解的人文歷史常識，分「詞語辨析」、「典故溯源」、「民俗揭秘」、「人物考古」、「禮儀點校」五大單元計195篇，每一篇都經過相當嚴謹的考證編輯而成，旨在導正誤用錯用，避免貽笑大方。

這本書適合公眾人物閱讀，它可以讓您在鏡頭前大方自信侃侃而談，不會有誤用成語、典故被抓包的情事發生；這本書適合老師閱讀，它可以讓您在課堂上引經據典萬無一失；這本書適合學生閱讀，它可以提升您的寫作能力；這本書適合公司主管閱讀，它可以幫助您更深更廣的看待問題；這本書適合一般人閱讀，它可以增進您的文史常識，讓您在人際對談中表現出修養與優雅，避免誤用而有失體面。

# 推薦序1

東吳大學中文系客座教授 許錟輝

我國的文字源遠流長，在造字之初，每一個文字的意義原本是很單純的，經過長久時間的使用，字意變得複雜起來，除了造字的本義之外，又有很多從本義推廣的引申義，以及無數借音表達的假借義。再由兩個以上文字結合成的複詞、片語、成語、俗語等，那就更加複雜了。不僅要了解構成這些詞語的字面意義，還要顧到這些詞語在文章中上下文的關聯、使用時代的語法、使用地區的民情風俗，以及使用者的匠心用意，才能精準的了解這些詞語的涵義，正確無誤的使用這些詞語。

自古以來，人們在說話或是撰寫文章，習慣上都會或多或少稱引前人使用過的詞語，來提升個人的身分品味。這些詞語或見於經典古文、或見於詩詞歌賦、或見於戲曲小說，都有其出處，也都有其專指的涵義，以及特定的用法。如果不能回歸原典，不知道它的出處，只是人云亦云，知其然而不知其所以然的使用下去，難免會鬧出笑話。

例如「刊」有「刊登」之意，又有「刊削」之意。有則某出版社的徵稿啟示是這樣寫的：「為提高本刊的整體品質，為讀者奉獻更好的精神食糧，自即日起，向廣大讀者們徵集哲理散文。請讀者們不吝賜稿，謝絕文字粗劣的不刊之論。」這則啟示的撰稿者，顯然是誤解「不刊之論」的「刊」為

「刊登」、「刊載」之意,而誤用此一成語。我國在未發明紙張之前,用刀在竹簡、木牘上刻寫紀事,刻寫錯誤,用刀把錯誤的文字削去重刻,這叫做「刊」。「不刊之論」,本來是用指帝王詔令、典章法規之類的文獻資料,其後應用漸廣,而指學者專家的宏文偉論,規格甚高,褒意強烈。

又如:「臭」有泛指一切氣味之意,音讀為「ㄒㄧㄡˋ」;又有專指惡味之意,音讀為「ㄔㄡˋ」。由「臭」字所構成「臭味相投」的成語,便有了不同的涵義。唐代劉知幾《史通·六家》說:「至兩漢以還,則全錄當時〈紀〉、〈傳〉,而上下通達,臭味相投。」這是指同類的文史典籍,氣味相投,用的是褒意。《水滸後傳》第九回:「那常州新任太守姓呂,名志球……與這丁廉訪同年,又是兩治下,況且祖父一般的奸佞,臭味相投,兩個最稱莫逆。」用的則是貶意。不可不加細辨,否則便會誤解誤用。

《中國人最易誤解的文史常識》這本書介紹了日常生活中經常使用、需要了解的人文、歷史常識,包括容易用錯的語詞、成語,常見的典故,以及禮儀背後的知識、歷史人物故事等。全書分為詞語辨析、典故溯源、民俗揭秘、人物考古、禮儀點校等五大類,凡195條。書中蘊含著深厚的文化內涵,讀後不但可增加文史知識,而且能夠幫助讀者在作文、演講、書信,以及日常言談中,正確、得體的運用這些語詞、成語,表現出個人優雅的風度與修養。本人在細讀本書之後,覺得作者選材適當、考據詳盡、說解清楚,是一本實用性很高的好書,本人樂於向讀者們樂意推薦。

# 推薦序 2

翰林國文科教科書主編　宋裕

教育工作幾十年了，我想許許多多的老師應該都會和我一樣有著這樣的感慨：現在的學生，國文程度是越來越糟糕了，更遑論作文能力了。

究其原因，我想速食文化與電玩的流行應該是其主因。新新人類注重聲音與色彩的感官刺激，慢慢就導向於外，忽略了內在的涵養。

我們常常會聽到一句話：「文史不分家。」這是因為研究文學的人，一定要對歷史瞭如指掌，才能在歷史的脈絡裡，找出文學作品的寫作背景；同樣的，史學家必須要具備文學的深厚底子，才能透過文學技巧，把歷史栩栩如生地呈現出來。

中國文史典籍中，蘊藏著先哲的睿智、文人的巧思，試問：有哪一個國家的文字，能夠簡單用四個字說一個值得深省、寓意深遼的故事？哪一個國家的文字，能夠簡單用兩三字闡明一個內涵深厚、體系完整的思想。

這本書導正了我們在日常生活中常會碰到或者運用到，卻也是最容易誤用的文史常識。

你知道「萬卷」該有多少書？「仁者」為何要「樂山」？

你知道不可妄稱「忘年交」、「跳槽」原是青樓語、呆若木雞高境界嗎?

你知道五福臨門是哪五福?你的「九族」有哪些人?「三長兩短」從捆棺材而來嗎?

本書取材十分豐富,內容翔實、妙語雋思、趣味盎然,讀後既可得到輕鬆愉快的享受,又可獲取豐富正確的文史知識,看完這本書,相信你必然會大有收穫。

很高興有這樣一本深入淺出,讓人容易親近的好書出版。這本書適合所有人閱讀,它可以導正我們許多錯誤的文史常識,對於成語、典故出處以及歷史常識更是多有著墨,讓人忍不住說一聲:原來如此,我終於知道了。

如果你不想誤用成語,如果你想提高作文成績,如果你想充實文史知識,這本書可以成為你的一個好幫手。

# 目錄

## （一）語詞辨析

## （二）典故溯源

## (三) 民俗揭秘

## （四）人物考古

## （五）禮儀點校

# 1

# 詞語辨析

# 「美輪美奐」房屋好

　　成語是約定俗成的，一旦固定下來，就不能隨意變更它的意思，更不能隨便改變其用法。常見於報刊之中的成語「美輪美奐」，就經常被用錯或寫錯。

　　「美輪美奐」這一成語出於《禮記・檀弓下》：「晉獻文子成室，晉大夫發焉。張老曰：美哉輪焉！美哉奐焉！」輪，盤旋屈曲而上，引申為高大貌；奐，鮮明，盛，多。美：讚美；鄭玄注釋為：「輪，言高大。奐，言眾多。」美輪美奐，形容房屋高大華美，大多用於讚美新屋。例如：「學生中有人痛恨曹汝霖賣國賊，生活奢侈，於是放了一把火，想讓這個美輪美奐的漢奸住宅付之一炬。」可是，就是這麼明確的寫法和用法，很多人卻寫錯、用錯。

　　先從寫法上說，這個成語正確的寫法是「美輪美奐」，有時也寫作「美

奐美輪」。因為並列結構型詞語的詞序，前後調換並不影響整體語義。另外，當「輪奐」連用，也可寫作「輪煥」；煥，則有「煥然一新」之用法。如白居易《和望曉》詩有云：「星河稍隅落，宮闕方輪煥。」而現在卻有很多人寫成「美侖美奐」、

「美倫美奐」等，這些都是錯的。

　　其次，從用法上來講，「美輪美奐」是一種美，然而它有自己獨特的個性和嚴格的規範。它專指建築物之眾多、高大、華美，而不是其他形式的美。有人這樣寫道：「導遊帶著大家遊覽了美輪美奐的彩塑和壁畫。」「《千手觀音》舞蹈美輪美奐，感動了全國觀眾。」更不可思議的是，有人在形容女性貌美時，居然也用「美輪美奐」來形容。造成這些錯誤用法的原因在於，把一個只能用於建築的特定成語，任意擴大範圍，運用到非建築類的事物中。

　　隨著社會的變化，語言變化發展很快，但是也不能因為很多人用錯，就誤認為其詞形、詞義可以改變。尤為值得注意的是，不能夠因為時代發展，就借助讓詞語「發揮更大作用」的名義而胡亂用。

# 「莘莘學子」多少人

　　大考前一天，有家電視臺做了一個專為考生提供良好的考試環境的報導。報導的標題是：「各地紛紛為莘莘學子們參加大考提供服務。」其中，一名記者在報導結束時說：「祝福莘莘（ㄑㄧㄢ ㄑㄧㄢ）學子都能取得好成績。」看完之後，不由得為考生捏一把冷汗：若是大考試卷上出現了這個辭彙，看了節目的學生該如何是好？

首先從讀錯「莘莘」來說，這個字的確有兩個發音，然而，「莘莘學子」中的「莘」字應當讀「ㄒㄧㄣ」，而不是記者口中發出的「ㄑㄧㄢ」。

其次是「莘莘學子」一詞的使用錯誤問題。有很多詞語，人們經常看到或者使用，但是沒有完全理解，所以在實際使用中還是常常用錯。「莘莘學子」四個字連在一起，像個成語，其實不是成語，而是個自由組合的片語。「莘莘」是個疊字形容詞，表示「眾多」，在古漢語中用途比較寬泛。「莘莘」出自《國語·晉語四》：「周詩曰：莘莘征夫，每懷靡及。」《現代漢語詞典》、《漢語大詞典》等辭書均釋其為「眾多」之意，這樣，「莘莘學子」應是「眾多的學子」。

如同上面提到的那個錯誤標題一樣，下面的例句也是因為不太理解「莘莘」之意而出了錯，在「莘莘學子」前加了「一大批」、「許許多多」，或者是在「莘莘學子」後面加上了一個「們」字，造成了詞意重複的錯誤。例如：在太平洋彼岸的美國，許許多多來自中國的莘莘學子共同為國家祈禱；一大批莘莘學子走出校門，成為國家的建設者；莘莘學子們站在司令臺下，聆聽校長的講話。

除此之外，還有一種錯誤用法需要注意，那就是在「莘莘學子」前加上「一位」、「每一個」。因為「學子」和「莘莘」連用，意思就是「眾多的學生」，所以不能再加「一些」、「每一位」這類詞。如果使用這些限制，就犯了邏輯上的錯誤。例如：身為一名莘莘學子，我一定要好好念書；每一位莘莘學子都應當為國家崛起而讀書。

# 「望其項背」追得上

1998年，有一道與成語有關的大考題目考倒了不少學生。題目是這樣的：「成都五牛隊俱樂部一二三線球隊請的主教練及外援都是清一色的德國人，其雄厚財力令其他甲B球隊望其項背。」很多學生看到這題時一頭霧水，考完之後查了詞典才明白自己判斷錯誤了。

「望其項背」出自清代汪琬的《與周處士書》：「言論之超卓雄偉，真有與詩書六藝相表裡者，非後世能文章家所得望其肩項也。」意思是說，其言論很精彩，後代文人不能超越。但是，僅僅是「望其項背」就能表示出別人無法超越嗎？

從「望其項背」這個成語本身來看，「項」是「頸項」，而「背」就是「脊背」的意思。既然能夠看得到對方的頸項和脊背，那麼就肯定離得不是很遠。比如摩托車越野賽上，後面的運動員如果能看到對方，那麼距離就很近；相反，如果連前面的人都看不到，那就相距很遠了。所以，「望其項背」的意思是說還可以看得見別人的頸項和脊背，表示趕得上或比得上。上述大考國文試卷上那句話要表達的意思是「成都五牛隊實力很強，別的甲組球隊無法相比」，但用了「望其項背」後，表達的意思卻成「別的甲B球隊可以趕得上」了，這當然跟句子原來的意思相悖。

需要注意的是，「望其項背」這個成語一般用於否定意義的句子，如「不能望其項背」、「難以望其項背」、「非……所能望其項背」。如果使用者不小心的話，很容易把這個成語用反的。例如：「尤文圖斯奪冠幾乎已經成為傳統了。像AC米蘭、國際米蘭及羅馬這些球隊，只能望其項背。」

# 「首當其衝」非首先

曾經看過一則報導，有位外賓到中國訪問說了一些話：「我希望雲南也一定會首當其衝成為印度走向中國的經貿橋頭堡。」先不說講話的是誰，也不管是不是翻譯者出現了錯誤，僅就編輯而言，由於誤解而誤用了成語，出現這樣的錯誤實在不應該。

「首當其衝」這個成語，是比喻最先受到攻擊或首先遭遇災難、損害。在分析這個成語之前，先看下面兩個用對的句子：

1，「山洪暴發後，這個村子首當其衝。」

2，「大抵當敵人結束他的戰略進攻，轉為保守佔領的階段時，對於一切游擊戰爭根據地的殘酷進攻的到來，是沒有疑慮的，平原游擊戰爭根據地自將首當其衝。」

從上面句子來看，要準確把握「首當其衝」這個成語，需要從兩個層面

上考慮：一是肯定要首先遭受災害襲擊或者是受到攻擊；二是必須有造成這種結果的前提條件。

「首當其衝」原為「當其沖」，出自《漢書‧五行志下》：「鄭以小國攝乎晉、楚之間，重以強吳，鄭當其沖，不能修德，將鬥三國，以自危亡。」意思是說鄭國是個小國，身處晉、楚、吳三個大國之間，處境十分困難，一旦國與國之間有衝突，首先要遭殃的就是鄭國。所以，就成語意思而言，那則報導顯然是用錯了成語。

需要注意的是「衝」字。在現有所有的詞典中，編者都將這個「衝」解釋為「要衝」。可是，有一種說法卻認為，「衝」字不能作「要衝」講，應當解釋作「戰車，攻敵、攻城的戰車」。因為「衝」字在古代還有一個義項：戰車。「衝」的作用是用來衝擊敵陣或撞擊敵人的城牆，類似今天的坦克，在正面向敵陣推進，步兵可以躲在其後面，把它作為掩護，殺向敵人。而對對方來說，首先面對它的人，當然要面臨巨大的危險。這種說法，也有點意思。

但不管「衝」字怎樣解釋，「首當其衝」不要誤用就好。

語詞辨析

# 「嘆為觀止」是讚嘆

中國大陸新浪網在2005年10月份刊登了一篇文章，介紹了中國國民黨一百年來因為堅持獨裁導致衰落的歷史事實。文章裡也有成語用錯的現象。比如在介紹到國民黨因為獨裁導致貪污成風時，作者寫道：「這種令人嘆為觀止的貪污腐敗，使國民黨民心盡失。」這句話中，「嘆為觀止」顯然用錯了。

「嘆為觀止」一詞源於《左傳‧襄公二十九年》，出自吳國公子季札之口。在歷史上，季札是一位有名的賢人。季札善外交，喜音樂，德才兼備，吳王壽夢欲將王位傳給他。札不肯接受，後來，哥哥余昧又要傳位於弟，季札仍推讓。季札主張罷兵安民，結交諸侯，於是余昧就拜季札為相，讓他出使各國。

季札出使魯國時，觀賞魯國音樂舞蹈，對各種舞樂做出了不同評價。當他看到跳《韶箾》舞時，斷定這是最後一個節目，並由衷地讚嘆道：「觀止矣，若有他樂，吾不敢請已」。意思是舞樂好到了極點，我們就看到這裡吧！後來人們就用「觀止」一詞來讚嘆所看到的事物盡善盡美，好到沒有更好的地步，是褒義詞。

如今，「嘆為觀止」這個成語用錯的情況有兩種，一種是把這個成語解釋為「到了極點」，當貶義詞用，顯然不妥當。上文中那個句子，就是因為

這樣而產生錯誤的。再舉一個類似的錯句:「為了騙取救濟金,這些官員居然使出了各種辦法,其行為之惡劣,令人嘆為觀止。」

另外一種錯誤用法是,沒有區分主語是人還是物。如果主語是人,就要用「嘆為觀止」;如果主語是物,就要用「令人嘆為觀止」或者是「讓人嘆為觀止」。錯誤的例句如:「她的舞蹈動作優雅,表現力強,嘆為觀止。」

# 「罄竹難書」記罪行

據報導,某日,陳水扁總統到海灘撿拾垃圾。在煞有其事地撿完垃圾後,陳水扁發表感言,他說:「有很多我們的志工團體,不管是政府代表或者是民間企業幫忙等等,這些都是罄竹難書,非常感人的成功故事。」陳總統在貶詞褒用已是令人捏把冷汗,孰料,為了替總統挽回點面子,教育部長杜正勝在接受質詢時,對於罄竹難書做了以下精彩的解釋:「罄是用盡,竹就是竹片,是在紙張發明前的書寫工具,難是難以,書就是書寫,翻譯成白

話文的話，就是用盡所有的紙也寫不完，也就是要做的事實在太多。」如果說陳總統錯用成語已是失誤，而杜正勝的曲為迴護則簡直是指鹿為馬。

一般認為，罄竹難書是個貶義詞。意為即使把所有竹子做成竹簡拿來書寫，也難以寫盡。根據約定俗成，在漢語語境之中，這個成語常常用來形容災亂異象極多，無法一一記載。

罄竹難書出自《呂氏春秋‧季夏紀》記載：「此皆亂國之所生也，不能勝數，盡荊越之竹猶不能書。」《後漢書‧公孫賀傳》也有相近的說法：「南山之竹，不足受我辭。」《舊唐書‧李密傳》也用相同的意思：「罄南山之竹，書罪未窮；決東海之波，流惡難盡。」後世因此以「罄竹難書」比喻人的罪狀之多，難以寫盡。

因此，單純從字面意思來說，杜正勝對於「罄竹難書」的解釋當然不算太錯，但結合千年的漢語傳統，這樣的解釋卻是失之千里。

# 「明日」黃花非「昨日」

在報章雜誌和網路上，總會發現「昨日黃花」一詞。比如：「同仁堂的百年盛譽是否會成為昨日黃花？」又如：「美網球迷愛紅顏，昨日黃花遭冷落。」還有：「彩色桌曆走俏月曆已是昨日黃花。」不由得納悶，明明是「明日黃花」，怎麼變成了「昨日黃花」了？

所謂「明日黃花」，原本北宋蘇軾《九日次韻王鞏》詩：「相逢不用忙歸去，明日黃花蝶也愁。」意思是說，重陽節過後，金黃的菊花便將枯萎凋謝，到那時候也沒有什麼可以玩賞的了。除此之外，蘇東坡在《南鄉子·重九涵輝樓呈徐君猷》中又一次用上了：「萬事到頭都是夢，休休，明日黃花蝶也愁。」同樣一句話，蘇大學士用了兩次，可見他對這句話比較滿意。後來，人們就把「明日黃花」比喻為過時的事物。宋代胡繼宗《書言故事·花木類》就稱：「過時之物，曰：明日黃花。」

那麼，既然這句話很多人知道，為什麼還會有人犯錯呢？莫非僅僅是按照日常生活知識來判定，覺得「昨日」比「今日」更能表示「過時」的意思？我們不如再把問題的本質轉回蘇軾所作的詩詞本身。從邏輯上講，菊花今天開得很好，但是明天和後天會不會沒有變化？實際上是不可能的。花期再

長，花兒終究是要凋謝的；而過了今日才是明日，花當然會隨著時間推移而變得不鮮豔了。如果是「昨日黃花」的話，那「昨日」花還沒有開呢？何來今日凋謝？

其實，蘇軾在詩詞中反覆用「明日黃花蝶也愁」，他的意思是：看到菊花那樣，感覺自己就像那些菊花一樣已經過時了，實際上是表達了一種遲暮不遇的心態。瞭解了這點，也許就很容易記住「明日黃花」了。

# 究竟是「癢」還是「庠」

在網路上看過一篇文章，題目為「格蘭仕、美的七年對局之庠」，覺得很是奇怪。「庠」者，乃古時「地方學校」也，對局又怎麼會出現「庠」呢？讀完不禁啞然失笑。原來，這篇文章說的是格蘭仕、美的兩公司競爭的事情，並沒有涉及到學校的事情。

這裡的「庠」就是「癢」字之誤。「庠」念作「ㄒㄧㄤˊ」。《禮記》中說：「有虞氏養國老於上庠，養庶老於下庠。」鄭玄注釋為：「上庠，右學，大學也，在西郊。下庠，左學，小學也，在國中王宮之東。」學校是要有校舍屋宇的，故「庠」從「广」。「癢」是一種皮膚或黏膜受到刺激而引起的想抓的感覺，這在古人看來是一種病態，《釋名》就把「癢」歸於「釋疾病」。所以「癢」從「疒」。兩個辭彙無論是從詞形還是

詞義上，都沒有任何關係。

　　那麼，為什麼會出現「七年對局之癢」呢？這要從一部電影說起。西方有種說法，稱夫妻結婚的第七個年頭，開始進入平淡期，容易造成離婚。瑪莉蓮・夢露主演的影片The Seven Year 講的就是這一婚姻狀況。這部影片被譯作《七年之癢》，隨著影片的熱賣，「×年之癢」成為舶來品，一時廣為流傳。

　　後來隨著使用範圍擴大，意思也有所變化。比如：「人的職業生涯劃分為成長、探索、創新、維持和衰退五個階段，『三年之癢』就出現在職業探索階段。」這裡所說的「三年之癢」，指在職業探索的第三年出現的不滿現狀、頻繁跳槽的現象。

　　如果套用「×年之癢」的用法，把格蘭仕、美的兩公司因為七年競爭而產生的恩怨稱之為「癢」，當然也未嘗不可。但如果把「癢」誤成「庠」，那就不對了。

# 七月流火非天熱

2005年7月，在歡迎外賓來訪的儀式上，某大學校長致詞道：「七月流火，但充滿熱情的豈止是天氣。」此言一出，在網路上立刻引起了網友們的紛紛議論。

的確，國曆7月，正是炎炎夏日，驕陽似火。這句「七月流火」猛然一看確實像是在形容盛夏熾熱的氣溫，再比作迎客的熱情，也可說是順理成章。

然而，致辭的校長恐怕沒有料到，他的這句話讓很多人的臉熱得發燙。因為，此「七月」並非盛夏的七月，「流火」也不是在說似火的驕陽。

那麼，「七月流火」到底是什麼意思呢？

「七月流火」語出《詩經・國風・豳風》：「七月流火，九月授衣……」詩中，七月非國曆七月，而是指農曆，如果換算為國曆，相當於8、9月份。「火」指的是大火星，大火星並不是我們所說的火星。火星是太陽系中的一顆行星，而大火星則是一顆恒星。它是天蠍座裡最亮的一顆星，中國古代也稱之為心宿二。它是一顆著名的紅巨星，放出火紅色的光亮。「流」指的是西沉，就是向西邊落下，我們的祖先早在幾千年前就已經觀察到，每年的夏末秋初，這顆紅色的巨星就會落向夜空的西邊，於是把這種天象變化當作天氣逐漸轉涼的徵兆。

所以，「七月流火」不是指七月份的天氣熱得像流火了，而是指天氣日漸轉涼。作為傳統古文知識的一部分，這是高中時候就應該學習的知識。

　　當然，這裡並不是對某校長的譏諷，只是想省思一下當今傳統文化教育的缺失而已。目前學習外語的熱情高漲，可是，相較之下，人們對古文的重視程度卻日漸薄弱。應試教育的流行，更使得學生對古代文學的認同僅限於背幾首古詩，暸解一些古代的文學常識，僅此而已。這樣教出來的學生，看不懂古代書籍，理解不了古代詩詞歌賦，對古代文學的欣賞和掌握更是無從談起。

# 「成規」為何要「墨」守

　　在中國歷史上，最善「守」者非墨家莫屬。

　　墨家力倡「兼愛」、「非攻」，但此兩點說起來容易做起來難。春秋戰國時期，禮崩樂壞，諸侯攻伐不已，一味主張「非攻」的墨家，其處境就非常艱難：你可以不攻別人，但別人攻你怎麼辦？在這樣的背景之下，墨家弟子就利用自己的特長，專門研究在別人進攻之時如何防守，最終將防守技術

推向了極致。墨家弟子替宋國守城就是墨家防守能力的有力佐證。

據《墨子》記載，公輸盤為楚國製造專門用來攻城的雲梯，並且準備用來攻打宋國。墨子聽說此事之後，晝夜兼程，趕到郢都遊說公輸盤，見公輸盤不為所動，墨子只好當場和他一較高下。「公輸盤九設攻城之機變，子墨子九距之。公輸盤之攻械盡，子墨子之守圉有餘。公輸盤詘，而曰：『吾知所以距子矣，吾不言。』子墨子亦曰：『吾知子之所以距我，吾不言。』楚王問其故。子墨子曰：『公輸子之意，不過欲殺臣。殺臣，宋莫能守，可攻也，然臣之弟子禽滑釐等三百人，已持臣守圉之器在宋城上而待楚寇矣。雖殺臣，不能絕也。』楚王曰：『善哉！吾請無攻宋矣。』」

這就是歷史上著名的「止楚攻宋」。自恃掌握了攻城技術的公輸盤，最後卻在墨子面前敗下陣來，墨子以其技高一籌的防守終於不戰而屈人之兵。從此，「墨守」亦即「墨家的防守」就廣為世人所推崇。

同時，在諸子百家之中，墨家內部等級和制度最為森嚴，「墨者必須絕對服從之」，此乃「成規」。譬如：墨法規定組織成員入仕的唯一目的就是為了推行墨家的政治主張，若行不通，就要辭官。作了官的墨家弟子，必須拿出俸祿的一部分捐獻給墨家……對於這些規定，墨家弟子不能有任何的發揮與逾越，否則就會被掃除出門。因此，「墨子服役者百八十人，皆可使赴火蹈刃死不

旋踵。」此乃「成規」的威力。

　　「墨守」和「成規」本來是當時人們對於墨家兩大特點的概括，最後卻被歷史給組合成了一個帶有某些貶義的詞語──墨守成規。

# 萬人空巷「坑」萬人

　　1997年大考國文考題中有一道是非題：「這部精彩的電視劇播出時，幾乎是萬人空巷，人們在家裡守著電視，街上顯得靜悄悄的。」相當多的考生幾乎不假思索，就做出了肯定判斷，結果統統為此丟了3分。寶貴的3分，對某些考生來說，也許因此考不上大學！不禁令人喟嘆：這「萬人空巷」真是「坑」了萬人！

　　關於「萬人空巷」成語的最早例證，一般都引自蘇東坡的《八月十七復登望海樓自和前篇是日榜出余與試官兩人複留五首》之四：「天臺桂子為誰香，倦聽空階夜點涼。賴有明朝看潮在，萬人空巷鬥新妝。」

　　從東坡詩來看，「萬人空巷」指的是為了看錢塘大潮，當時的杭州城內各個街巷內的人，全部都走空的盛況，即「傾城而出」的意思。學生們把這個形容詞誤解為人人都在家裡待著，南轅北轍，該扣分，但這能怪莘莘學子嗎？

對於「萬人空巷」，我們先看一下四本詞典的解釋。

《漢語大詞典》、《現代漢語詞典》解釋為「家家戶戶的人都從巷裡出來了」（大多用來形容慶祝、歡迎等盛況），而《現代漢語成語規範詞典》解釋為「眾多的人都出來了，致使小巷都空了」；《漢語成語考釋詞典》解釋作「家家戶戶的人都奔向一個地方，以致街道空蕩蕩的」，《辭海》則解釋為「很多人聚集在一起，致使街巷都空了」。

上述詞典，都把「巷」解釋為「街巷」或「街道」。其實這是誤解，「巷」字，其古義應為「住宅」的意思。古謂里中道為巷，亦謂所居之宅為巷。在現代漢語中，「巷」只指「較窄的街道」，實際上又因成語「萬人空巷」保留了「巷」的「住宅」古義，偏偏這一古義不僅不被權威辭典所揭示反而一直誤解為今義。這歧中有歧，恰恰是造成「萬人空巷」使用混亂的根源。何不用「萬人空宅」來取代「萬人空巷」？倘若如此，「萬人空巷」就不會再坑人了。

# 學有餘力才稱「優」

坊間一直流行這樣的造句方式，譬如「演而優則導」、「演而優則歌」……顯然這種造句方式來自於孔夫子的一句名言：「學而優則仕。」

雖然大家都在用這樣一句話，但對於這句話的瞭解卻可能存在偏頗。

　　「學而優則仕」出自於儒家經典著作《論語》。孔子對自己的學生子夏就說過這句話，只是當時孔子完整的表達是這樣的：「仕而優則學，學而優則仕。」由此可以體會孔夫子的用心良苦，他不僅「學而優則仕」，他更強調「仕而優則學」，更確切的講，孔子是把二者看成是等量齊觀的兩件事，他甚至更重視前者，即「仕而優則學」。他強調了學習的重要性，他鼓勵透過學習，提高一個人為官從政的能力。

　　但是，遺憾的是，孔子的前半句一直隱而不彰，大多數中國人甚至不知道或者懶得想起，倒是「學而優則仕」成了一代代過目不忘的名言，大家念念不忘孔夫子的教導，頭懸樑錐刺股，以求得金榜題名，博得封妻蔭子。

　　再往後發展，大家連孔夫子後半句的基本意思也忘了，把孔子說的「學而優」當成了成績優秀，而不知這裡的「優」不是優秀，而是「有餘力」。朱熹在《論語集注》裡明確解釋道：「優，有餘力也。」顯然，按照「學而優則仕」的要求，一個人成績好就可以出來為官，必須是學有餘力才可以出來作官。很明顯，學有餘力是一個特別高的要求，最起碼，一個人頭懸樑錐刺股才弄懂了一門學問就不能算學有餘力。因為不是學有餘力，哪怕

他的學問再好也不符合「學而優」的標準。

回到一開始所說的話題，「演而優則導」、「演而優則歌」⋯⋯種種說法也往往把其中的「優」當成了優秀，殊不知，這樣的解釋已和本意有很大的出入。

# 「天之驕子」是匈奴

「明犯強漢者，雖遠必誅！」這句話出現在西漢名將陳湯的上疏中。

2000年後，這句話再次響徹各大華語論壇，成為大家「遙想偉大漢人當年」的最佳依據。大家以此自壯聲威，卻忘了令人追慕不已的漢朝當年也曾流行過另外一個詞語——天之驕子。

據《漢書·匈奴傳》記載，西元前90年，匈奴入侵，漢武帝一聲令下，貳師將軍李廣利、御史大夫商丘成、重合侯莽通分帶三路大軍踏上征程。「車轔轔，馬蕭蕭」，14萬大軍旌旗蔽日。

誰知出師不利，李廣利敗降。商丘成與敵人交戰九天，亦損失慘重。只有重合侯莽通因敵軍自行撤退才勉強得以保全實力。就這樣，信誓旦旦的三

路大軍一時間被弄得灰頭土臉。單于趁機向漢朝明確要求：開放關口；允許他們娶漢女為妻……這些本來並算不什麼，問題在於，提出這些要求之後，單于給漢武帝寫了一封著名的信件，在這封信中，他漫不經心地說：「南有大漢，北有強胡。胡者，天之驕子也！」單于之跋扈，可見一斑。

匈奴這麼說，自然有他的依據。匈奴是典型的輕騎兵，他們從小在馬背上長大，善於騎射，機動靈活。對於這一點，漢朝人有著清醒的認知，在《言兵事疏》中，晁錯曾歸納了匈奴軍隊的三大長處：其一，上下山阪，出入溪澗，中國之馬弗與也；其二，險道傾厭：且馳且射，中國之騎弗與也；其三，風雨罷勞，飢渴不困，中國之人弗與也。真是一語道破了騎兵對步兵的壓倒性優勢。

因此，「明犯強漢者，雖遠必誅」和「天之驕子」是一個問題的兩個方面，僅僅記住其中一句而有意無意忘記另外一句，一定不會得出全面的結論。

# 「上行下效」含貶意

2006年2月3日中國的《環球時報》上刊登了一篇題為《官場勁刮親民風，訪貧問苦，上行下效》的文章，說的是胡錦濤、溫家寶在春節期間走基層、訪民眾，帶動了眾多領導人紛紛走入民眾，深入基層。感動之餘，感覺

文章的標題中「上行下效」一詞值得商榷。

先看一下「上行下效」的典故吧！春秋時，齊景公自從宰相晏嬰死了之後，一直沒有人當面指出他的過失，因此心中感到很苦悶。有一天，齊景公宴請文武百官，酒宴過後，一起到廣場上射箭取樂。每當齊景公射一支箭，即使沒有射中箭靶的中心，文武百官也會高聲喝彩：「真是箭法如神，舉世無雙。」

事後，齊景公把這件事情對臣子弦章說明一番。弦章對景公說：「這件事情不能全怪那些臣子，古人有句話說：『上行而後下效。』國王喜歡吃什麼，群臣也就喜歡吃什麼；國王喜歡穿什麼，群臣也就喜歡穿什麼；國王喜歡人家奉承，自然，群臣也就常向大王奉承了。」

景公聽了弦章的話，認為弦章的話很有道理，於是派侍從賞給弦章許多珍貴的東西。弦章看了搖搖頭，說：「那些奉承大王的人，正是為了要多得一點賞賜，如果我受了這些賞賜，豈不是也成了卑鄙的小人了！」

漢代班固在《白虎通・三教》中有言：「教者，效也，上為之，下效之。」而《舊唐書・賈曾傳》就對這一詞下了定義：「上行下效，淫俗將成。」從齊景公那則典故可以看出，「上行下效」用來形容上面的人

喜歡怎麼做，下面的人便跟著怎麼做；而且表達的含義是否定的，形容的並不是什麼好事。所以，文章中本來是表示「以國家領導人為榜樣」，卻用了「上行下效」，實在不妥。

# 亂說「哇塞」傷風雅

如今，你也許會聽到很多人說以下的話：「哇塞，你今天可打扮得真漂亮！」「哇塞，姚明又灌籃了！」「哇塞，今天可真熱啊！」這樣經常掛在年輕人嘴邊的話，說者不覺得不妥，但是聽者卻覺得很刺耳。如果他們知道了這個詞語的來歷，想必應當會感到羞愧。

「哇塞」原是閩南方言，早在上世紀70年代就已在臺灣流行開來。最早傳入中國大陸的應該是在80年代初，首先流行於最早開放的沿海地區。其中，「哇」就是第一人稱代名詞「我」，而「塞」則是表示性行為的動詞，大致相當於北京話中的「操」等不文雅的詞。這樣一個主謂詞組，它的賓語省略了，但是意思還是很明確的。

這句很難聽的話本來是不應當流行開來的，但是現在卻成為人們的口頭禪。首先是在臺灣的電視媒體上出現，後來中國大陸的一些影視明星又刻意模仿，現在連電視臺的節目主持人嘴裡也經常說，甚至連幼稚園的小朋友也跟著學了起來。

造成這個不文明的口語傳播開來的原因在於，一些電視媒體機構的不負責任，一些影視明星的刻意模仿和一些年輕人的盲從。他們根本不知道「哇塞」是什麼意思，只是主觀地認為「塞」是一個嘆詞，跟「哇呀」，「哦喲」，「嗚呼」差不多，僅僅是表示驚嘆而已。所以，不管男的、女的，也不論老的、少的，趕時髦般地搶著用，開口閉口就是「哇塞」。

還有一些人，看到別人不說這個詞語，就嘲笑人家「土裡土氣」、「跟不上時代潮流」，實在是不應該。更讓人覺得不好意思的是，一些女孩子在公眾場合打招呼也會大呼小叫地用「哇塞」，真讓人覺得難為情。

# 「朕」也曾是老百姓

中國古代的皇帝有一個變態的習慣，那就是凡是和自己有關的東西都不許別人染指，包括名字，包括人稱代名詞。譬如「朕」這個第一人稱代名詞，而這個詞在秦朝之前，每一個人都可以自稱為「朕」，只是自從秦始皇以後，他就和一般人無緣了。

中國最早的一部解釋詞義的專著《爾雅·釋詁》對「朕」做出了如此的解釋：「朕，身也。」在先秦時代，「朕」是第一人稱代名詞。不分尊卑貴賤，人人都可以自稱「朕」。據司馬遷《史記·秦始皇本紀》記載：秦嬴政統一天下後，規定：「天子自稱曰朕。」從此，「朕」才由一般百姓家

飛入了皇宮之中，一去不回頭。

在秦始皇之前的統治者，相對還比較謙虛。那時的諸侯王常常自稱「孤」、「寡人」、「不穀」。「孤」者，謂自己不能得眾也；「寡人」者，「寡德之人」；「不穀」，穀為食物，可以養人，乃善物，「不穀」即「不善」。由此可見，在秦始皇之前，至少在表面上遠遠沒有那麼高傲自大。直到秦始皇統一中國之後，統治者才開始感覺到不需要再如往常那麼謙虛了，於是，「朕」也就應運走上了「唯我獨尊」的不歸路。

但是需要注意的是，「朕」雖然是皇帝的自稱，但在具體的語言環境中，它的意思並不等於其他第一人稱代名詞「余」、「吾」、「我」等詞，「朕」的意思更接近於「我的」。譬如在《離騷》中，屈原就說過：「朕皇考曰伯庸。」顯然這裡「朕」的意思就是「我的」。

因此，在正常使用「朕」的場合，雖然有時也可以是第一人稱的代指，但更多時候這個詞傾向於「我的」，譬如，「勿廢朕令」說的通，「勿廢朕之令」就說不通。

其次，雖然「朕」字自秦始皇開始為皇帝的專有名詞，但有時其他人也可以偶爾用之。例如《後漢書·和殤帝紀》：「皇太后詔曰：『今皇帝以幼年，煢煢在疚，朕且佐助聽政。」

# 「杏林」、「杏壇」路途遠

　　杏林、杏壇一字之差，但其意思卻差別很大。杏林、杏壇雖然都與杏子有關，但二者之間幾乎沒有任何關係。

　　「杏林」是中醫界常用的一個辭彙，產生於漢末，和其直接有關的主角是三國時期福建籍醫生董奉。

　　董奉，字君異，福建侯官（今福州）人，醫術高超，與當時的華倫、張仲景齊名，被譽為「建安三神醫」，世人皆說其有起死回生之術。史書記載，交州刺史士燮得惡疾昏死已三日之久，董奉用自製藥丸一粒塞入刺史口中並灌入少許清水，捧其頭搖消之。食頃，昏死了幾日刺史居然「顏色漸復，半日能起坐，四日復能語，遂復常」。

　　醫術高明的董奉卻視錢財如糞土，後來他回到豫章廬山下定居，他為人治病，從不取人錢物，他唯一的要求就是，在被治癒之後，如果願意，重症患者在董奉的診所附近栽種五棵杏樹，輕者就栽種一棵杏樹。十年過去之後，董奉的診所附近就有了十萬餘株杏樹，鬱鬱蔥蔥，蔚然成林，成為當地一景。……杏果成熟後，董奉又將杏果賣出，換來糧食用來周濟廬山附近貧苦百姓和南來北往的飢民。一年之中，被救助的百姓就多達兩萬餘人。在董奉羽化成仙後，廬山一帶的百姓便在杏林中設壇祭祀董奉。後來，「杏林」一詞便漸漸成為醫生的專用名詞，人們往往喜歡用「杏林春暖」、「譽滿杏

林」一類的話語來讚美醫術高超、醫德高尚的醫生。

　　而「杏壇」則與「杏林」沒有任何關係。「杏壇」之典故最早出自於莊子的一則寓言。莊子在那則寓言裡，說孔子到處聚徒授業，每到一處就在杏林裡講學。休息的時候，就坐在杏壇之上。後來人們就根據莊子的這則寓言，把「杏壇」稱作孔子講學的地方，也泛指聚眾講學的場所。後來，人們在山東曲阜孔廟大成殿前為之築壇、建亭、書碑、植杏。北宋時，孔子後代又在曲阜祖廟築壇，環植杏樹，遂以「杏壇」名之。

# 夜色如何算「闌珊」

　　如今，媒體常常誤解並誤用成語，造成許多不良影響，其直接後果是混淆大眾的判斷。如果注意的話，會發現很多錯誤的地方。「闌珊」一詞的錯用不勝枚舉。

　　前年春節，為了烘托氣氛，中國某省一家地市級電視臺就拿城市夜景來做節目，並且把文字報導貼到網上。網頁上，展示了該市燈光璀璨、動人華美的除夕夜景，的確是很美。報導的標題為《燈火闌珊不夜城》。作者懷著

美好的意願，原本想更深地感染讀者，卻把「燈火闌珊」這個經典語詞用錯在標題中。除此之外，還曾經在報紙上見過諸如「五一長假期間，遊客們意興闌珊」之類的句子，在電視上聽那些主持人說「現在整個城市夜色闌珊，市民們在廣場上盡興地遊玩」等話語。

實際上，這些句子都誤用了「闌珊」一詞。

「闌珊」共有五種含義。一是表示「衰減、消沉」，如「詩興漸闌珊」、「意興闌珊」，意思是說沒有什麼詩興了，興致不高了；二是形容燈光「暗淡、零落」，如辛棄疾《青玉案·元夕》中寫道：「眾裡尋他千百度，驀然回首，那人卻在燈火闌珊處。」三是表示「殘、將盡」，如「春意闌珊」，意思指春天漸去漸遠。四是指「凌亂、歪斜」，如「字闌珊，模糊斷續」，表達的意思是字跡凌亂。五是指「困窘、艱難」，如「近況闌珊」，意思指現在的情況不好，處境困難。從這些解釋來看，「闌珊」沒有一種是可以表示燈火通明、興致很高。所以，「闌珊」不能隨意用，否則就容易出錯了。

尤其讓人感到遺憾的是，「闌珊」二字為零落之意，辛棄疾詞中「那人卻在燈火闌珊處」是說元宵燈會的高潮已過，燈火零落，遊人稀疏，而相約的人還在等著他，可是有些人聚會時偏偏要拿「燈火闌珊」來形容聚會氣氛很好，實在是錯得離譜。

# 古時「牧師」管養馬

「牧師」在一般人心裡可能認為是個外來語，其實這是一個正宗的本土名詞，而且由來已久，只是古時的牧師和現在的牧師所做的工作有天壤之別。

牧師在古時是官職名，有自己明確的職責和權力範圍。《周禮‧夏官‧牧師》中這樣說：「牧師掌牧地，皆有厲禁而頒之。孟春焚牧，中春通淫。掌其政令，凡田事，贊焚萊。」根據《周禮》，牧師的職責就是掌管牧地（牧地就是公家所授與專門用於畜牧的田地），把和牧地有關的界線和各種命令傳達給養馬的人。同時，在正月的時候要焚燒牧地的陳草，二月的時候要完成馬交配的任務。除了這些份內的工作之外，牧師還要在舉行田獵的時候幫助別人焚燒荒草，清理場地。

由此可見，牧師在整個國家體制中屬於最基層的幹部，大概也不會比劉邦那個泗水亭長高貴到哪裡去，所分管的工作全是粗活並且略帶些齷齪——除草、燒荒、讓發情的馬交配。

可是這個辭彙，不知道為什麼卻和宗教牽扯在一起，真讓人感到莫名其妙。現在的「牧師」指的是佈道者，牧師要為無所皈依的心靈

尋找寄託，要為在苦海中勞碌的肉身尋找解脫，這麼一個高尚的職業無論如何都和古漢語言中的「牧師」一點關係都沒有。當然，在基督教裡出現，也許是當初翻譯者西學素養有餘而中學素養略有欠缺，遂導致了這個名詞被誤用到了一個毫不相干的領域之內。當然，從字面上說，「牧師」一詞用得貌似合理，因為在基督教裡就有把信徒稱為「迷途的羔羊」的說法。但是千萬不要把基督教裡的「牧師」和古代的官名混為一談。

# 如何才能算「忝列」

漢語可能是世界上最複雜的一種語言，在語言的實際運用過程中，不僅要注意詞義，更重要的是，必須講究「得體」。交際語言的「得體」，是指注意語境，注意對象，在什麼場合下該講什麼話，在什麼對象面前該講什麼話等。

我們來看這句話：「你身為高教授的學生，卻在背後說他的壞話，你真是忝列門牆！你讓我們這些同學怎麼說你好呢？」從表面上看，這句話似乎很通順，但是這裡的「忝列門牆」卻是用錯了。「忝列門牆」為謙語，只能用於自己，不可用於別人，此處屬誤用。

也許有人會說，《現代漢語詞典》中對「忝」做了以下解釋：忝〈書〉謙辭，表示辱沒他人，自己有愧，如「忝列門牆」（愧在師門），「忝在相

知之列」。根據詞典的解釋，好像例句沒有用錯。但是，《現代漢語詞典》實際上已經很明確了「忝列門牆」的意思，那就是「自己不才，做老師的學生，有愧師門」。「忝列」一詞用於第一人稱是表示辱沒他人，自己有愧，是一個謙辭。

這個詞語在報章雜誌上經常用錯：比如：「這樣的繪畫，如何能忝列藝術行列？」再比如，「這幾首詩歌是新詩之極品，值得忝列『中國新詩十二首』。」

上述這兩個句子中也就是一個類似問題：把「忝列」使用在第三人稱上。古時的皇帝自稱「寡人」，那麼能不能據此稱皇帝為「寡人」呢？如果是這樣，那就不是謙虛了，而是在譏諷皇帝是寡德之人。

同樣地，從第三人稱的角度使用「忝列」就是在說對方不稱職，有辱於所任了，這就是損他人了。所以「忝列」只能用在第一人稱上，否則在表達上會就會適得其反。

# 人浮於食本好事

中國大陸在2005召開的「人大」、「政協」兩會上，有政協委員指出：中國官民比例高達1比26。與之相比，十年前為1比40；改革開放初期為1

比67。如此的官民比例，比清末高出35倍；比西漢時期高出306倍！也就是說，西漢時期，八千個老百姓才養活1個官；如今，26個老百姓就要養活1個官。這一數字，道出了中國各政府機關機構虛設的事實。

於是想起了「人浮於事」這個成語。如果瞭解了這個成語的來歷，就會發出更多感慨了。

「人浮於事」原為「人浮於食」，語出西漢戴聖的《禮記·坊記》。其中有句：「君子辭貴不辭賤，辭富不辭貧，則亂益亡。故君子與其使食浮於人也，寧使人浮於食。」注釋：「食謂祿也，在上曰浮，祿勝己則近貪，己勝祿則近廉。」

古代以糧食的石數計算俸祿，所以稱之為「食」。「浮」指超過。這句話的大意是說，俸祿和職位超過了自己的能力和貢獻，那就是類似於貪污；自己的能力和貢獻超過了俸祿和職位，就近似於廉潔。因此，古時候的「君子」寧肯讓自己能力超過俸祿，也不願俸祿超過自己的職位。後來，「人浮於食」變成了「人浮於事」，含義也有了一些改變。

但不管意義怎麼變化，古人的「人浮於食」的做法應當提倡。事實上，早在40年代毛澤東在延安就已極力提倡精兵簡政，近幾年國務院機構也進行過多次精簡，可是上面機構精簡了，基層冗員卻愈來愈持續增加，吃「皇糧」的人愈來愈多。伴隨著人員的增多，消費也多了起來。據瞭解，每年，中國各政府機關的車馬費達到

3000億；招待費達到2000億；出國「培訓考察」費達到2500億。同時，跑官、買官、賣官現象嚴重，直接構成官場腐敗。

從漢字結構來看，「民」字頭上只生了一個「口」，「官」字官帽之下則長著兩個「口」。事實上，官不但要吃飯，還比民多了其他消費，所以官愈多，民的負擔必定愈大。久而久之，官不為官，更不為民；官不治國，官必害國。

如此，不如提倡「人浮於食」。

# 「失足」不是大問題

「失足」是媒體經常出現的一個辭彙，「失足少年」、「失足少女」、「失足青年」等等，不一而足。舉凡被稱為「失足」者，一般都是指犯了嚴重錯誤或者誤入歧途的人，要嘛觸犯了刑律，要嘛犯了人所不齒的罪行，一句話，「失足」是件十分嚴重的事情。

但從該辭彙的源頭上講，「失足」雖然也是「君子」為人的大忌，但似乎沒有後來解釋得那麼嚴重。

《禮記・表記》：「子言之：『歸乎！君子隱而顯，不矜而莊，不厲而威，不言而信。』子曰：『君子不失足於人，不失色於人，不失口

於人。」是故君子貌足畏也，色足憚也，言足信也。《甫刑》曰：『敬忌而罔有擇言在躬。』」翻譯成白話文，就是說，孔夫子說：「回去吧！君子引退而德行昭著，不驕矜而莊重，不疾聲屬色而有威嚴，不說話就能取信於人。」「君子不在人面前喪失進退的節度，不在人面前喪失容色的嚴謹，不在人面前喪失說話的分寸。」因此，君子外貌足以使人敬畏，容色足以使人畏懼，言論足以使人相信。《甫刑》說：「一個人應該心懷敬戒，而自己身上不要有可以挑剔的地方。」

依據孔夫子的意思，所謂「失足」，就是君子在他人面前喪失了進退的節度，亦即進退失據。當然，按照儒家的標準，進退失據是個大問題，但在今天看來，進退失據卻不是那麼嚴重的事情，至少是不應該承擔什麼刑事責任的。用「失足」來代指犯了重大錯誤，甚至是犯罪行為，顯然是後人將這一辭彙項外擴展的結果。

# 「不刊之論」不能改

漢字也許含有數個不同的意義，所以使用時一定要多加注意，切忌犯望文生義的錯誤。有則徵稿啟事是這樣寫的：「為提高本刊的整體品質，為讀者奉獻更好的精神食糧，自即日起，向廣大讀者們徵集哲理散文。請讀者們不吝賜稿，謝絕文字粗劣的不刊之論。」這則啟事中，顯然「不刊之論」是

用錯了，

實際上，這「不刊之論」的「刊」字之意，並不是現在「刊登」的意思。古代沒有現在所謂的報章雜誌，自然也就沒有「刊登」這回事。正確的解釋是，「刊」當「刪削」或「修改」。

何以「刊」字為「刪削」或「修改」？這還得從竹簡、木牘的使用說起。古人在竹簡、木牘上刻寫文字以記言述事，刻寫有誤需要修改時，就使用一種稱為「削」的青銅利器削去一層後重寫，這叫做「刊」。「刊」的本意，也就是用刀消除。《說文解字》說：「刊，多也。」既然多了，自然就要消除。因為竹簡、木牘都要反覆使用，可以把舊文削去，重寫新文，這個過程就稱「刊削」。

所以，這個「刊」字就兼有「寫」與「刪」兩種意思。而重要的文字才能稱為「不刊之論」，指不能被刪改的文字。起先只能用於帝王詔令、典章規條之類，後來應用漸廣，但也僅能指真理或偉論，其規格甚高、褒義強烈。漢代揚雄《答劉歆書》中寫道：「是懸諸日月，不刊之書也。」意思是說，你的書是可與日月爭輝，不容刪減一字的大作！後來，「不刊之論」還被引申為「不可更改或不可磨滅的言論」。

所以，僅依「刊」字的今義，就將「不刊」指為「不刊載」，將「不刊之論」說成是「不能刊載的言論」，那就完全錯了。

# 「不足為訓」非準則

在沒有對「不足為訓」做解釋前，我們先看以下兩個句子：第一句，「有人說，人非聖賢，孰能無過？不過就這一點小失誤，影響不了大局，不足為訓。」第二句，「明明知道現在是火災危險期，可是他們卻不足為訓，居然在林區偷偷抽煙。」

上述兩句話中的「不足為訓」都用錯了，原因就在於不瞭解這個語詞的準確意思。「不足為訓」一詞出自明代胡應麟的《詩藪續編》卷一，其中有一句話：「君詩如風螭巨鯨，步驟雖奇，不足為訓。」

在「不足為訓」這個語詞中，最關鍵的是「訓」字，「訓」在這裡不做「教訓」解釋，而是「典範、法則」的意思。如此，很容易斷定「不足為訓」的意思為「不能當作典範或法則」。可是，上面的句子都解釋成「不足以成為教訓」，跟要表達的意思幾乎相反。

許慎的《說文解字》給「訓」字做了完整的解釋。訓，從言、從川。本意作「說教」解，意思是用嘉言教導人之意，故從言。又以「川」本作「水流貫穿」解，有疏導水流使其通暢之意，認為「訓」是能教人通達義禮的「說教」。

「訓」字的意義有以下幾種：第一種，典法曰訓。如《詩經·大雅》：「古訓者，故舊之道，故為先王之遺典也。」第二種，教誡曰

訓。如《齊書‧顏之推傳》：「之推撰家訓二十篇，行於世。」第三種，道物狀貌，說事義理之文曰訓。如《史記集解‧序》：「具列異同，兼述訓解。」第四種，解說、訓詁曰訓。如《曾國藩家書》：「吾觀漢魏文人，有兩端最不可及，一曰訓詁精確、二曰聲調鏗鏘。」第五種，告誡曰訓。如《撲滿賦》：「明遠鑑之退止，訓勞謙之軌躅。」第六種，訓練，是指養成其善良習性、鍛鍊其體魄、知能，使之品行端正、技藝精專。

如果瞭解了意義，「不足為訓」這個語詞就很好理解了。


# 「臭味相投」古今異


提到「臭味相投」，人們往往會想到同義詞「沆瀣一氣」。《現代漢語詞典》對其這樣解釋：「思想作風、興趣等，很合得來（專指壞的）。」可見，人們往往把這個語詞當貶義詞來用。但從其語源上來看，其實這個語詞並非「專指壞的」。

「臭」字在古代還讀為「ㄒㄧㄡˋ」，意思是「氣味的總稱」，如《易‧繫辭上》：「二人同心，其利斷金；同心之言，其臭如蘭。」則指香氣。「臭味」一詞則出自《左傳‧襄公八年》：「今譬於草木，寡君在君，君之臭味也。」杜預解釋為「言同類。」君王之「同類」，自然是

代指君王，絕對沒有貶責之意。唐代劉知幾在《史通·六家》寫道：「至兩漢以還，則全錄當時《紀》、《傳》，而上下通達，臭味相投。」這裡「臭味」指同類的文史典籍，自然與污穢無關。又如宋代牟巘《木蘭花慢·餞公孫》中有「不妨無蟹有監州，臭味喜相投」的句子，宴請意氣投合的友人，所以句中有一「喜」字，足見其有多高興。

　　因為「臭」字在古代和現代的意思有了很多變化，所以「臭味相投」的意思也就不同了。在看古今書籍時，就需要根據上下語境判斷其所含褒貶之意。有詞典這樣解釋「臭味相投」：「臭味：壞味，壞味道互相投合。比喻有同樣壞毛病、壞嗜好的人就互相一致。」並舉了例子：「所謂臭味相投，正是這個道理。（《官場現形記》二十九回）」而在這本小說中，說的是一個叫佘小觀的官員，和他幾個結識的人在一起。佘小觀居官不貪，那幾個人

也不是什麼惡人，只不過「辦完公事下來，一定會在一起」，玩玩麻雀牌。這裡所謂「臭味相投」，實指他們興趣相投，絕非比喻有同樣壞毛病、壞嗜好的人喜歡齊聚一堂的意思。就像很多人在網路上宣稱「我們都喜歡上網，可謂臭味相投」一樣，不是說大家都是壞人，只不過是有共同的興趣而已。

# 微言大義意義深

在很多地方都會看到「微言大義」一詞，有人就解釋為「精微的語言和深奧的道理」。猛然一看似乎沒錯，其實這種解釋是錯誤的。

「微言大義」出自《漢書‧藝文志》，原句為：「昔仲尼沒而微言絕，七十子喪而大義乖。」顏師古注釋為：「微言，精微要妙之言也。七十子，謂弟子達者七十二人，舉其成數，故言七十。」微言大義即指聖人隱含在語言中所包含的深遠微妙的意義。

說到「微言大義」，不得不提到「春秋筆法」。《春秋》是中國現存的第一部編年體史書，按年記載了春秋時魯國從隱公元年到哀公十四年或十六年間的歷史大事。其紀年依據魯國，記述範圍卻遍及當時整個中國。內容包括政治、軍事、經濟、文化、天文氣象、物質生產、社會生活等諸方面，是當時有準確時間、地點、人物的原始記錄。

舊說是孔子編寫了《春秋》，事實上他只是對魯國史官留下的檔案進行了刪訂，並重新編撰。《春秋》經文極為簡略，每年記事最多不過二十幾條，最少的只有兩條；最長的條文不過四十餘字，最短的僅一、

二字。正因為簡短，所以用詞頗費斟酌，體現了微言大義。這種行文方法往往要求用詞準確，選詞謹慎，在對事件的性質、情形和結果的描述中，往往會流露出作者的態度。貌似客觀的記錄，實則有褒有貶，可以看出作者的傾向。春秋筆法的表達方式，則是把價值判斷寓於看似平淡的語句之中。平淡的背後，是深思、再思、三思後的定論。高簡的文筆，傳達的是歷史法庭的冷冷寒意。

所謂「微言大義」，諸如當時吳、楚的國君，都已自稱為王，這對維護宗法制的尊卑貴賤等級觀念的孔子來說，是不能容忍的，孔子在「正名」的思想指導下，在《春秋》中卻把他們貶稱為「子」，以示對這些諸侯竟敢僭擬天子專用王號的譴責。對於這種「春秋」筆法，司馬遷在《史記‧孔子世家》這樣評價：「《春秋》之義行，則天下亂臣賊子懼焉。」

# 「駭」、「聳」豈能混著用

成語「駭人聽聞」和「聳人聽聞」也是只有一個字不同，但是也正因為如此，兩個成語的意思也有了一定區別。在使用這兩個成語時，人們也經常混淆不清。

「駭人聽聞」中的「駭」字解釋為「震驚」，而「駭人聽聞」一詞含有貶義，意為「使人聽了非常吃驚、害怕」。「駭人聽聞」一詞還有一個典

故。說的是隋朝初期，隋文帝楊堅任命曾在北齊、北周都作過官的王劭為「著作郎」。而到了隋煬帝楊廣時，他還是當「著作郎」。他的訣竅是，散佈離奇故事，歪曲奇異現象，為皇帝散佈永坐江山等讓人聽了吃驚的離奇謠言。明代李汝珍在《鏡花緣》第六回中寫道：「任聽部下逞豔於非時之候，獻媚於世主之前，致令時序顛倒，駭人聽聞。」

而「聳人聽聞」原作「聳動聽聞」。其中的「聳」是「驚駭、驚動」的意思。「聳人聽聞」的意思是「人們對所聽到的事情感到驚駭」。南宋周密在《齊東野語》中記載了很多故事，其中就包括洪君疇的事蹟。洪君疇在南宋理宗寶佑年間任御史，面對宦官、外戚為禍朝廷卻沒有人敢上書彈劾的局面，他在首次上呈的奏摺上就強調御史的職責，聲稱御史不能奉承皇帝和大臣。當然，這些言論在當時引起了轟動，「固已聳動聽聞矣」。《野叟曝言》第三十五回中則用了「聳人聽聞」一詞：「文白以區區一衿，敢於指斥其短，欲誅戮其身，真可謂不畏強御者矣！比著那史冊上的朱雲請劍，李膺破柱，更足聳人聽聞！」

如今，在實際語言應用中，「駭人聽聞」帶有客觀色彩，大多形容社會生活中發生的壞事或嚴重罪行，而「聳人聽聞」多指誇大或捏造事實，使人聽了感到驚異或震動，帶有主觀色彩。

# 「負」、「孚」兩字意不同

　　有位記者報導了一則新聞，題目為《國家代表隊不負眾望再度奪魁》。可是，報社總編輯大筆一揮，將「不負眾望」改為「不孚眾望」。結果報紙甫一發行，電話就響個不停，原來「孚」與「負」字意思正好相反。這本是笑談，但在日常生活中，「不負眾望」與「不孚眾望」這兩個成語經常被人們混用，原因就在於沒有理解「負」、「孚」這兩個字的意思。

　　先說「負」。「負」原意為違背，背棄，後引申為辜負，對不起。「不負」就是「不辜負」之意。曹操曾有句名言：「寧教我負天下人，休教天下人負我。」意思是說，曹操寧願辜負天下人，不能讓天下人辜負他。而「孚」字的原意為「信用」。《詩經‧大雅‧下武》中有「永言配命，成王之孚」一句，即是表達此意思。後來又引申為「為人所信服」，如《曹劌論戰》中就有「小信未孚，神弗福也」的例句。很明顯，兩個字的意思根本不相同。

　　要表達「不辜負人們的期望」的意思時，「不負眾望」和「深孚眾望」就成了同義詞。不過，雖然意義比較接近，但是兩者相較，還是「深孚眾望」的程度要更深一點。至於「不孚眾望」這個成語，則是人們根據「不負眾望」與

「深孚眾望」這兩個成語，重新組合的一個新成語，意思當然與前兩者不一樣。

根據上述解釋，我們可以明白「不負眾望」與「不孚眾望」是兩個意義截然不同的成語：「不負眾望」的意思是不辜負大家的期望，而「不孚眾望」的意思是不能使群眾信服。這兩個成語雖只有一字之差，但意思卻截然不同。

突然想起，在《書法報》創刊二十週年的題賀作品中，有「一以貫之，不孚眾望」之句。想來也是不加區分，故此錯用了。

# 「濫觴」到底是何意

最近看到兩句話，於是就記在筆記本上。一是「梁靜茹的《Fly　Away》優美而不濫觴的旋律知道吧？」二是「她文思濫觴，寫了很多東西。」上述兩句話，都用了「濫觴」一詞，但是都用錯了。那麼，「濫觴」到底是何意？又該如何正確使用呢？

荀子曰：「昔者江出於岷山，其始也，

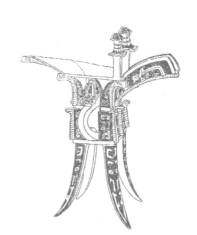

其源可以濫觴；及其至江之津也，不放舟，不避風，則不可涉也。」《孔子家語‧三恕》中也有類似的話：「夫江始出於岷山，其源可以濫觴。」「濫觴」一詞，典故於此。水源所出，其始甚小，只能浮起酒杯，因此後來就把「濫觴」比喻為事之開始。「濫觴」，不但古代文獻中較常見，而且現代書籍、報章雜誌中也經常可見。

概括一下，並結合文籍，「濫觴」有以下意義：

1. 指江河發源處水很小，僅可浮起酒杯。例如：北魏酈道元《水經注‧江水一》：「江水自此已上至微弱，所謂發源濫觴者也。」

2. 指小水。例如：南朝謝靈運《三月三日侍宴西池》詩：「濫觴逶迤，周流蘭殿。」

3. 比喻事物的起源、發端。這是最常見的一種。例如：郭沫若在《今昔集‧論古代文學》中指出：「中國文化大抵濫觴於殷代。」

4. 波及，影響。這是「濫觴」的動詞用法。例如：宋代魏慶之在《詩人玉屑‧滄浪詩評》中評價盛唐詩時這樣寫道：「盛唐人詩，

亦有一二濫觴晚唐者。」

5. 猶氾濫；過分。例如：《明史・史可法傳》：「今恩外加恩未
　　已，武臣腰玉，名器濫觴，自後宜慎重。」

曾經看過一篇文章，提到一句話：「前者自王昌齡等始用，濫觴於晚
唐五代。」該文作者認為，將初始、起源之意的「濫觴」，當作了其後的發
展、普遍來用是不對的。如果看了「濫觴」的第四種意義，該文作者就會知
道是自己只知其一，不知其二了。

# 人微難道言就輕

中國有句古語：「人微言輕。」意思不言而喻，「人微」者，自然是
指一般人或地位不高的人，即小人物也；小人物說的話是算不了什麼的。那
麼，小人物的話真的不重要嗎？

蘇軾曾經發過這樣的牢騷：「某已三奏其事，至今未報，蓋人微言輕，
理當自爾。」為了一件公事，連續上奏三次，不可謂不積極，可是就是沒反
應。難怪東坡大人會如此不開心。

從某種意義上來講，人微言輕古今中外都是一樣。要想發揮影響，施展
才華，就必須處於上位。從主動權的角度說，某個職位沒有爭取到，辦事就

得看人的眼色，凡事都要求人幫忙；如果爭取到了，至少辦不辦事的主動權操在自己手上，處理問題就容易了。

然而，切莫小看「人微」者的「輕言」。「人微」者之言，在許多情況下是能夠影響大眾視聽的，比如口碑、議論、謠言等。在特定的環境、特定的時間，往往能夠左右某個人或某件事的功過與成敗的走向。

且不說謠言，先說「口碑」。「口碑」是人們口頭上的稱頌，是「人微」者們的共識。與用來歌功頌德的「樹碑立傳」的「石碑」不同，口碑如何取決於這個人在大眾心目中的形象，不管是局部範圍內的一般人，還是為官者。口碑，沒有嚴格的準則，沒有明確的指標，全憑人們心裡的「一把尺」。沒有口碑，一般階層裡的人可能會背上惡名；若是重權在握的領導者，失去口碑尚在其次，給國家和人民造成不可挽回的損失其危害可就大了。

再說議論。議論一般指評論是非的言論。每個人都生活在議論的氛圍之中，既是議論者，又是被議論者。《增廣賢文》言道：「誰人背後無人說，誰在人前不說人。」「防民之口，甚於防川。」議論的力量不可小

覷，它既能讓平凡者風光無限，又能使一個高貴者的人聲名掃地。如果從宏觀角度看，議論又是民聲、民心、民意的反映，看似平常，卻是群體意識的最初覺醒。因此，古代一些傑出的政治家尤其重視民間輿論，往往從民眾議論中獲取重大決策的參考資料。

所以，「人微」者之言，還真不可小覷。

# 犯而不校是寬容

「SARA」肆虐時期，中國有部分大學生不顧禁令，私自回家，後來被學校開除了。針對這件事，有位專欄作家曲解過「犯而不校」一詞：犯了錯誤，擅自行動，就不能再回到學校了，是因為犯而不「校」（「校」念去聲）。同時他還舉了個例句：我念書的時候，有兩個男女同學因非法同居被開除，犯而不「校」了。

作者文章寫得很好，當然對這個詞也很瞭解，不然不會「曲解」，更不會用這個語詞造句子。值得肯定的是，作者還在文章後面列出了語詞的意思：「犯：觸犯；校：計較。受到別人的觸犯或無禮也不計較。」作者還列舉了出處：「《論語·泰伯》：『以能問於不能，以多問於寡；有若無，實若虛，犯而不校。』」可見作者是很負責任的。

受到別人的觸犯或者無禮，不去計較，這是一種寬容的心態。學會寬容，是做人的需要。歷代聖賢都把寬恕容人作為理想人格的重要標準而大加倡導，《尚書》中有「有容，德乃大」之說，《周易》中提出「君子以厚德載物」，荀子則主張「君子賢而能容罷，知而能容愚，博而能容淺，粹而能容雜」。

司馬光在《資治通鑑》中記載，武則天時代的宰相婁師德以仁厚寬恕、恭勤不怠聞名於世。鳳閣侍郎李昭德罵他是鄉巴佬，他一點也不生氣：「我不當鄉巴佬，誰當鄉巴佬呢？」當時名相狄仁傑也瞧不起婁師德，想把他排擠出朝廷，他也不計較。後來武則天就告訴狄仁傑：「我之所以瞭解你，正是婁師德向我推薦的。」狄仁傑聽了慚愧不已。正因為婁師德寬容待人，所以司馬光評價他「寬厚清慎，犯而不校」。

# 不恥下問向誰問

在聽人介紹自己的求學經驗時，突然聽到他說：「要取得好成績，一定要勤思好學、不恥下問。因為沒有老師的指點，很多問題我們很難理解。」猛然一聽沒什麼問題，但仔細想問題就出現了。

《現代漢語詞典》對「不恥下問」的解釋是「不因向比自己學問低的人請教為恥」，其中，「恥」在這裡是形容詞的意動用法，即「以……為可恥」；而「不恥」不能單獨成詞，只能在「不恥下問」中使用。按照這種解釋，我們可以理解上述那句話要表達的真實意思，就是要「多問老師」。但是身為學生，無論成績再好，問老師也不能是「不恥下問」。

「不恥下問」出自《論語·公冶長》，是孔子和學生子貢的一段對話。這段對話有個背景：衛國有個大夫叫孔圉，虛心好學，為人正直。孔圉死後，諡號為「文」，所以後來人們又稱他為孔文子。子貢也是衛國人，但是他卻不認為孔圉配得上那樣高的評價，所以他就問孔子：「為什麼孔文子的諡號為『文』呢？」孔子是這樣回答

的：「敏而好學，不恥下問，是以謂之『文』也。」意思是說孔圉聰敏又勤學，不以向職位比自己低、學問比自己差的人求學為恥辱，所以可以用『文』字作為他的諡號。」

在現實生活中，有些人在求學和工作過程中一遇到問題就去請教別人，開口就是「這個問題有些複雜，我只好不恥下問了。」明明是不懂，還要裝懂，用錯了也不知道。不知道的還以為他的學問高得很，知識很深呢！

一個人有不懂的問題向別人請教，那麼被請教的人一定很瞭解這方面的知識了。至少從這方面看來，別人是專家，自己比不上別人，不然又怎會去請教他呢？那麼既然自己的學問比不上別人，又談何「不恥下問」呢？萬一說錯了，也只好向人道歉了。

# 曾幾何時為幾時

唐代詩人韓愈曾經寫過一首題為《東都遇春》的長詩。詩中有言：「爾來曾幾時，白髮忽滿鏡。」大意是慨歎時光飛逝，很快就老了，翻譯成白話文就是：「沒過多少時間，突然從鏡子中看到了滿頭白髮。」

其中，「曾幾時」後來就固定為一個語詞——「曾幾何時」，這個語詞在後來的詩文中常被運用，比如以下兩句：

「補官揚州，公得謝歸。曾幾何時，訃者來門。」（王安石《祭盛侍郎文》）

「回首分攜，光風冉冉菲菲。曾幾何時，故山疑夢還非。」（趙彥端《新荷葉》）

如今，「曾幾何時」是一個使用率非常高的語詞，但是也容易用錯。如下面兩句話就誤用了「曾幾何時」。

1，曾幾何時，女性可以是交換馬匹和玉米的財產。

2，美國方面希望透過播放薩達姆被捕的電視畫面促使伊拉克抵抗武裝放下武器，曾幾何時，美國在伊拉克戰爭期間曾指責伊拉克方面播放被俘美軍士兵的電視畫面違反了《日內瓦公約》。

類似的錯誤在各種報章雜誌上時有所見。從詞面上講，「曾」是「曾經」的意思，「幾何」意為「多少」。翻閱各種辭書可知，「曾幾何時」都解釋為「時間過去沒多久」，而《現代漢語詞典》則直接舉出例句：「曾幾何時，這裡竟發生了這麼大的變化。」

　　因此，我們可以以第一例為例分析用錯原因。第一例中，首先是將語詞中「沒多久」的語意忽略了，做了相反的解釋；二是忽略語詞中「過去時間」的意思，即由過去到現在，而做了相反的解釋，以為是時間上的倒溯，所以完全用反了。

　　因此，綜合起來，「曾幾何時」的意思應當是「過去到現在比較短的一個時間段」。

# 三人成虎是誤傳

　　今年一考生在寫大考作文時，寫出了這樣一句話：「三人成虎就是三個人的力量加起來像老虎一樣有力，所以我們要團結。」這位考生把「三人成虎」解釋為人多力量大，顯然是錯了。

　　「三人成虎」出自《戰國策》。戰國時代，各國互相攻伐，為了使大家能真正遵守信約，國與國之間通常都將太子交給對方作為人質。魏國大臣龐蔥，將要陪魏太子到趙國去作人質，臨行前對魏王說：「如果現在有一個人告知街道上出現了老虎，大王可相信嗎？」魏王道：「我不相信。」龐蔥說：「如果有第二個人說街道上出現了老虎，大王相信嗎？」魏王道：「我有些懷疑了。」龐蔥又說：「如果有第三個人說街道上出現了老虎，大王相信嗎？」魏王道：「我當然會相信。」龐蔥就說：「街道上本來沒有老虎，

這是很明顯的事，但三個人說有，您就相信了。現在趙國國都邯鄲離魏國國都大樑，比這裡的街道遠了許多，向你毀謗我的人不只三個，希望大王明察才好。」

市集人口集中，當然不會有老虎。但許多人都這樣說，謠言四起，也就會迷惑人的。世人藉「三人成虎」這句成語，用來比喻有時謠言可以掩蓋真相的意思。實際上，我們處在一個由各種傳播媒介構成的傳播世界中，真實的世界到底是什麼，我們無法完全瞭解，只能靠各種傳播手段和工具來瞭解事實。所以，《鬼谷子》　書提醒說：「古人有言曰『口可以食，不可以言』。言者，有諱忌也。眾口鑠金，言有曲故也。」謠言傳播改變、左右和顛覆著我們對人、對物的看法，足以顛倒是非，混淆視聽。

當人們為謠言而受害時，那些散佈謠言的人或許正在背後偷偷笑者；當然，有些謠言也可能是因為誤傳。總之，有人的地方就有謠言的傳播，這是必然，誰都不能保證自己哪天會是其中的傳播者或受害者。所以，各種輿論對我們瞭解事實真相起著重要的作用。如果不加思考判斷，就有可能出現「三人成虎」的現象。

# 如何算空穴來風

有些成語，往往會讓人產生誤解。比如「空穴來風」，按照一般人的瞭解，應該是事情沒有根據的意思。但這個成語在詞典上的解釋卻是事出有因，這到底該怎麼解釋呢？

我們需要從這個語詞的來源談起。宋玉《風賦》中這樣寫道：「王曰：『夫風者，天地之氣，溥暢而至，不擇貴賤高下而加焉。今子獨以為寡人之風，豈有說乎？』宋玉對曰：『臣聞於師：枳句來巢，空穴來風。其所托者然，則風氣殊焉。』」大意是枳樹因為枝丫彎曲，能夠招引鳥兒來築巢；山中由於存在孔洞，所以引起空氣流動形成風。另外，白居易也有詩云：「朽株難免蠹，空穴易來風。」由此可見，「空穴來風」可以比喻為說法有根據、有來由。

如此而言，似乎大多數人對「空穴來風」的意思都有些誤解，可是2004版《現代漢語規範詞典》中對此成語的解釋已成為：「原比喻出現的傳言都有一定原因或者根據，現指傳言沒有根據。」這又是為何？

事實上，這個成語含義的變化是很有意思的，從側面體現了漢語語言文字的發展變化。按照成語

來源來講，這個成語應當解釋為事情有一定原因。但是隨著時代的發展，該詞詞義也隨之有了變化，在很長一段時間以來，人們都把它解釋為「事出無因」或者「沒這回事」，已經與原來的詞義完全相反。但是因為這種解釋已經被普遍接受，變成一種約定俗成的現象，所以最後在詞典中的釋意也有了相對應的改變。

就日常運用而言，一個語詞竟然有兩種完全相反的解釋並存，在古今中外的語義學史上的確是極其罕見的。這種現象值得人們認真研究並加以解決，否則，可能會在一定範圍內給人們的工作、生活、學習造成混亂，對學生的影響也不會太小。

綜上，以「空穴來風」比喻不存在和沒來由的事，是不夠妥當的；若比喻事出有因，確有來由，則比較恰當；若怕用錯，可將「空穴來風」和「未必無因」連用。比如，「說她準備退出劇組，大概不是亂講。空穴來風，未必無因，她已經好長時間不在片場，也是事實。」

# 面首原來吃軟飯

「面首」是個略顯冷僻的一個辭彙，但這個辭彙卻曾在中國歷史的暗處散發過詭異的色彩。

所謂「面首」，一般指出賣自己的身體的男人，但其雇主卻只有一個，主要服務對象是位高權重的貴族女性，後該辭彙專指男寵。「面首」，顧名思義，「面」是面貌，「首」為第一的意思，意即面貌舉世無雙。

南北朝時期南朝劉宋的前廢帝劉子業創造了「面首」這個辭彙。劉子業荒淫殘暴，對他姐姐山陰公主卻體貼得無微不至，為了讓姐姐享受美好人生，他精心為姐姐篩選十幾個英俊少年，讓他們為姐姐提供性服務，並且稱呼這些英俊少年為「面首」。

最早見於史書的面首是嫪毐。商人呂不韋將嫪毐喬裝改扮偷偷送進宮中，從此，嫪毐就成了秦始皇母親趙姬的寵愛之人，做面首給嫪毐帶來了巨大的現實利益，他本人被封為長信侯，山陽之地和河西太郡都成了他的封地。

據資料記載，武則天稱帝後，後宮也養了很多面首，史書稱武則天有面首三千雖無太多根據，但其面首眾多卻無可爭議。史書上，武則天較為寵倖

的、有名者有張易之、張昌宗兄弟、沈南謬、薛懷義等。張氏兄弟也以其面首身分最後被武則天委以重任。

可見，不論男人還是女人，在權力和金錢的鼓舞之下，都會放縱自己的欲望。從這個意義上說，「人之初，性本惡」，也許說出了這個事實。

# 掌上明珠稱嬌女

經常看到「掌上明珠」一詞，但是用者多有口誤。那麼，「掌上明珠」到底是何意？它應當如何正確使用呢？

珍珠，歷來被視作奇珍至寶，它象徵純真、完美、尊貴和權威，與璧玉並重。《海藥本草》稱珍珠為真珠，意指珠質至純、至真的藥效功用。《爾雅》把珠與玉並譽為「西方之美者」。《莊子》有「千金之珠」的說法。秦昭王把珠與玉並列為「器飾寶藏」之首。可見珍珠在古代便有了連城之價。

「掌上明珠」亦作「掌上珠」、「掌中珠」、「掌珠」，

出自南朝梁代任昉的《述異記》：「越俗以珠為上寶，生女謂之珠娘，生男謂之珠兒。」唐、宋時期，「掌上明珠」可兼稱子女，元、明開始，「掌中珠」才演變為女性的專有名詞。所以，唐代詩人白居易曾在《哭崔兒》中寫道：「掌珠一顆兒三歲，鬢雪千莖父六旬。」意思是說，驟失掌珍珠一般寶貴的三歲幼兒，痛煞雙鬢斑白的六十老父。詩中就以「掌珠」代表愛兒。

紅樓夢第二回，亦有記　：「生得一女，乳名黛玉，年方五歲，夫妻愛之如掌上明珠。」「掌上明珠」本意是作第二、三人稱，對他人生女之祝賀詞。如果有女性將它用作第一人稱，自詡為「掌上明珠」，就不適宜，也不恰當。

有人在演講時說：「在家中我是掌上明珠，但你們從不溺愛我，學業成績進步時你們為我高興，學業成績退步時你們幫我分析原因。」可見其不知道該詞的用法。而曾經看過一部電視劇中，有一位女性嫁入豪門，竟然自稱「掌上明珠」。這便是大錯特錯，有點自大驕縱了。

# 2
# 典故溯源

典故溯源

# 「飲食男女」存「大欲」

「飲食男女，人之大欲存焉。」這是一句著名的話，是孔夫子總結對於人生最行而下但又最直指人心的一句話。和這句話相關的是上世紀三〇年代上海灘當紅作家蘇青對於此句的一個句讀，她這樣斷：「飲食男，女人之大欲存焉。」這可以稱得上是上世紀最著名、最聰明的一次斷句事件，讓時人為之擊節讚嘆再三。

這樣的斷法雖然戲謔，卻比較接近原意，「飲食男，女人之大欲存焉。」反過來，我們照樣可以說，飲食女，男人之大欲存焉。因此，蘇青的斷法也許並無大錯。

「飲食男女，人之大欲存焉」出自《禮記‧禮運》，這是孔子的一段議論：「故聖人所以治人七情，修十義，講信修睦，尚辭讓，去爭奪，捨禮何以治？飲食男女，人之大欲存焉。死亡貧苦，人之大惡存焉。故欲惡者，心之大端也。人藏其心，不可測度也。美惡皆在其心不見其色也。欲一以窮之，捨禮何以哉？」如果翻成白話文的話，就是說：聖人用來治理人的七情，培養人的十義，使人講究信用，加強友好，崇尚謙讓，放棄爭奪，除了禮還能用什麼治理呢？吃喝和男女房事，人們最基本的欲望就在其中，

死亡貧苦，人們最厭惡的事情就在其中。因此欲望和厭惡，是人心兩個最基本的出發點。人人都有一顆心，不可測度。是好、是壞，都在人內心深處隱藏，從外表上絲毫看不出來。如果想用一種辦法來窮盡人心，那麼除了用禮還能用什麼呢？

這段話中「飲食」當然指的是人基本的生活需要，而「男女」則不僅僅是指人的生理需要，這裡更包含了孔夫子的一種深思熟慮。男女之事固然可以給當事雙方帶來快感，但在孔子的解釋中，這還算不上是「大欲」的所在。「大欲」在哪裡呢？就是除了基本的生活需要之外，人類還有延續自身的需要，這種需要依靠生理需要來完成，故「飲食」和「男女」之中，包含了孔子所解釋的人生密碼。所以，他自信地說，人的「大欲」在此。

# 「梨園弟子」非農民

中國自古以來即對音樂有非比尋常的狂熱，譬如孔子，聽過韶樂之後，孔子就半真半假地說自己被音樂弄得連續三個月不知肉為何味。所以，歷代的統治者都要對音樂故意表現出特別的熱情。只是，他們所推崇的音樂都必須符合孔子所界定的雅正音樂的標準，難免有做作之嫌。雖然如此，可是歷代的統治者又不能不把雅正音樂當成一回事，於是就有人想出了另外的辦法，譬如唐玄宗。

　　唐初的音樂機關以太常寺為主，太常寺主要負責朝廷禮樂。但正經八百的朝廷禮樂因為距離現實生活太遠而不適合於平時娛樂之用。於是，太常寺就吸納了一些俗樂以博取朝廷歡心。《資治通鑑》如此記述：「舊制，雅俗之樂，皆隸太常。上精曉音律，乙太常禮樂之司，不應典倡優雜伎；乃更置左右教坊以教俗樂，命右驍衛將軍范及為之使。又選樂工數百人，自教法曲於梨園，謂之皇帝梨園弟子。又教宮女使習之。又選伎女，置宜春院，給賜其家。禮部侍郎張廷珪、袁楚客皆上疏，以為：『上春秋鼎盛，宜崇經術，邇端士，尚樸素，深以悅鄭聲、好遊獵為戒。』上雖不能用，欲開言路，咸嘉賞之。」就這樣，梨園弟子不再隸屬於太常寺，獨立躍上了歷史的舞臺，時間是開元二年，即西元714年。

　　梨園弟子的來源約有三類，一是太常寺中的坐部伎，數量是三百人。二是宮女，數量也有數百人之多。三是少量民間藝人。除此之外，又有「小部音聲」三十餘人。梨園弟子又稱「皇帝梨園弟子」，其身分的特殊性自不待言。梨園弟子在宮廷娛樂中發揮了舉足輕重的作用。

　　梨園弟子如李龜年等在當時均極為有名。杜甫在《江南逢李龜年》中曾這樣說：「岐王宅裡尋常見，崔九堂前幾度聞。」只是盛極一時的

「梨園弟子」在安史之亂中遭到了滅頂之災。到晚唐末年，梨園弟子已極其少見。梨園弟子的命運，正是一個王朝的命運。從此之後，人們就習慣用「梨園弟子」來稱呼戲劇演員了。

# 古今差別話「中國」

「中國」一詞最早見於周代文獻，後來隨著所指對象不同而有不同的含義。「國」字的含義是「城」或「邦」。「中國」就是「中央之城」或「中央之邦」。古代文獻記載中，「中國」一詞有六種不同含義：一指京師，即首都；二指天子直接統治的王國；三指中原地區；四指國內、內地；五指諸夏（華夏）或漢族居住的地區和建立的國家；六是指華夏或漢族建立的國家，《史記》、《漢書》經常出現這樣的稱謂。

「中國」一詞所指範圍，隨著時代的推移而經歷了一個由小到大的擴展過程。當《尚書》上出現「中國」時，僅僅是西周人們對自己所居關中、河洛地區的稱呼；到東周時，周的附屬地區也可以稱為「中國」了，「中國」的涵義擴展到包括各大小諸侯國在內的黃河中下游地區。而隨著各諸侯國疆域的擴展，「中國」成了列國全

境的稱號。秦、漢以來，又把不屬黃河流域但在中原王朝政權統轄範圍之內的地區都稱為「中國」，「中國」一詞終於成為中國大陸的通用名號。19世紀中葉以來，「中國」則成為專指中國大陸全部領土的專有名詞。

從漢朝開始，人們常把漢族建立的中原王朝稱為「中國」，兄弟民族建立的中原王朝也自稱為「中國」。比如，南北朝時期，南朝自稱為「中國」，把北朝叫做「魏虜」；北朝也自稱為「中國」，把南朝叫做「島夷」。遼與北宋，金與南宋，彼此都自稱「中國」，都不承認對方為中國。

事實上，「中國」一詞雖有三千年文字記載的歷史，但它僅僅是一種地域觀念。嚴格地說，古代「中國」並不是一個專有名詞。從夏、商、周開始直至清末，中國古代各個王朝都沒有把「中國」作為正式國名，各朝代都有自己的國號。

直到1911年辛亥革命以後，才將「中國」作為「中華民國」的簡稱。


# 唐宋無人「中三元」


科舉是田園經濟的鐵屋上一個縹緲的天窗。天窗的存在，裝飾了鐵屋也點綴了所有讀書人的夢境，但想要破「窗」而出卻是件十分艱難的事情。

科舉始於隋朝，經唐、宋的發展，到明朝已趨於成熟。從形式到內容，

明朝進一步完善了科舉制度。層層選拔、層層篩選，每場都是淘汰賽，只有最優異者才能出線。我們所說的「連中三元」不可能發生在唐、宋，只能出現在明、清。

經過統治者的完善，明朝時期，由國家舉行的正式科考分為三級：鄉試、會試、殿試。且在正式科考以前，還有資格考試。考生首先要取得「入學」的資格，即成為生員才能參加之後面的考試。具備資格後，就可以按部就班地參加科舉。

鄉試是正式科考的第一關。按照規定每三年一科。遇皇帝心情舒暢或有重大喜慶之事也會下詔加開，此為「恩科」。鄉試於八月在京城及各省省城的貢院內舉行，故稱「秋闈」。各省鄉試錄取的名額不一，按照各地文風、人口而定。鄉試考中的稱為「舉人」，榜首舉人稱「解元」。中了舉人便具備了做官的資格。

舉人可於次年三月參加在京師的會試和殿試。會試也稱「春闈」。會試發的榜稱為「杏榜」，考中者稱為「貢士」，第一名貢士稱「會元」。具備貢士資格者可以參加同年四月的殿試。殿試由皇帝主持和出題，亦由皇帝欽定前十名的次序。殿試只考一題，考的是對策。錄取名單稱為「甲榜」，又稱「金榜」；分為三甲：一甲只有三人，第一名狀元、第二名榜眼、第三名

探花，賜「進士及第」。二甲多人，賜「進士出身」。三甲則賜「同進士出身」。二甲和三甲的第一名稱「傳臚」。

因為，明朝之前的科舉沒有這麼嚴格的程序，也沒有所謂的鄉試、會試和殿試，所以在明朝之前不可能出現「連中三元」的情況。

# 「人彘」是人不是豬

「人彘」是中國歷史上最為慘絕人寰的一個辭彙。「人彘」這個辭彙是呂后發明的，「人彘」這種東西也是呂后製造的，歷史上也只有她一個人製造過如此有想像力的東西，因此，呂后對於「人彘」享有獨立的知識產權。

「人彘」也就是由人豬，也可以稱為用人做成的豬。做「豬」所用的「人」是個女人，她就是戚夫人。呂后是劉邦的原配夫人，劉邦娶呂后時尚是微不足道的泗水亭長，等他得到天下，呂后已經年老色衰，自然不為所寵。而填補劉邦感情空白的就是戚夫人。戚夫人貌比西施，會彈奏各種樂器，舞技高超，她擅長跳「翹袖折腰」舞，戚夫人舞時只見兩隻彩袖凌空飛旋，嬌軀翩轉，極具韻律美。當時有《出塞》、《入塞》、《望婦》等曲，一經戚夫人的嬌喉，抑揚婉轉，讓劉邦十分銷魂。受冷落的呂后在暗暗等待機會。

劉邦因病去世，呂后的兒子劉盈即位，是為惠帝，呂后被尊為皇太后。從此呂后開始了瘋狂的報復。凡劉邦所寵愛過的宮人「皆幽之不得出宮」，戚夫人更是主要報復對象。呂后剃光戚夫人的頭髮，把她驅入永巷內軟禁，並讓她戴枷舂米。儘管這樣，呂后猶未解氣，「遂斷戚夫人手足，去眼，煇耳，飲瘖藥，使居廁中，命曰『人彘』。」在《史記》中，司馬遷沒有具體描述成為「人彘」之後的戚夫人的模樣，只是透過第三人漢惠帝的眼睛，交代了「人彘」帶給人的震撼：「居數日，乃召孝惠帝觀人彘。孝惠見，問，乃知其為戚夫人，乃大哭，因病，歲餘不能起。使人請太后曰：『此非人所為。臣為人后子，終不能治天下。』孝惠以此日飲為淫樂，不聽政，故有病也。」一個皇帝就這樣被一個「人彘」給徹底擊垮了。

權力就這樣將一個女人心中的恨外化為「人彘」。與其說是「人彘」恐怖，不如說，身為發明「人彘」的呂后，其內心更為恐怖。


# 律詩不叫古體詩


中國是一個有詩教傳統的國度，孔子就是「詩教」的最早也是最積極的倡導人和身體力行者。在儒家思想的深遠影響之下，兩千多年來，「詩教」傳統綿延不絕，歷代的學者、文人在成長過程中無不受過「詩教」的薰陶。

但是，自「五四」以來，尤其是近半個世紀以來，「詩教」的傳統事

實已經難以為繼。不僅如此，就連一些基本概念，人們也很難分辨清楚，譬如「古體詩」和「近體詩」。很多人認為清朝之前所有的詩都可以稱為古體詩，民國以後的詩則應該稱為「近體詩」。此乃失之毫釐，差之千里。

中國古代詩歌大體可分為兩類：一類叫古體詩，另一類叫近體詩。古體詩的稱呼始於唐朝，唐朝把當時新出現的格律詩稱為近體詩，而把產生於唐以前較少格律限制的詩稱為古體詩。於是，後人沿襲唐朝人的說法，把唐朝以前的樂府民歌、文人詩，以及唐朝以後文人仿照它的體式而寫的詩歌，統稱為「古體詩」。按照詩句的字數，有四言（如《詩經》）、五言（如「漢樂府」詩）、七言（如曹丕《燕歌行》）、雜言（如李白《蜀道難》）等。古體詩押韻較自由。

近體詩大體分為兩種，一種稱「絕句」，每首四句，五言的簡稱五絕，七言的簡稱七絕。一種稱「律詩」，每首八句，五言的簡稱五律，七言的簡稱七律，超過八句的稱為排律（或「長律」）。律詩格律極嚴，篇有定句（除排律外），句有定字，韻有定位（押韻位置固定），字有定聲（詩中各字的平仄聲調固定），聯有定對（律詩中間兩聯必須對仗）。

所以，古體詩和近體詩是以唐朝為時間參照的一對概念，如果把時間參照點錯誤地移到現在來解釋「古體詩」和「近體詩」，錯誤也就在所難免了。

# 「萬卷」該有多少書

　　當我們形容一個人書讀很多、學識淵博的時候，會很自然地用「讀書破萬卷」這句話，意思是，萬卷書都被翻破，足見其言書讀之多。那麼古人的「萬卷」究竟又該有多少書呢？

　　「讀書破萬卷，下筆如有神」這句話，出自杜甫的《奉贈韋左丞丈二十二韻》。意思是說，自己年輕時便讀了很多書，文采很好，下筆如神。杜甫這樣說自己不是自吹自擂，他從小努力求學，刻苦讀書，七歲就寫過歌頌鳳凰的詩，九歲就能寫很好的字，十四、五歲時就能寫出文章，20歲時，杜甫的學問已經很淵博了。

　　「讀書破萬卷」中的「卷」字指書籍的冊本或篇章。如果僅僅以數量而言，這個數目的確不少，而實際上萬卷書其實沒多少內容，因為卷本指串起來的竹簡。古人一卷書的篇幅，只相當於現在的一章。一個人從七歲起每天讀三卷書，到不了二十歲就能萬卷書。至於讀書的種類有多少，就不得而知了。大概除了四書五經等基本的書目外，可看的書籍種類得視家中藏書多少。據資料記載，中國古代著書之數達三萬五千種之多，能讀過百種以上書籍的人，就算是很博學了。

事實上，「讀書破萬卷」，沒有必要強求「下筆如有神」。提倡多讀書，因為書是一個人獲取知識的重要途徑。而如今，書籍的種類多了，讀書的人卻少了。

不過，這句經典名句依舊起著作用。如果要成為學問淵博、見多識廣的人，而不學古人「讀書破萬卷」的精神，恐怕是很難做到的。

# 「仁者」為何要「樂山」

「仁者樂山，智者樂水」，這幾乎是所有中國人都耳熟能詳的一句話，這句話出自《論語》，孔子當時的原話是這樣說的：「智者樂水，仁者樂山。智者動，仁者靜。智者樂，仁者壽。」其意思是說，仁愛之人像山一樣平靜，一樣穩定，不為外在的事物所動搖，他以愛待人接物，像群山一樣向萬物張開雙臂，站得高，看得遠，寬容仁厚，不役於物，也不傷於物，不憂不懼，所以能夠永恆。

在儒家看來，自然萬物應該和諧共處。作為自然的產物，人和自然是一體的，因此，人的素質也會受自然山水、自然萬物的無形影響。自然山水的品質、自然山水的特點也會反映在人的素質之中。在千變萬化的大自然中，山是穩定的，可信賴的，它始終矗立不變，包容萬物，是最可靠的支持；水則是多變的，具有不同的面貌，它沒有像山那樣固定、執著的形象，它柔和

而又鋒利，可以為善，也可以為惡；難於追隨，深不可測，不可逾越。聰明人和水一樣隨機應變，常常能夠明察事物的發展，「明事物之萬化，亦與之萬化」，而不固守一成不變的某種標準或規則，因此能破除愚昧和困危，取得成功；即使不能成功，也能隨遇而安，尋求另外的發展，所以，他們總是活躍的、樂觀的。仁愛之人則和山一樣平靜，一樣穩定，不為外在的事物所動搖，他們以愛待人接物，像群山一樣向萬物張開雙臂，站得高，看得遠，寬容仁厚，不役於物，也不傷於物，不憂不懼，所以能夠長壽。仁者平和、穩重、安靜，和山一樣平靜、穩定，不為外在的事物所動搖，像山一樣向萬物張開雙臂，寬容仁厚，不役於物，也不傷於物，不憂不懼，長壽永恆，所以「仁者樂山」。

水外表是最柔弱、最平靜的東西，本質上水卻有最有力量。滴水穿石，最堅硬的東西，都可以被水磨平、被水擊穿。水是人格的最高顯示。水含有了一種智慧，水擁有一種力量。所以，「智者樂水」。

但我們要注意的是，「仁者樂山，智者樂水」中「樂」應該讀作「ㄩㄝˋ」，其意思是「以……為樂，樂於……」。

# 「幽閉」不是關禁閉

　　無疑，幽閉的最初意思就是幽禁於密室，接近於後來所說的「關禁閉」，但在文化意義上，這個辭彙的意思要遠遠比「關禁閉」複雜得多，最後它甚至成了酷刑之一種，在中國酷刑史中，在歷史的暗處，散發著腐爛的異味。

　　在古代，摧毀人的生殖機能的刑罰，對男子則使用宮刑，對女子則使用幽閉。孔安國曾說：「宮，淫刑也，男子割勢，婦人幽閉，次死之刑。」對於「幽閉」的最早記載見於《尚書‧呂刑》，從孔安國把「幽閉」視為「次死之刑」來看，幽閉是相當重並相當痛苦的一種刑罰。這種刑罰到底是什麼呢？眾說紛紜：明朝徐樹丕說，幽閉是將犯罪婦女的生殖器「剔去其筋」，像閹割雌性的馬和豬等牲畜一樣，使她的性欲望徹底滅絕。清朝褚人獲則認為是用木杵捶擊女子的胸部和腹部，這樣，女子體內就會有一種東西下墜，堵塞陰道，她的下體就只能小便，無法進行性交。清朝吳薌的看法則和他們二人又不同。他說，婦女陰道深處有塊小骨叫「羞秘骨」，平時不曾墜下來，一旦施加外力使它墜下來，就會像閘門一樣閘住陰道，無法性交。而且，除了用刑之外，還可以用針灸的方法使羞秘骨下墜。

　　魯迅在《病後雜談》中說：「從周到漢，有一種施於男子的『宮刑』，也叫『腐刑』，次於『大辟』一等。對於女性就叫幽閉。向來不

大有人提起這個方法，但總之絕非將它關起來，或者將它縫起來。近時好像被我查出一點端倪來了，那辦法的兇惡、妥當，而又合乎解剖學，真使我不得不吃驚。」也許是魯迅認為祖宗所發明的刑法過於殘忍，所以他並沒有交代他所查出的一點大概到底是怎麼一回事。

# 「五毒」原來是良藥

「五毒俱全」，這是一個所有中國人都會用的語詞。一個人如果稱得上「五毒俱全」，那麼此人就堪稱「死有餘辜」。但是，「五毒」到底是什麼，卻一直存在很大爭議，眾說紛紜。有人認為是「吃、喝、嫖、賭、抽」，有人認為是「坑、蒙、拐、騙、偷」，有人認為是「蛇、蠍、蜈蚣、壁虎、蟾蜍」。而所謂的「五毒」卻和這些沒有任何關係。

所謂的「五毒」是指五種主治外傷的五種藥性猛烈之藥。《周禮・天官》說：「凡療傷，以五毒攻之。」這裡的「五毒」就是石膽、丹沙、雄黃、礜石、慈石。在這五種藥材中，石膽主金創、諸邪毒氣，丹沙主身體五臟百病，雄黃主鼠瘻，慈石主周痺風濕。一般認

為，所謂的「五毒」並不是每種藥材都有劇毒，譬如丹沙、慈石並無太大毒性，但是五種藥材透過加工之後合成，其藥性就極其酷烈。具體的作法是：將這五種藥材放置在坩堝之中，連續加熱三天三夜，之後產生的粉末，即是五毒的成藥。此藥共塗抹患處，據說有相當的療效。

很顯然，「五毒」之名雖然張牙舞爪，面目猙獰，但卻有救人性命的效能。說是五毒，卻可以毒攻毒，最後成了五味良藥。

# 「登堂入室」臻佳境

「登堂入室」一詞出自《論語・先進》，其原文為：「子曰：『由之瑟，奚為於丘之門？』門人不敬子路。子曰：『由也升堂矣！未入於室也！』」

還是先解釋一下上面那幾句話。子路姓仲名由，又稱季路，是孔子的學生之一。子路出身寒微，其性耿直好勇，為人輕率粗莽，性情真摯，事親至孝，善於政治。先後在魯、衛二國為官，後隨師遊學於列國。孔子對子路既喜且愛，常責之以正其行。

一日，子路彈瑟，孔子聞其琴音，滿含肅殺之氣，頗不祥和，遂責怪他：「子由彈瑟，不合雅頌，怎麼會出自我的門下？」其他學生聽到孔子這樣訓子路，都誤認為孔子不喜歡子路，就對子路很不恭敬。孔子得知此事後說：「子路的學問已經大有所成，但是未臻佳境。就像人們從外面進來，登上廳堂，但是還未入內室一樣。」

「登堂入室」原指登上廳堂，步入內室。後來人們比喻為學問或技藝由淺入深，循序漸進，達至高深境界，常用此語。如清代李漁在《閒情偶寄》中就用了這個語詞：「乘其愛看之時，急覓傳奇之有情節、小說之無破綻者，聽其翻閱，則書非書也，不怒不威，而引人『登堂入室』之明師也。」

現在，「登堂入室」經常見諸報章雜誌和網路，不過誤用、錯用的情況也很多。首先，「登堂入室」作為一個謂詞片語，其主語應當是人而不應該是物。例如，「『掛靠』經營：讓大批假藥『登堂入室』」一句中，「藥品」是不能夠登堂入室的，類似的錯句還有「給網路語言一個登堂入室的通道」等。

其次，人們往往會把「登堂入室」當作很具體的一種動作，解釋為「從大廳進入內室」。例如，「他接到導師的電話，驅車趕往導師家裡，登堂入室。」這種用法，也是欠妥的。

# 究竟如何「平天下」

儒家認為只有完成了以下八道人生工序的人才可以稱得上真正的成功，這八道工序是：格物、致知、誠意、正心、修身、齊家、治國、平天下。前七道工序的意思沒有什麼爭議，但何為「平天下」，很多人都會誤解。

問題出在「平天下」的「平」字身上，後人望文生義地認為，「平天下」就是平定天下，用赫赫武功掃平狼煙，靠威武之師掃平敵寇……總之，「平」總是和武力聯繫在一起的，總是和沙場聯繫在一起的。但這是誤解。

「平天下」的意思是「使天下平定」，但到底用什麼方法才能實現天下平定這一偉大理想呢？儒家提出他們的解釋：「修身及家，平均天下。」這是《禮記‧樂記》中的話。「平」即無上下之偏，「均」即無遠近之

異，「平均天下」即是讓上下各安其分，對華夏與四夷一視同仁，很顯然，在方法論的意義上看，「平天下」之「平」更接近於一種治國之道，它的基本訴求就是無上下、遠近之異。各安其分，各就其位，於是天下太平，天下大治。很顯然，「平天下」和武力無緣，和戰功無緣。

所以，「平天下」才是儒家的最高人生理想，它也因此被當成人生最重要的一件事情而排在最後。「平天下」理想的不能實現，前七道工序的意義將會大打折扣，「平天下」指引著前七道程序的走向，因此，對於「平天下」的解釋不允許有任何偏差。當「平天下」之「平」被解釋成「掃平」之時，這種直接訴求於「武功」的「平天下」理想，必然要求前七道工序能與之配套，從「格物」開始，整個走向需要全部調整，以滿足最後靠武功「平天下」的目的。這樣的解釋，最終必將徹底顛覆儒家的理想。

　　因此，對於「平天下」必須有正確的解釋，才能真正瞭解儒家理想，才能真正做好儒家所說的八件事。

# 「阿堵物」是什麼東西

　　「阿堵」是六朝和唐朝時的常用語，相當於現代漢語的「這個」。《世說·巧藝》記載：東晉時著名畫家顧愷之畫人像，有時畫了幾年都不點眼球。別人問他為什麼，他指著眼睛回答道：「四體妍蚩，本無關於妙處，傳神寫照，正在阿堵中。」意思是說，四肢的美醜，是無關緊要的，畫像要能傳神，關鍵就在眼睛裡頭。

　　但是，這個代名詞經過西晉王衍後，就被視為錢的代稱了。《晉書·王衍傳》記載：王衍標榜清高，討厭其妻「貪濁」，從來不說「錢」字。有一

天晚上，郭氏趁王衍睡熟時，叫婢女悄悄把一串串的銅錢，圍繞著床，堆放在地下，讓王衍醒來，無法下床行走。她以為這樣一定能逼得他說出「錢」字來。不料第二天早晨，王衍見此情景，仍不說出一個「錢」字，於是把婢女喚來，讓她「舉卻阿堵物」。

不管王衍是不是在作秀，但口裡不說「錢」，自然是一種態度，一種對錢極端蔑視的態度。對錢持如此態度的，還有東漢的管寧。管寧與華歆一齊在園中鋤草，見地中有「片金」，「管揮鋤與瓦石不異，華捉而擲之去」。

敢如此對待錢，是要具備兩個條件的：一是思想上的清高，一是生活上的保障。以世俗之眼光看，生活上的保障比思想上的清高更為重要。王衍、管寧都是官宦之家，有錢；而且管寧既然有地可耕種，在那個時代，地裡長出的五穀就可以保障他的生活了。至於生活不能自保者，沒有錢是行不通的。清金埴《不下帶編》記載某人對杜、韓行為的評論：「少陵之投詩京兆，鄰於餓死；昌黎之上書宰相，迫於饑寒。兩公當時不得已而姑為權宜之計，後世宜諒其苦心，不可以宋儒出處，深責唐人也。」

如此，「阿堵物」雖然不是最重要的，但也是不可缺少的。天天餓得前胸貼後背，看誰還不言「阿堵物」。

# 「刀筆吏」是什麼人

　　曾經在《大河報》上看過一篇文章，作者講述了「刀筆吏」的由來。作者說，「刀筆吏」一詞要追溯到春秋戰國時期，更詳細一點則要追溯到青銅時代的一種器物——削。因為要修改在竹木簡上的書寫錯誤，人們就用「削」的青銅利器削去一層後重寫。作者最後寫道：「古時的讀書人及政客常常隨身帶著刀和筆，以便隨時修改錯誤，刀筆並用，因此歷代的文職官吏也被稱作『刀筆吏』」。

　　作者這些闡述的確很好，但是卻忽略了「刀筆吏」的特殊用法。因為，在古代人們往往將訟師幕僚稱作「刀筆吏」，顧名思義就是謂其深諳法律之規則，文筆犀利，用筆如刀。「刀筆吏」如刀之筆的操縱，往往使許多案件乾坤陡轉，或無中生有，或大事化小、小事化了。

　　《清稗類鈔》「獄訟類」有數篇關於刀筆吏的記載，從中我們可以窺見其刀筆之鋒芒。書中有一個故事，蘇州有位名叫陳社甫的訟師，善寫狀紙。他的同鄉王某曾借錢給一個寡婦，但是寡婦好久沒有還錢，於是王某就數落了她一頓。寡婦十分羞愧，回到家裡後越想越不是滋味，於是在雨夜來到王家門口上吊自殺。陳社甫聽

了王某的述說後，索取五百兩銀子，並讓王某給寡婦換雙乾淨鞋，然後寫了一張狀紙，其中有這麼一句：「八尺門高，一女焉能獨縊；三更雨甚，雙足何以無泥？」意思是說，一個弱女子，如何能一個人在那麼高的地方自盡？更何況，夜裡本來下著雨，為何這個女子的鞋子上卻沒有泥巴？當地官員看後，覺得狀紙中所說的事情根本不可能，於是僅僅判王某買副棺材了事。

刀筆吏的刀筆之功不僅在於其文筆之犀利，更是在於其對於事情的理解、解析有過人之處，「刀筆吏」的此種作用在相互傾軋的官場發揮得更是淋漓盡致。雖然也有一些刀筆吏既能堅守自己道德底線又通曉律例，但是更多的刀筆吏為了謀求勝訴及一字千金的效果又不惜教唆當事人弄虛作假、偽造證據，所以「刀筆吏」的名聲並不是很好。

# 「梅開二度」實在冤

在舊書攤上，經常會看到一些不健康的讀物。在這些低級讀物中，常常會引用一些詩句或者是成語，來代替難以啟齒的內容。讓這些詩句或成語蒙受了不白之冤。

說到這裡，不得不提到「梅開二度」這個語詞。這個原本「清白」的語詞，因為在那些書刊中大多用於男女之事，表示男女一夜之間再度歡好，很少在雅致場合中使用。照理說，這樣的用法是很含蓄的，但是嚴肅的場合

和各種詞典中都盡量迴避，甚至工具書中從來沒有註明過這種用法。如此可見，這種用法並沒有得到公眾的接受。

「梅開二度」之所以蒙受不白之冤，在於忽視了這個語詞背後的一段傷心故事。「梅開二度」來自一齣戲曲《二度梅》，其中的主角梅良玉因為父親被奸臣陷害，僥倖被人救出並送到其父好友陳日升家寄居。陳日升視梅良玉如同己出，常帶他在自己花園的梅樹前祭拜故友。梅良玉也不辜負其厚愛，發誓要苦讀詩書，決心考取功名，出人頭地，將來好為父報仇。

一日，盛開的梅花被夜晚的風雨吹打得凋謝了。陳日升帶著梅良玉誠懇地再拜，祈求讓梅花重新開放。誠心感動了天地，結果真的滿園芬芳，梅開二度！這是個吉兆，梅良玉最終學成進京，中了狀元，還和陳日升的女兒結為琴瑟之好。

如此可見，「梅開二度」原本表達的意思是好事再現，並沒有不健康的義意。更沒有「男女再度歡好」的意思。看來，實在是冤枉了這個「清白」的語詞。

# 「長袖善舞」不跳舞

　　袖是演員戲服衣袖前端的白色部分，原是代表古人襯衣的衣袖。一般戲曲服裝上的水袖，長度僅為五十多公分。作為主要表演手段時所運用的，是特製的長袖，一般長約一公尺，寬六十餘公分。在欣賞戲劇時，往往看到演員們常運用大幅度的肢體動作，配合著沖袖、甩袖、翻袖、轉袖等功法，完成了一個個超高難度的技巧表演，藉以表達憤怒、忙亂和激動等不同的感情。一切古老的戲曲，不管是京劇、豫劇、越劇等等，演員水袖功夫如何，往往代表著其表演水準。

　　「長袖善舞」一詞語出《韓非子‧五蠹》，原句為「長袖善舞，多錢善賈」。意思是說，袖子長，有利於起舞。原指有所依靠，事情就容易成功。後形容有財勢會耍手腕的人，善於鑽營，會走門路。司馬遷在《史記》中，寫范睢、蔡澤兩人的傳記時曾引用過這個語詞。范睢和蔡澤是戰國末期兩個有名的人物。范睢是魏國人，因向秦昭王獻「遠交近攻」的外交政策，被昭王拜為客卿，後來為相國，封應侯。蔡澤是燕國人，曾遊說趙、韓、魏各國，都不被任用，來到秦國，見了昭王，昭王很賞識他，也由客卿而為相國。在秦國住了十幾年，從秦昭王起，經孝文王、莊襄王到始皇帝，一直受到尊重，號為綱成君。

　　因為兩人都是極有口才、能言善道的說客，所以他們取得了秦王的信任。在戰國時代，辯士並不少，但能像這兩人一樣能相繼取得秦的信任而為

卿、相的也不多見。所以，司馬遷評論道：「韓非子說的『長袖善舞，多錢善賈』，確實有理！」意思是說，范雎和蔡澤兩人就像舞蹈者有更美的舞衣、經商者有更多的本錢一樣，他們有比別人更強的辯才。言辭之中，對這兩人利用施展手段因而吃得開的行為有所諷刺。

而在一些報章雜誌上，很多文章運用「長袖善舞」，都忽略了其中包含的貶義。比如：「問題是，縱使石油外交長袖善舞，在諸多地區取得合作開發等方面的突破，在國際石油政治的擠壓之下總量也依然有限。」（《21世紀經濟報導》2004年10月13日），另外還有「貨幣政策如何長袖善舞」等標題，都是誤用。

# 「平易近人」有演變

現在形容人態度和藹可親，讓人願意親近時，人們經常用「平易近人」一詞。但很多人也許不知道，「平易近人」這則成語原指政令平和易行，百姓歸附。

這個成語來自於《史記・魯周公世家》，周武王的弟弟周公，曾為周武王攻滅商朝，建立西周王朝立下了大功。周公被封在曲阜為魯公，但他沒有到任，仍舊留在都城輔佐王室。他派長子伯禽去接受封地，當了魯公。

　　伯禽到魯地後，過了三年才向周公彙報在那裡施政的情況。周公很不滿意，向他說：「為什麼這麼遲才來彙報？」伯禽答道：「改變那裡的習俗，革新那裡的禮法，三年後才能看到效果，所以來晚了。」在這之前，曾輔佐文王、武王滅商有功的姜尚被封在齊地。他只過了五個月，就向周公報告在那裡的施政情況。當時，周公感到驚奇，便問他說：「你怎麼這樣快就報告情況呀？」姜尚回答說：「我簡化了君臣之間的禮節，一切按照當地風俗去做，所以這樣快。」

　　後來周公聽了伯禽三年後才來做的彙報後，不由得嘆息道：「嗚呼，魯後世其北面事齊矣！夫政不簡不易，民不有近。平易近民，民必歸之。」意思是說，魯國的後代將要當齊國的臣民了，政令不簡約易行，百姓就不會對它親近；政令平和易行，百姓就必定會歸附。

　　從典故來看，在征服了某地之後，政策「平易」的目的就是為了「近民」，這是出於政治需要。馬基雅維利在《君主論》中對此有過精彩的評論：「對於被征服的地方，如果想要保留，那就採取兩種手段：第一種就是把舊君的血統滅絕；第二種就是不改變法律，也不改變賦稅。」馬氏所指出的第一種手段過於殘酷，而第二種手段則與中國古代開國君主的政治策略一致。

　　但是，「平易近人」後來演變成為形容人的態度謙和，這和

當初表達「平易的政治策略」的意思就有些差距了。

# 「人面桃花」不漂亮

　　曾看過有人在描述女子漂亮時，用「人面桃花」形容之。想必作者以為這個語詞是形容女子的容貌像桃花一樣美麗，故而用之。事實上，這樣的用法是對「人面桃花」的誤解。

　　「人面桃花」出自唐朝孟棨《本事詩·情感》：唐代書生崔護，曾在一年的清明節這天，獨自一人到長安城南郊遊玩，見到一個莊園，園內花木叢生，環境幽雅宜人。崔護上前，叩門求飲，一年輕女子開門設座，並遞給崔護一杯水。年輕女子站在一株桃樹旁，含情脈脈地看著崔護。到了第二年的清明節，崔護忽然想起這位年輕女子，思念之情油然而生，於是直奔城南，但到那裡一看，門庭莊園一如既往，大門卻已上了鎖；桃花依舊，去年的美人兒卻不見蹤影。

　　人面桃花，去年今日，景同而人不見。同一景色，兩次境遇，因人面不同，心境也截然

不同。於不經意中偶然遇到美好事物，又在不知不覺中遠去，再回首時，它已隨風而逝，空留回憶和遺憾。崔護失望之餘，感慨萬千，便在左邊一扇門上題詩道：「去年今日此門中，人面桃花相映紅。人面不知何處去，桃花依舊笑春風。」這首詩即《題都城南莊》，又題作《游城南》。

後來男女相見隨即分離，男子追懷往事，稱為「人面桃花之感」；也常藉以表達愛情失意的情懷；或泛指愛慕而不能相見的女子，以及由此產生的悵惘心情。如宋朝柳永《滿朝歡》詞：「人面桃花，未知何處，但掩朱扉悄悄。盡日佇立無言，贏得淒涼懷抱。」明·梅鼎祚《玉合記·言祖》：「蟬聯歲華，怕游絲到處將春掛，悶孤眠帳額芙蓉，可重逢人面桃花。」也作「桃花人面」。元·劉時中《嘲天子》：「楊柳宮眉，桃花人面，是平生未了緣。」

# 「捉刀」、「捉筆」意不同

現實生活中，時常有人為了考試能順利通過，就找人代考。這種現象是嚴重的作弊行為，當然會引起大眾批評。於是有人就會評論：「自己考不好，就找別人捉筆，實在可恥！」看來，這是不清楚「捉刀」和「捉筆」的意思，把兩者混淆了。

「捉刀」一詞出自《世說新語·容止》。說的是三國時曹操部下有個

名叫崔琰的武官，字季珪，長得儀表堂堂，胸前長鬚飄飄，更顯威武不凡，連曹操都自認為相貌遠不如他。有一次，匈奴派來的使者要見曹操。曹操為了讓外國使者見而敬畏，就叫崔琰冒充他代為接見。接見時，崔琰穿戴魏王的衣帽，比平時更有精神。曹操自己卻持著刀，畢恭畢敬地站在崔琰的坐榻旁，裝作他的侍衛，從旁觀察匈奴使者。接見過後，曹操想知道匈奴使者的反應，便派人去暗暗打聽。使者說：「魏王固然儀表出眾，可是那個床頭捉刀人，看來倒真是一位了不起的英雄！」

這個故事後經演變，人們便稱代人作文為「捉刀」。如請人代寫文章，就叫「請人捉刀」；而替人作文的人，叫「捉刀人」。

而「捉筆」一詞就很常見了。「捉」即「握住」、「拿住」之意；「捉筆」的意思就是提筆、執筆了，並沒有「替別人寫作」的意思。如果要想表達找人代寫文章的話，可以改為「找人捉筆」。例如：「崔永元匆匆走上長征路，捉筆題詞頻出錯。」再如：「美國國會法律顧問辦公室是眾議院起草議案的重要工作機構，擔負著眾議院絕大部分議案的起草工作，因而被稱為『議案的捉筆人』。」

這兩個辭彙其實很好區分，只要記住「捉刀」有「替」的意思，而「捉筆」則沒有此意，就可以了。

# 「殺人」、「得人」皆謠傳

　　作為沒有事實根據的傳聞或捏造的消息，謠言一旦在人群裡傳開，小則混淆視聽，毀人名譽；大則影響一方安定，破壞和諧和穩定。但是，在不知道事情的真相時，還是有很多人會盲目聽從的。

　　自古以來，謠言可畏。據《戰國策》記載，曾子住在費國的時候，費國有一個與曾子同名同族的人殺了人。有人告訴曾子的母親說：「曾參殺人了。」曾母說：「我兒子不會殺人。」仍像原來一樣織自己的布。過了一會兒，又有人說：「曾參殺人了。」曾母還像原來一樣織自己的布。又過了一會兒，有一個告訴曾母說：「曾參殺人了。」曾母才開始害怕了，丟下織布梭越牆逃走了。曾參沒有殺人，可是謠言的傳播卻讓曾母的心理防線徹底崩潰。因為謠言有如無形的利刃，能殺人於無形。因此不難理解納粹德國的宣傳部長戈培爾德的那句話：「謠言重複一千次就會變成事實。」

　　謠言四起，主要在於傳播者，「穿井得人」就說明了這個問題。據《呂氏春秋》記載，宋國有個姓丁的，家裡沒有井，煮飯、澆菜地都要用水。他家只得派一個人，每天到村外去挑水。後來，姓丁的在家裡鑿了一口井，用水就

很方便了。姓丁的逢人便說：「我家鑿了一口井，等於得了一個人。」這句話傳來傳去便走了樣，說成：「丁家鑿井挖出一個活人來了。」越傳越離譜，越離譜越傳，最後傳到宋國國君的耳朵裡，於是宋君就派官吏到丁家調查。姓丁的說：「我說的是鑿了一口井等於得了一個勞動力，不是說從井裡挖出一個活人！」

但謠言畢竟是謠言，是經不起時間考驗的，終歸不攻自破。道聽塗說，便添油加醋，以致蜚短流長，生出事端，是造成社會不安定的一個因素。醫治這種老毛病，一是不聽，二是不傳，使流言蜚語沒有市場。

因此，有必要記住余秋雨的這句話：「惡者散播謠言，愚者享受謠言，勇者擊退謠言，智者阻止謠言，仁者消解謠言。」

# 呆若木雞高境界

如今，要形容一個人有些呆頭呆腦、癡傻發愣的樣子，人們往往會用「呆若木雞」這個貶義詞。然而，「呆若木雞」最初的含義和現在的用法沒有絲毫關係，反而是一個褒義詞。

「呆若木雞」出自《莊子‧達生篇》，原本是個寓言。故事講的是，因為周宣王愛好鬥雞，一個叫紀渻子的人就專門為周宣王訓練鬥雞。過了十

天，周宣王問紀渻子是否訓練好了，紀渻子回答說還沒有，這隻雞表面看起來氣勢洶洶的，其實沒有什麼底氣。又過了十天，周宣王再次詢問，紀渻子說還不行，因為牠一看到別的雞的影子，馬上就緊張起來，說明還有好鬥的心理。又過了十天，周宣王忍耐不住，再次問道但還是不行，因為紀渻子認為這隻雞還有些目光炯炯，氣勢未消。這樣又過了十天，紀渻子終於說差不多了，牠已經有些呆頭呆腦、不動聲色，看起來就像木頭雞一樣，說明牠已經進入完美的精神境界了。國王就把這隻雞放進鬥雞場。別的雞一看到這隻鬥雞，掉頭就逃。

「呆若木雞」不是真呆，只是看起來，實際上卻有很強的戰鬥力，貌似木頭的鬥雞根本不必出擊，就令其他的鬥雞望風而逃。可見，鬥雞的最高境界是「呆若木雞」。

莊子這則寓言很有趣，同時也表達了深刻的哲理，讓人不由得想到古人所說的「大智若愚」、「大巧若拙」、「大勇若怯」。在莊子看來，真正有

大智慧的人表現出來的也許是愚鈍，真正有高明技巧的人看起來卻有些笨拙，真正具有勇敢的人往往被別人誤解為膽怯。但是，如果真正處於不同的情境，這些人往往能夠表現出非比尋常的能力。莊子透過這則寓言，也許是在闡明「相反的兩極在某種高度便相互接近轉化」的道理，這正是道家思想所特有的辦證的反向思維。

# 白雲蒼狗究可哀

　　唐代詩人杜甫，曾經寫過一首題為《可嘆》的七言古詩。詩中寫道：「天上浮雲似白衣，斯須變幻為蒼狗；古往今來共一時，人生萬事無不有！」感嘆之意，溢於言表。

　　杜甫這首詩是為當時另一位詩人王季友寫的。王季友，自幼好學，家庭困難，但作風正派。可是他的妻子卻嫌棄他，最後離開了他。和老婆離異總不是一件光彩的事，在不瞭解內情的情況下，很多人議論紛紛，詬罵醜化王季友。所謂「眾口鑠金，積毀銷骨」，的確令人感慨。

　　杜甫的這首《可嘆》詩，用興比起句，意思是說天上的浮雲分明像件潔白乾淨的衣服，一會兒卻變成一隻灰毛狗的樣子了；從古至今都是這樣，人生道路上形形色色的事哪樣沒有呢！全詩針對那些議論而發，既不嘆王季友好夫沒好妻，也不嘆他好人沒好運，嘆的是一個作風正派的人物，忽然被說成如此的低劣。杜甫的這首詩，本來用白衣蒼狗來形容雲彩形狀的變化，後

人引申「白衣蒼狗」來慨嘆人事和世態的萬千變化、出人意料。

常言道，世事無常。一個知覺再遲鈍的人，經歷了滄桑變化看盡了世態炎涼後，總還是念念不忘、津津樂道於以往生活的感受。哪怕只是一些記憶的碎片或成長的短章，只要被撿拾起來，就如奇珍異寶般在記憶的拼圖上珍藏。每個人都要經歷變化，而且這些變化會伴隨人的一生，也許是前途未蔔，也許是峰迴路轉，也許是山窮水盡，也許是柳暗花明。但不管如何，笑看世界滄桑變化，淡泊人間世態炎涼，應當是首選的心態。

世事原本多滄桑，白雲蒼狗究可哀。在遠離親情、被人欺負的時候，不要去想生活與生命的背離；在沒有知己與友誼、在深切地感受到人情冷暖的時候，也不要選擇努力去迎合世態；不必要求環境為自己而改變，因為自己也可能不會因環境而改變。

# 不可隨便「敲竹槓」

關於俗話「敲竹槓」的由來，有兩種很有意思的說法。

一說是清代末年，市場上小額交易以銅錢為單位。店家接錢後便丟在用竹槓做成的錢筒內，晚上結帳時倒出來，謂之「盤錢」。當地的地痞流氓常去店鋪勒索錢財，不用開口，只是兇巴巴地敲拍竹錢筒，店主見之，便知來

意，慌忙掏錢「孝敬」。另外，舊時有些黑心店主，見陌生顧客上門購貨，往往隨意提高價格。每當夥計在接待顧客時，店主以「敲竹槓」一下，示意提高價格一成。

而另外一種說法則與之相異。1839年林則徐奉道光皇帝之命，以欽差大臣身分前往廣州查禁鴉片。在他的要求下，各地水陸要塞均設關卡檢查以防煙草流入境內。但一位水運客商將煙草藏於竹槓和船篙之中，欲蒙混過關，躲避檢查。一天，尚船行至浙江紹興碼頭，檢查官上船檢查，未發現其中秘密。當時，該關卡的一名師爺吸著旱煙，走上船去，用煙竿敲得竹槓「咯咯」作響，客商以為師爺看出了破綻，便慌忙掏出數兩銀子，悄悄塞給師爺，請求通融，不要再「敲竹槓」。

如今，以某種藉口勒索訛詐人家錢財，被人們謂之「敲竹槓」，這大概是從第一種說法中得來的。「敲竹槓」者層出不窮，花樣百出，雖然不及敲詐勒索對社會的危害性大，但遠比敲詐勒索的滲透面要廣得多，也要「靈活」得多。被「敲竹槓」者往往是忍氣吞聲，默默承受；或自認倒楣，息事寧人，實在是可憐。

不過，若以第二種說法，在某些特定場合下，還真的有必要「敲竹槓」，只不過這種「敲竹槓」，應當是認真、仔細地檢查的意思。無論

是海關緝私還是警察緝毒，無論是安檢人員檢疫還是偵察人員調查，都要認真細心，只有這樣才能保證萬無一失。

# 切勿妄稱「忘年交」

　　一次朋友聚會，席間其樂融融。推杯換盞之餘，大家開始按年齡排序。其中一位拉著另外一位，高興地說：「你比我大兩歲，但我們關係好，不論年齡，我們是『忘年交』。」這位雖然很熱情，但是顯然把「忘年交」的意思弄錯了。「忘年交」不是「忘記年齡結交的朋友」，而是「不計年齡、輩份而結交的好友」。所以，他一說出來，就有人解釋給他聽了。

　　「忘年交」出自《後漢書‧禰衡傳》，說的是禰衡和孔融之間的友誼。禰衡20多歲時，因才思敏捷，為人孤傲，在他到達許昌時，有人就建議他去拜訪幾個名士。禰衡卻說：「許昌城內，除了孔融和楊修兩人值得我欽佩之外，其他人都不值得我去拜訪。」

　　當時孔融已經40多歲了，在朝任職。但是當聽說禰衡到了許昌，就很想見他一面。於是，他換上便裝找到禰衡的住處。兩人相見恨晚，十分投機，甚至於相互欣賞。禰衡稱孔融「仲尼不死」，孔融則稱禰衡「顏淵復生」。「衡始弱冠，而融年四十，遂與為交友。」他們不在乎年齡和輩分，結成了好朋友。

除了他們兩位，古時還有很多「忘年交」的例子。比如，《南史‧何遜傳》便記載了何遜育范雲的交情：「弱冠州舉秀才，南鄉范雲見其對策，大相稱賞，因結忘年交。」

　　一般來說，老年人普遍喜歡和年輕人交朋友，他們十分願意與年輕人交往，在與年輕人的交往過程中，彷彿自己年輕了，彷彿回到了自己的年輕時代。所以，只要年輕人願意與老年人交朋友，在與老年人相處時，確認自己的身分，是很容易結成「忘年交」的。年輕的可以分享年長的人生經驗和智慧，受益終身；年長的會從年輕的那裡獲得活力和新知，保持對生活的敏銳感覺。

　　但如果年齡相仿，卻妄稱「忘年交」，那就鬧笑話了。更有人把董卓與貂嬋、李隆基與楊玉環之間的關係說成「忘年交」，那就更搞笑了。

# 何故要稱「東道主」

　　「東道主」一詞我們經常掛在嘴邊。朋友相聚，來了客人，主人常自稱是「東道主」，客人說主人「你是東道主」等。儘管人們經常使用並且很少用錯，但許多人還不知道這個辭彙的來歷。

這個辭彙出自於《左傳‧僖公三十年》。春秋早期，晉國發生內訌，晉獻公的兒子重耳逃難流亡各國。西元前637年，晉公子重耳逃亡在外，途經鄭國受辱。後重耳當上國君後，請秦國幫助，攻打鄭國，以報復鄭國當年無禮之舉。

在鄭國朝野一片驚慌中，一位叫燭之武的大夫出來挽救鄭國，他獨自一人從鄭城東北角，縋城而下，來到秦兵軍營。見到秦穆公後，他首先陳述，秦幫晉攻打鄭國對秦是百害而無一利，接著又揭露了晉國幾代國君的貪婪本性和背信棄義，並以當年晉國假道虞國滅掉虢國，回來後又

順手滅掉虞國為訓，提醒秦穆公不要重蹈覆轍。燭之武又說如果秦國不幫助晉國，對秦國只有好處：一是鄭國在東可以遏制晉國向東的發展，使晉不能成為最大強國，晉就無法與秦抗衡了；二是鄭國可以做秦國向東來的「東道主」，你們向東與各國打交道，我們可以對你們的官員提供一切，就像你們秦國在東方的一個城邑那樣方便！

秦穆公聞聽大喜，立即設宴款待燭之武，隨即與鄭國結為友好盟約，並派三員大將幫助鄭國守護鄭城北門。秦穆公連個招呼也沒向晉文公打就撤軍了。晉國也只好作罷，撤軍而去。這就是「東道主」的由來，實際上是採用離間的辦法，挽救鄭國。

如今，「東道主」一詞用得很廣泛。比如，運動比賽主辦國或者主辦城市，就稱為「東道主」；舉辦各種會議，主辦方也被稱作「東道主」。

# 何人願吃閉門羹

唐代馮贄在其所著的《雲仙雜記》中，曾經引用了《常新錄》的一則故事，講的是宣城一個姓史的妓女，選擇客人有自己的原則：遇到自己中意的客人，就很熱情地接待；遇到自己不中意的或者是下等客人時，就讓他們吃些羹，以表婉拒。客人見羹即心領神會而自動告退。這就是「閉門羹」的由來。

中國人講究飲食，這是眾所周知的事情。所謂羹，原來用肉類作原料，後來也用蔬菜做原料，到後來對凡熬煮成有濃汁的食品皆以羹稱之，如雪耳羹、水蛇羹、燕窩羹等。不知道那位姓史的妓女是用什麼羹來打發客人，但以羹待客，總比直言相拒要婉轉些。

可惜的是，如今的拒客之道，通常只有「閉門」而沒有「羹」。比如，

有時候去拜訪某些人，可是對方卻擺架子，不肯輕易出面。電話預約，明明在家，卻說出差了；明明閒著，偏說很忙碌。有時候可能是因為一些特殊原因，但給別人吃太多「閉門羹」，倒是會影響自己的形象。

拜訪別人吃「閉門羹」，這倒沒什麼，可是有時候去政府機關辦事，遇到這種情況，事情就難辦了。「主管不在」、「正在開會」、「改天再來吧」等理由，總會讓人掃興。這樣的理由多半是推卸之詞，直接原因就是讓來訪者望而卻步。按照規定，正常上班期間，工作人員應當認真辦公，盡忠職守，不能怠忽職責的。事實上，這些規定，雖然詳細具體，可操作性強，但虛的多，實的少，真正落實的卻不多。

當然，對於有些「閉門羹」，我們應當拍手稱快。現在的官場上，送禮成了司空見慣的事情，人人心照不宣，難以擺脫這種「潛規則」。有些人為了牟取利益，跑官送禮；有些人諂媚上司，大肆賄賂。如果不給他們吃「閉門羹」，豈不是沒有規矩？這種「閉門羹」來得正是時候！

# 汗牛充棟因書多

　　前幾天看一篇文章時，有這樣一句話：「她（李清照）收集的文物汗牛充棟，她學富五車，詞動京華，到頭來卻落得個報國無門，情無所託，學無所專，別人看她如同怪異。」剛開始不覺有誤，可是過了一會兒愈想愈不對勁。認真看了一下，才發現「汗牛充棟」一詞用錯了。

　　「汗牛充棟」出自唐代柳宗元的《陸文通墓表》。陸文通即陸質，唐朝時期，曾做過國子博士、太子侍讀等官。小時候因為家境不太好，所以讀書很刻苦。陸質是個很用心的人，凡是讀過的東西他都要認真背誦下來，長年累積，他的知識非常豐富。後來，他做了官，每天都要工作，但是這並沒有使他停止學習。那時候，讀書人都喜歡考證、注釋、分析古書，所以到唐朝

已經留下很多這方面的著作。但陸質還是大膽地進行自己的研究，尤其在《春秋》上，他下了很大的功夫，《春秋集注》、《春秋辨疑》、《春秋微旨》都是其經過不懈的努力精心撰寫出來的。所以，柳宗元在給他的墓誌名中寫有一句：「處則充棟宇，出則汗牛馬。」稱讚他書籍極其多也。

從字面意義上解釋「汗牛充棟」倒是很容易的：用屋子放書，放滿了整個屋子；用牛運書，牛累得出了汗，形容書籍很多。陸質生在唐朝還算好些，如果是在造紙術發明之前的話，預估存放時要堆很多房間了。因為在以前，書籍都是木簡、竹簡。現在一本很薄的書，在那個時候要用大量的竹木簡才能刻完。所以，如果像陸質那樣書很多的話，書房當然要很多；如果搬一次家，真的得用很多牛了。

不過，到了現在，有些人不再像陸質一樣為學問而藏書了。有些人，客廳也會擺幾套中外名著，但根本不去閱讀，僅僅為了裝飾而已。古人說得好：「家財萬貫，不如滿室書香。」還有一句也不錯：「貧者因書而富，富者因書而貴。」只不過，拿書來充門面，實在是有些蹧蹋書了。

# 春風夏雨教化人

春秋時期的管仲不僅以其思想成為眾多學者孜孜不倦研究的對象，而且他的日常言行也成為中國成語寶庫中的經典，並世世代代影響著後人。其中，「春風風人，夏雨雨人」一句別有深意。

漢代劉向在《說苑》中記載了這個典故。梁國宰相孟簡子因罪逃亡到齊國，受到了管仲的熱情接待。當管仲看到跟隨孟簡子的只有三個人時，就問：「難道你在梁國時候就只有這三位門客？」孟簡子說：「豈止三人，共

有三千多人。」管仲感到很迷惑:「你現在逃亡,那他們為什麼不像其他人一樣離開你呢?」孟簡子就介紹了他的三個門客:其一是父親死後,是孟簡子幫助安葬的;其二是母親死後,是孟簡子安葬的;其三是兄長被抓進監獄後,是孟簡子設法營救出來的。因為孟簡子對他們都有恩德,所以他們才追隨著他共患難。

管仲聞言感慨萬千,想自己輔佐晉主變法革新,雖然讓齊國國力強盛,但是也得罪了很多人。安頓好孟簡子後,管仲上車曰:「嗟茲乎!我窮必矣!吾不能以春風風人,吾不能以夏雨雨人,吾窮必矣。」意思是說,我不能像春風一樣吹拂人心,也不能像夏雨一樣滋潤人們,以後一定會窮困潦倒的。

管仲發出這樣的感嘆不是沒有道理的。古語有云:「己欲利,先利人;己欲達,先達人。」幫助了人,人家自然也會回報的;而在別人困難的時候

袖手旁觀,自然會失去人心。後來,這句話就比喻為及時地給予人幫助和教益,也作「春風夏雨」、「春風化雨」。

但是,也有人把這個語詞用錯,比如:「喝罷酒,他搖搖晃晃地走在路上,春風風人,心情別提有多高興了。」

# 切勿亂拋「橄欖枝」

2006年德國世界盃足賽期間，葡萄牙國家隊教練斯柯拉里因為輝煌的執教經歷，吸引了很多國家足協的青睞。有些媒體在報導這一事件時，用「輝煌記錄晃人眼，四國足協爭相伸出橄欖枝」的標題。無獨有偶，還有媒體對荷蘭前鋒范尼世界盃足賽結束後的去向給予廣泛關注，報導是這樣說的：「就在比賽獲勝後不久，德甲豪門拜仁俱樂部總經理魯梅尼格就向范尼伸出橄欖枝，希望范尼能夠在下賽季轉會拜仁。」

有關「橄欖枝」的典故，出自《聖經·舊約·創世紀》的第八章。為了得知洪水氾濫的情況，諾亞放出鴿子去試探。當時世界上一片汪洋，鴿子無法落地，便又飛回方舟。七天以後，諾亞再次放了鴿子。等到晚上鴿子飛回來了，嘴裡還叼著一片橄欖葉，諾亞由此獲知地上的洪水已退。後來，人們便把橄欖枝作為和平的象徵。雙方交戰，一方求和，便可說伸出橄欖枝。比如，去年《新民晚報》有則題為「美國向伊朗伸出橄欖枝是作秀」的報導，便揭露了美國對伊朗政策改變的虛偽性。

上文所舉的例子中，四國足協顯然是向斯柯拉發出邀請，希望他能出任主教練一職，而不可能是和他講和，更不可能是在綠茵場上停止比賽。而魯梅尼格邀請范尼轉會拜仁俱樂部，也絕對不是想讓范

尼不射門得分。所以，不如直接說是邀請加盟，少「伸出橄欖枝」。

另外，還有一種用法。比如，前不久在俄羅斯召開了八國峰會，中國也應邀參加了峰會。媒體報導時，所用的題目是《八國集團向中國拋出橄欖枝》。同樣是用「橄欖枝」，意思是說其餘七國希望和中國加強合作，建立和平相處、共同發展的戰略關係。所以，這裡的「橄欖枝」倒沒有用錯，可是「拋出」一詞，卻是不太禮貌。

相信很多人知道這些報導的本意，但是即使如此，還是難以對媒體錯誤使用「橄欖枝」表示原諒。用錯了不要緊，但一而再再而三地錯用，就有些不像話了。畢竟，媒體面對的是廣大群眾，如果一直錯用，誤導就在所難免了。

# 古時已有走後門

「走後門」一詞據說出自北宋年間。宋徽宗繼位後，以蔡京為相。蔡京上任後，拼命貶謫和排斥哲宗朝的舊吏，規定其子女不得為官和入京，甚至連其詩文也不准流傳。蔡京的這一做法引起了人們強烈的不滿，民間對此多有譏嘲。

在一次朝廷宴會上，聰明的藝人們藉機演出了一幕戲：一個大官坐在公

堂上，傳判各事。有個和尚要求離京出遊，可是由於其所持的戒牒是哲宗年間的，結果被判令還俗；一個道士遺失了度牒請求補發，但是由於他是哲宗年間出家的，所以立即被剝下道袍，復為百姓。這時，一個屬官上前低聲問道：「今國庫發下的俸錢一千貫，皆為舊時錢文，如何處置？」這個大官略為沉思，悄悄地說：「那就走後門，從後門搬進來吧！」

在上述語境中，「走後門」一詞是既對蔡京所作所為的一種嘲諷，也是對官家謀取私利的一種諷刺。後來，這個辭彙比喻為透過託熟人、拉關係、送禮行賄等不正當手段，來達到某種功利目的，私底下獲取某種利益。

對照中國特定的觀念，在漢語語境中，前門比喻正規的法定規則，而後門則比喻各式各樣的非正規途徑，特別是指人情關係。很明顯，走後門既是社會上的腐敗現象的反映，又是產生腐敗現象的溫床：辦事的要走後門，貸款的要走後門，升官的要走後門，要把孩子送到一個好的學校也要走後門的，甚至連給孩子辦出生證明都要走後門……

無獨有偶，有些家長將「人脈課」作為「家教」從小孩做起，靠關係把孩子送進政府機關幼稚園，讓孩子和機關工作人員特別是那些很有前途晉升為大官的人的孩子混熟。這些實在是有些過分了。

走後門者，何不反省一下？

# 「狗尾續貂」沒必要

日常生活中，狗尾續貂是個易用錯的語詞。按照《漢語成語詞典》的解釋：「貂，一種毛皮珍貴的動物。古代皇帝的侍從用貂的尾巴作帽子的裝飾。」所以，這個語詞的來源跟古時候的帽子有關。

史書記載，晉武帝司馬炎兼併了魏、蜀、吳三國，建立了統一的晉朝以後，把家族子弟分封各地為王，企圖鞏固晉王朝的統治。結果事與願違，諸王互相爭權奪利，造成了嚴重的內亂。

晉武帝的叔叔司馬倫是個野心家，晉武帝在位時把他封為趙王，武帝去世不久，他就發動政變，自己稱帝。他把親戚和同黨都加封為公侯，就連奴僕、小卒也濫加封賞。每到朝會的時候，滿朝的人都頭戴用貂尾製成的帽子。當時的人編了個諺語諷刺說：「貂不足，狗尾續。」意思是說，貂尾是珍貴的皮毛，官員太多，貂尾不夠用了，就用狗尾代替吧！」

「狗尾續貂」這一成語，就是從「貂不足，狗尾續」演化而來的。《現代漢語詞典》的解釋是：「比喻拿不好的東西接到好的東西後面，顯得好壞不相稱（多指文學作品）。狗和貂的差別自不必多言，關鍵在於是狗尾接續在貂後面還是狗尾後面接續貂，順序不一樣，意思則完全相反。

我們舉例來說明「狗尾續貂」的用法。首先是第一種意義：比喻事物以壞續好，前後不相稱。一般用在「前好後壞」的表述上。比如，「我幫

你寫這段結論，實在是狗尾續貂，有辱尊文。」再比如，「在《西遊記》問世之後，有人寫了不少續、補的作品，但絕大部分是狗尾續貂之作，不能相配。」其次是第二種意義：比喻濫封官爵。例如，「他的公司裡經理雖多，卻都是狗尾續貂之輩，沒一個出色的。」再如，「政府單位任官一濫，就有狗尾續貂之譏，所以還是要盡量減少。」

# 「青鳥傳書」今難再

唐朝著名詩人李商隱的《無題》詩，借助「青鳥傳書」的典故，寄託自己希望與親人通信和見面的心情，如今這個典故已成絕響。

「相見時難別亦難，東風無力百花殘。春蠶到死絲方盡，蠟炬成灰淚始乾。曉鏡但愁雲鬢改，夜吟應覺月光寒。蓬山此去無多路，青鳥殷勤為探看。」

那麼，青鳥究竟是什麼樣的鳥？青鳥傳書又是怎麼一回事？

傳說有一年七月七日，漢武帝在承華殿齋戒。等到中午時分，一隻青色的鳥從西方飛來，停在宮殿前面。漢武帝就向東方朔問原

因。東方朔回答說：「這是西王母要來了。」不久，西王母果真到此。有兩隻像鸞的青鳥，分別侍立在西王母兩旁。後來，人們就用「青鳥」指使者或傳遞書信的人，又稱作「青雀」、「青禽」、「青鸞」、「青鳥使」等。

這樣的典故，被後人演化得十分富有浪漫情調。比如秦觀在《解語花》中寫道：「算此情，除是青禽，為我殷勤報。」《西廂記》中也有「越越的青鸞信杳，黃犬音乖。」

古時由於科技的落後，人與人之間的資訊傳遞，只能依賴信使，人與人的距離因此而顯得更加美麗，更加漫長。由於等待，多少紅顏成了白髮，多少守候成了傳說。而現在呢，身處撥通幾個號碼般簡單、快捷的戀愛年代，再也沒有書信，再也沒有那樣的女孩子算著郵差到來的時間，等一個男孩子的隻字片言。隨著距離的接近與聯繫的快捷，感情也失去了應該持久的溫度。那種寫在書信上的情話和愛情，轉瞬之間，就湮沒在無邊的塵土中。

甚至，在通訊日益發達的年代裡，由手機引發的問題也很尷尬地暴露在眾人面前。有「做人要厚道」的虛偽，有「一直在開會」的欺騙。隨身攜帶的手機，方便了聯繫，卻成了隨時可引發危機的「手雷」。與手機的使用一樣，今天的生活，網路、電話，讓每個人都藏於無形中，在看似無限的接近中，逐漸失去曾經因為距離感有過的美好和幻想。

青鳥，只能成為一種傳說了。

# 問鼎沒有拿第一

2006年德國世界盃足賽是一項全球關注的賽事，精彩的比賽不僅讓全球觀眾看得過癮，更吸引了無數媒體參與報導。一時之間，有關世界盃足賽的報導不計其數。

7月10日，新浪網體育頻道刊登了一篇文章，對世界盃足賽決賽進行了報導，題目是《決戰柏林：義大利問鼎，成也齊祖敗也齊祖》。先不說文章寫得怎麼樣，僅從這個標題來講，已經讓人很失望了。本來義大利已經奪冠，偏偏用了「問鼎」一詞，顯然是錯誤的。要是按照作者寫的那樣，很容易讓人犯疑惑：莫非義大利和法國的決賽還沒有比賽？

鼎是中國青銅文化的代表，在古代被視為立國重器，是國家和權力的象徵。鼎又是旌功記績的禮器。周代的國君或王公大臣在重大慶典或接受賞賜時都要鑄鼎，以旌表功績，記載盛況。直到現在，中國人仍然對鼎有崇拜的意識，「鼎」字也被賦予「顯赫」、「尊貴」等特殊意義。

「問鼎」的典故語出《左傳‧宣公三年》，說的是楚莊王為了討伐外族入侵者來到洛陽，在周天子境內檢閱軍隊。周定王派大夫王孫滿去慰勞，楚莊王藉機詢問周鼎的大小、輕重，遭到定王使者王孫滿的嚴詞斥責。王孫滿說：「政德清明，鼎小也重；國君無道，鼎大也

輕。周王朝定鼎中原，權力天賜。鼎的輕重不當詢問。」楚莊王問鼎，大有欲取周土朝天下而代之的意思。

隨著詞義的發展，「問鼎」已經擴大了它的意義範圍。本來「問鼎」是指「圖謀奪取政權」，只限用於政治鬥爭中，現在則可以用在科技、文化、體育等領域，在體育比賽中使用頻率更高，一般用表示運動員或者運動隊「力爭奪取冠軍或第一名」。有人曾經還辯解說現在已經約定俗成了。但是頻頻出現，且大家漸漸習慣的那些錯誤，不應當約定俗成。

所以，對報章雜誌、電視、網路等媒體來說，偶有用詞不當之處，原本無可厚非，但是對大眾特別是學生將會產生誤導作用的，不可等閒視之。錯一次沒關係，如果知錯而不改，實在是不應該。

# 男兒何不帶吳鉤

在閱讀古詩時，經常會遇到「吳鉤」這個辭彙。吳鉤作為兵器，始於春秋。當時諸侯混戰，烽火四起，兵器製造種類日益繁多，於是一種似劍似刀，又非劍非刀的兵器——吳鉤誕生了。

為什麼會叫「吳鉤」呢？這源自於吳越爭霸時，吳王闔閭喜歡鉤，於是吳國便成為這種新兵器的重要產地。漢趙曄在《吳越春秋·闔閭內傳》記

述了一個故事：闔閭命匠人製作金鉤，懸賞百金。有人貪財，就殺掉自己兩個兒子，以血釁金，遂成二鉤，獻於闔閭。闔閭問此鉤有何不同。那個人答道，我殺掉兩個兒子才得此鉤，並向闔閭展示了此鉤靈異之處。闔閭賞賜他百金，以後無時無刻都帶著這兩把鉤。

不平凡的來歷鑄就了這兩把鉤，成了渴求建功立業者的利器。吳鉤由於出招奇詭，處處有殺機，令敵手防不勝防而倍受志士、俠客的垂青，攜之不離左右。歷代詩人更是對吳鉤讚詠不已。「門有連騎客，翠帶腰吳鉤」（西晉‧張載）；「驄馬金絡頭，錦帶佩吳鉤」（宋‧鮑照）；「風胡有年歲，驄利比吳鉤」（北周‧王褒）；「結客佩吳鉤，橫行度隴頭」（隋‧孔紹安）；「少年別有贈，含笑看吳鉤」（唐‧杜甫）。尤其是辛棄疾在《水龍吟‧登建康賞心亭》寫道：「落日樓頭，斷鴻聲裡，江南遊子。把吳鉤看了，欄杆拍啟遍，無人會，登臨意。」更是傳誦千古。「吳鉤」，本應在戰場上殺敵，但現在卻閒置身旁，只作賞玩，無處用武，這就把作者雖有沙場立功的雄心壯志，卻是英雄無用武之地的苦悶也烘托出來了。

男兒何不帶吳鉤？每個人都渴望建功立業，每個人都希望能實現夢想。但自古壯志未酬者多矣，他們身懷壯志，心繫國家，奈何因為種種原因，空有一身本領而無處施展，因為懷才不遇而悵然，獨享那份「念天地之悠悠，獨悵然而淚下」的悲涼。如今，更有因文憑、職稱而被排斥者，他們的水準和能力也很高，但就是被埋沒，不被人所知。在舉國上下都把人才當作事業

興旺發達的前提時，這樣的悲哀還是少些吧！

# 梧桐何以引鳳凰

現在人們在招攬人才時，往往會說：「栽下梧桐樹，引來金鳳凰。」就像用梧桐樹來吸引金鳳凰一樣，很多企業希望用優厚的待遇來延攬人才。那麼，為什麼梧桐樹會吸引金鳳凰呢？它又有什麼由來呢？

鳳凰，是古代傳說中的百鳥之王，雄為鳳，雌為凰，是人們普遍崇拜的象徵祥瑞的神鳥。「有羽之蟲三百六十而鳳凰為之長。」鳳凰的華貴及其煥發的祥瑞之氣使得龍的傳人們爭相附鳳，除了深受貴族崇拜之外，還成為俊傑之士的代名詞。

如此高貴的神鳥，為何對梧桐「青眼有加」呢？梧桐乃古之嘉木，鳳凰非梧桐不棲，非梧實不食。《莊子·秋水》說：「鵷雛（鳳凰）發於南海而飛於北海，非梧桐不止，非練實不食，非醴泉不飲。」《詩經·大雅·卷阿》云：「鳳凰鳴矣，於彼高岡。梧桐生矣，於彼朝陽。」宋代鄒博的《見聞錄》說：「梧桐百鳥不敢棲，只避鳳凰也。」由此可見梧桐是多麼的高貴了。

由於鳳凰只在梧桐樹上棲息，所以人才也往往歸於適合自己發展的空間中。《三國演義》第三十七回裡寫道：「鳳翱翔於千仞兮，非梧不棲；士伏處於一方兮，非主不依。」

與以前殷實之家在院子裡栽種梧桐表達祥瑞之意不同的是，如今的「梧桐樹」已經有了更多的物質功能。如果企業想引進優秀人才，不但要提供高薪，提供房子，還得有醫療保險、人身保險等等。

可笑的是，有時候企業求才若渴，花了血本，引進的不是人才而是庸才或者是贗才，被騙得叫苦連天；更讓人覺得可悲的是，企業儘管提供了優厚的條件，但有些「人才」人品太差，只是為了賺取物質利益為目的，拿到錢就離職，讓企業狼狽不堪。此等「人才」，實在是不敢恭維。

# 「亂七八糟」因戰亂

「亂七八糟」是一個很常見的成語，在現實生活中也被頻繁使用。在解釋這個成語的時候，「亂」解釋為「無序、無條理」，而「糟」原意為「酒糟」，後來引申為「把事情辦壞」。即使是在詞典上，「亂七八糟」也是被解釋為「很無序，亂糟糟的」。

「亂七八糟」這個成語讓我們聯想起了歷史上兩個重大的事件。「亂

七」，指的是發生在西漢時期的「七國之亂」。西漢初，劉邦為了鞏固皇權，在剷除異姓諸侯王的同時又分封了一批劉姓子弟為王。但是，隨著諸侯王的勢力不斷擴大，到漢景帝時諸王勢力越來越大，其中齊、楚、吳三封國幾乎占天下之半，嚴重地威脅著漢王朝的中央政權。漢景帝採納了晁錯的建議，下令在眾同姓王中推行「削藩」的政策，激起諸王強烈反對。吳、楚等七國以「誅晁錯，清君側」為名，發動武裝叛亂，史稱「七國之亂」。漢景帝派太尉周亞夫率兵征討，取得了勝利。

「八糟」，指晉朝皇室內宮爭權奪利的「八王之亂」。西晉初年，司馬炎建立晉朝後，把皇室子弟分別封為諸侯王。司馬炎死後，繼位的惠帝司馬衷為人庸愚弱智，朝權落入他外祖父楊駿的手裡。引起司馬炎的妻子賈后的不滿，她便暗中用計，殺掉了楊駿及其同黨。又設計殺死了司馬瑋。後來，為獨霸朝野，賈后又將皇太子司馬遹廢為庶人後毒死。趙王倫趁機發動兵變，發兵進攻洛陽，因為先後參與這場亂事的共有八個同姓王，所以這次戰亂史稱「八王之亂」，被具體地稱為「八糟」。

這個大家都很熟悉的成語「亂七八糟」，透過這種聯想反而讓我們記住了「七國之亂」、「八王之亂」這兩個著名的歷史事件。

# 「大傳」和傳記無關

不知從什麼時候開始，凡是名人的傳記都開始稱「大傳」了：《秦始皇大傳》、《孫子打傳》、《吳三桂大傳》、《宋美齡大傳》……似乎只有「大傳」才能配得上名人，不在「傳」之前加個大字似乎就對不起傳主。這樣的思維之下，「大傳」滿天飛也就不足為奇了。但是，這樣跟著感覺走，犯錯誤也就在所難免。

在傳統文化中，有很多名詞都有其固定的意思，譬如內傳、外傳、內篇、外篇、大傳等。如果根據字面意思來解釋，往往會南轅北轍。

一般來說，解釋經義的文字叫「內傳」，如《韓詩內傳》。有時人物傳記也可稱內傳。「外傳」的意思相當於外編。《國語》一直就就被當成「外傳」來看待，因為它作為《春秋》的外傳，以補《左傳》之不足，而《左傳》一直被稱為《春秋》的「內傳」。有時，為史書所不記載的人物立傳，

或者於正史之外另為一個人物作傳，以記錄其遺聞趣事，也可稱為「外傳」，如《漢武帝外傳》、《飛燕外傳》等。「內篇」、「外編」的區別如下：一般來說，表達全書宗旨的列為內篇，有所發揮的列為外篇。唐代的成玄英在《莊子序》中這樣說：「所言內篇者，內以待外之立名，內則言於理

本。」古書如《莊子》、《晏子春秋》、《淮南子》等都分內、外篇。與以上諸詞相比,「大傳」的意思則相對單一。「大傳」是《禮記》第十六篇的篇名,孔穎達對「大傳」的解釋是:「名曰『大傳者』,以其記祖宗人親之大義。」《禮記·大傳》通引《儀禮·喪服傳》中的條文以推而廣之,沒有對「經」進行解釋而只是轉錄,這樣的情況就被稱為「大傳」。另外,到漢朝初年,《尚書大傳》有時也被簡稱為「大傳」。

由此可見,「大傳」和「偉大的傳記」根本毫無關係,動輒來個某某「大傳」,只能說明作者對於「大傳」的真正意思非常模糊。

# 「杜撰」和杜姓有緣

《紅樓夢》第三回中,寶玉初見林黛玉,覺得面熟,就為其取字,名顰顰,探春便道:是杜撰還是典故,寶玉便告訴給有關《古今人物通考》上的典故,並聲稱「除四書外,杜撰的甚多,偏只我是杜撰不成?」那麼,究竟何謂「杜撰」呢?

記得小時侯老師提問:「杜撰是什麼意思?」有同學回答:「杜撰是姓杜的撰寫!」當時還覺得好笑,並且查過詞典,知道「杜撰」一詞的注解是「沒有根據地編造」,又被引申為不真實地、沒有根據地編造的意思。但是後來才知道,有關「杜撰」這個辭彙的由來,卻有一段軼聞。

　　原來，「杜」字真的是指一個人——北宋一個不太出名的詩人杜默。其人吟詩、作文反對循規蹈矩，故屢次科考都沒有中榜。有一次，好友石介和歐陽修為再次名落孫山的杜默設宴告別。席間詩酒唱和，杜默在答謝詩中寫道：「一片靈台掛明月，萬丈詞焰飛長虹；乞取一杓鳳池水，活取久旱泥蟠龍。」

　　照理說，這首詩語帶豪放之氣，一片誇獎師友之心可見。但是有人卻說此詩後兩句重複了一個「取」字，犯詩家忌諱，理應當改。但杜默不接受，他說那是死守金科玉律，而詩貴在意境，絕不能以詞害意。

　　因為杜默寫詩不講韻律，有人就批評說他寫的東西詩不像詩，文不像文，實在是不倫不類。後來，人們每逢看到不像樣的詩文就拿杜默開玩笑：「這是杜默撰寫的。」漸漸地，這句話就簡化為「杜撰」了。

　　如今，人們無視典故的真實涵意，把寫得不好的或證據不充分的文章一律稱為「杜撰」，其中也帶有「胡編亂造」的意思。

# 「跳槽」原是青樓語

　　你「跳槽」了嗎？在目前，這是一句很平常、很普通的問候語。其意思也很明白，那就是，你炒了老闆的「魷魚」？你是不是還在原來的地方工作？但在明、清時代，這句問話卻含有狹邪之意，相當不雅。

　　隨便翻閱明、清的小說或者筆記，「跳槽」一詞不時可映入眼簾。徐珂的《清稗類鈔》對「跳槽」做了非常確切的解釋：「原指妓女而言，謂其琵琶別抱也，譬以馬之就飲食，移就別槽耳。後則言狎客，謂其去此適彼。」意思說得很明白，最早這個辭彙是說妓女的。一個妓女和一個嫖客纏綿了一段之後，又發現了更為有錢的客人，於是拋棄舊愛，另結新歡，如同馬從一個槽換到另一個槽吃草，因此，這種另結新歡的做法被具體地稱為「換槽」。後來，這個辭彙也被用到了嫖客身上。一個嫖客對一個妓女厭倦了，又另外找了一個發洩對象，這種行為也可稱為「跳槽」。的確，同樣一個辭彙，妓女能用，為什麼嫖客不能用？與此相佐證，明代馮夢龍編的民歌集《掛枝兒》裡就有一首名叫《跳

槽》的歌，歌中的青樓女子哀婉地唱道：「你風流，我俊雅，和你同年少，兩情深，罰下願，再不去跳槽。」妓女與嫖客互訴衷腸，最終達成的協定就是「再也不跳槽」。至此，「跳槽」的意思已經非常顯豁，就是專指風月場中男女另結新歡的行為。

可是不知何時，「跳槽」這個充滿狹邪意味的辭彙被大家拿來當成轉換工作的代語，也許剛開始使用這個辭彙的時候是出於一種自嘲或是玩笑，但最後該辭彙卻脫穎而出，成了更換工作的最佳說法。儘管如此，我們知道這個辭彙的本來意思也不是一件壞事。

# 「秦晉之好」結婚姻

如今，我們經常用永結秦晉之好來比喻聯姻，其實很多人並不知道秦晉之好的由來，更不知道歷史上真有其事。

春秋戰國時期，秦國和晉國是兩個相鄰的大國。秦國地處今甘肅東部和陝西中部地區，在戎狄中發展壯大。因秦國在和戎狄的交往中融合了戎狄的習俗，因而受到華夏諸國的歧視，被稱之為「秦戎」、「狄秦」等。但經過不懈努力，秦國勢力越發強大，實力絲毫不遜於中原諸國。而當時的晉國已經是中原的強國，秦穆公為了實現霸業，主動與晉國結好。晉獻公於西元前654年將其女兒伯姬嫁給了秦穆公。這就是歷史上所說「秦晉之好」的開端。

後來，晉國發生內亂，晉獻公的兩個兒子夷吾和重耳分別逃往他國避難。晉獻公死後，夷吾許諾以割讓河東五城作為條件，得到了秦穆公的支持，順利繼承了王位，稱為晉惠公。但他不僅不履行與秦國的獻城承諾，而且三番兩次挑釁秦國邊境。西元前647年，晉國發生饑荒，晉惠公派人向秦國求救，秦國不計前嫌提供援助。可是事後晉惠公並未感恩圖報，反而在兩年後趁秦國發生旱災之際，發動大軍進攻秦國。秦穆公派軍與晉戰於韓原，晉軍大敗，晉惠公被俘。晉國被迫割讓河東五城歸秦，同時昔惠公以太子圉入秦為人質才得以脫身回國。太子圉到秦國後，秦穆公為了籠絡他，把自己的女兒懷嬴嫁給了他，由此兩國親上加親，秦國歸還了晉國河東五城。秦晉兩國以黃河為界重修舊好。

　　照理兩國關係應該是很穩固的。可是當太子圉聽說自己的父親晉惠公病重時，害怕國君的位置會傳給別人，於是就扔下妻子懷嬴，一個人偷偷跑回晉國。第二年，晉惠公死後，太子圉就成為晉國君主，這就是晉懷公。從此晉國跟秦國不相往來。

　　秦穆公得知此事後大怒，立即決定幫助重耳當上晉國國君，還把女兒懷

嬴改嫁給他,當時公子重耳尚在國外避難。西元前636年,秦穆公派兵護送重耳返回晉國,東渡黃河,佔領狐。秦國和重耳的代表在郇會盟和談。晉國同意立重耳為國君,遂入都城絳,公子重耳就成為春秋五霸之一的晉文公。秦晉兩國遂和好如初。

「秦晉之好」不僅僅是華夏族內部的聯姻,更反映了當時華夏族與周邊各民族,尤其是戎狄民族的廣泛交流與融合。

# 3

# 民俗揭秘

# 「烏紗」為何那樣「烏」

　　因為是做官的象徵，「烏紗帽」在國人心目中的地位自是非比尋常。因此，探討一下烏紗帽的由來，考證一下「烏紗帽」又是怎樣和做官牽扯在一起的，也是一件很有意思的事情。

　　烏紗帽最早出現在東晉。咸和九年，東晉成帝一時興起，讓在宮廷中做事的官員統一戴一種用黑紗做成的帽子，是為最早的烏紗帽。到了南朝劉宋時，有個叫劉休仁的名士別出心裁，製造了一頂用黑紗抽紮邊沿的帽子，也叫烏紗帽。因為樣式獨特，這種帽子很受民間歡迎，很快風行一時，不分貴賤、不分官民皆得而戴之。隋朝時，烏紗帽成了等級的象徵，烏紗帽上的玉飾數量有嚴格的級別限制，一品官紗帽上的玉飾可以有九塊，而六品之下的紗帽則不允許有任何玉飾。到了唐朝，烏紗帽更是搖身一變，一夜之間，身價倍增。據《唐書‧輿服志》：「烏紗帽者，視朝及燕見賓客之服也。」唐書說的很清楚，烏紗帽是重要場合——官員們上朝和宴請賓客時所必須戴的，是正規場所禮儀所必須。此時，烏紗帽完成了從灰姑娘到白天鵝的轉變。

　　宋太祖趙匡胤陳橋兵變，黃袍加身之後，為防止大臣在朝廷之上交頭接耳，就下了一道變態的詔書。命令所有的官員都要在烏紗帽兩邊各加一支尺餘長的帽翅，並裝飾不同的花紋以示官階。這樣，在朝廷之上，如果有人交頭接耳，兩支帽翅自然擺來擺去，有時甚至可能會把對方的烏紗帽碰倒掉在

地上，基於禮儀的考量，朝廷之上，交頭接耳的自然也就少了許多。

烏紗帽最後一統天下是在明朝的時候。1370年，明朝政府規定：凡文武官員入朝，必須要戴烏紗帽，穿團領衫。並且規定，官階越高，烏紗帽的帽

翅就越窄，反之就越寬。從此之後，烏紗帽成為官員的專利品，一般百姓不許使用。從明朝開始，烏紗帽正式成為做官的代稱。

烏紗帽由最早的百姓服飾，走向廟堂，而後來又成為限制官員交頭接耳的道具，最後卻成為當官的象徵性物品，其中的發展過程真令人產生無限感慨。

# 「貳臣」應該是什麼臣

前不久，中國央視播出了電視劇《天下糧倉》。在第五集中，苗宗舒指著劉統勳大罵：「你……你簡直是大清的『不齒貳臣』！」本來，苗宗舒要罵劉統勳不守臣規，有辱先帝，但說他是「不齒貳臣」，就有些過分了。

那麼，「貳臣」究竟應該是什麼「臣」？《現代漢語辭典》這樣解釋：「貳」意為「變節、背叛」；「貳臣」就是「在前一個朝代做官，投降後一

個朝代又做官的人」。所以，想要成為「貳臣」，至少要具備這樣的條件：這個「臣」要身處王朝易代之際，因為各種政治原因先後效忠於不同的王朝。

《天下糧倉》描述的是乾隆年間的事情，此時，清朝已經歷順治、康熙、雍正三朝，約一百多年。劉統勳若是「貳臣」，那麼他需要先在明代當官，然後跨一百多年後為乾隆皇帝效忠。若是這樣，劉統勳活的時間也夠長了。事實上，劉統勳生於康熙年間，雍正時期為進士，乾隆年間累官至東閣大學士兼軍機大臣。

不過，說到「貳臣」一詞，就不得不想起清朝的《貳臣傳》。乾隆時期，清政權已經建立百年，其統治已經非常鞏固。在這種情況下，為了進一步鞏固統治，緩和民族衝突，瓦解民族意識，達成統一思想，乾隆皇帝在大力表彰忠臣（即在明末清初因抗清遇難的明朝官員）的同時，下令編纂《貳臣傳》。

《貳臣傳》分甲乙兩編，附錄於《清史列傳》卷78、79兩卷中，共收錄了明末清初在明、清兩朝為官的人物120餘人。乾隆以忠君為標準，在上諭中把降清的明朝官員均稱為「貳臣」，使「貳臣」成為一個典型的政治術語。乾隆指出，這些「遭際時艱，不能為其主臨危授命」，從封建道德出發，實在是

「大節有虧」。這些人儘管為清朝做出了貢獻，其子孫甚至還在清朝做官，但以「忠君」的標準衡量，他們是不完美的。

# 「福」字倒貼有禁忌

春節到，春節到，小女孩要花，小男孩要炮。雖然現在中國過節的方式在改變，但是有一點卻是一以貫之的，那就是貼春聯、貼福字，以求吉祥如意，福多壽多。

但似乎有個不成文的規定，那就是春節所貼的「福」字應該倒著貼，其原因是，這樣貼吉利，「福」字頭朝下，其意思就是「福」倒了，諧音「福到了」！真實效果姑且不考慮，至少討個好彩頭，殊不知，有些地方的「福」字可以倒著貼，有些地方卻不宜倒著貼。

據作家馮驥才考證：「民俗傳統中，倒貼福字主要在兩個地方。一個地方是在水缸和土箱子（即垃圾桶）上，由於這兩處的東西要從裡邊倒出來。為了避諱把家裡的福氣倒掉，便巧用「倒」字的諧音字「到」，倒貼福字。用「福至」來抵消「福去」，以表達對美好生活的嚮往。另一個地方是在屋內的櫃子上。櫃子是存放物品的地方。倒貼福字，表示福氣（也是財氣）一直來到家裡、屋裡和櫃子裡。至於大門上的福字，一向都是正貼。大門上的福字有「迎福」和「納福」之意，而且大門是家庭的出入口，一種莊重和恭

敬的地方，所貼的福字，須鄭重不阿，端莊大方，故應正貼。翻閱中國各地的民俗年畫，哪張畫大門上的福字是倒著貼的？但像時下這樣，把大門上的福字倒過來，則必頭重腳輕，不恭不正，有失滑稽，有悖於中國「門文化」與「年文化」的精神。倘以隨意倒貼為趣事，豈不過於輕率和粗糙地對待我們自己的民俗文化了？

因此，大門等處的「福」字倒著貼可能是一個美麗的錯誤，這個錯誤幾乎大家都會偶爾犯一下。「福」字倒著貼固然有其由來，但卻不可推而廣之，尤其不可處處倒著貼。還是聽聽馮驥才先生的建議吧：「民俗講求規範。該輕鬆處便輕鬆，該莊重處必莊重。應當講究，也應當恪守。規範具有約定俗成的合理性，而且它又表現出一種文化的高貴和尊嚴。」由此而言，大門上的福字不宜倒貼。

## 大象把門待商榷

在一些富麗堂皇建築的大門兩側，不時可以見到有大象巍然挺立。這似乎與傳統習俗並不吻合。

中國傳統文化講究各得其所，重視名正言順，包括用什麼動物的造型來把守大門也自有其明確的要求。

傳統建築中，獅子是最常使用的一種裝飾物。在中國的宮殿、寺廟、佛塔、橋樑、府邸、園林、陵墓，以及印鈕上都會看到它。尤其是重要建築的大門兩旁，獅子出現的頻率最高。在漫長的歷史年代中，這些石獅子陪伴著滄桑巨變，目睹著朝代的興衰更迭，已成為中國古建築中不可或缺的一種裝飾物。

獅子的故鄉在非洲、印度、南美等地，在周代銅器中，已有獅子的形象出現。據說，獅子是從西域傳來。相傳東漢年間，獅子被作為禮物送給中國的皇帝。隨著佛教的傳入中國，被佛教推崇的獅子在人們心目中成了高貴尊嚴的靈獸，和麒麟一起成為中國的靈獸。獅子隨之開始出現在重要建築物的正門兩側。

獅子又是獸中之王，有顯示尊貴和威嚴的作用，獅子在民間又有避邪的功能，因此常用來守門。按照傳統習俗，成對的獅子是左雄右雌，還可以從

獅子所踩之物來辨別，蹄下為球，象徵統一寰宇和無上權力，必為雄獅。蹄下踩著幼獅，象徵子孫綿延，是雌獅。

而在傳統文化中，一般認為，大象善於吸水，水為財，因此，凡家居窗戶能見到海或水池者，均可稱之為「明堂聚水」，這時可以擺放一隻大象，以求吸納外界的財源。同時，傳統文化認為，大象稟性馴良，放在家中吉祥如意，放置時應該放在室內，以求得全家的平安。

所以，獅子是用來把門的動物，一般放置在大門兩側，而大象則是聚財的動物，一般放置在院內或室內。獅子和大象各有各的用途，讓大象去當「門衛」是不太合適的。

# 不可隨便就「扶正」

2005年1月3日中國的《江淮晨報》上，有一則題為《王海鳴暫不扶正，兩項大賽成考核指標》的消息，消息是這樣說：

雖然迪西科不能來中國了，但是目前足協對於主教練的唯一人選王海鳴還將考察一段時間。到昨天為止，體育總局競技司還沒收到足協關於女足主帥人選的審批報告。

在接受記者採訪時，中國足協女子部主任張建強表示：「中國女足暫由

教練組組長王海鳴帶訓，但目前還沒有把王海鳴扶正的打算。但這不會影響到中國女足的正常訓練。」

對於主教練何時能夠確定，張建強說：「我們比你還要著急，目前還在尋找當中。2000年到2004年，中國女足走了不少冤枉路，換了3任教練。2005年到2008年，我們一定要步上正軌。」

據記者瞭解，本次的四國賽以及3月份的阿爾加夫杯將是對王海鳴的考驗，如果在這兩次比賽中成績優秀的話，那麼王海鳴肯定被扶正，英國人基斯·布倫特將成為王海鳴的搭檔。如果成績不佳，王海鳴依然有下位的可能。而對於這一點，王海鳴現在看得非常開：「這些事情我現在都不去想，天道酬勤，我始終相信這一點。」

如果不看正文，這則消息的標題的確夠「刺激」的，因為裡面出現了一個觸目驚心的辭彙「扶正」。在漢語裡，只有一件事情是「扶正」：舊時，一個人的正房太太死了，將下面排序最靠前的妾轉為「正房」，對於那個妾來說，這就是「扶正」。而上面的那則消息中的王海鳴，無論如何也和「扶正」扯不上關係，不就是讓不讓當主帥嗎？和「扶正」相差十萬八千里呢！記者卻很突兀地來了個「扶正」，的確讓人感到毛骨悚然。

# 何物才可來「填房」

　　中國《華西都市報》有篇題為《填房費用幾何？》的報導，報導是這樣說：

　　近日，位於成都市城東川鋒苑小區的一位何女士來電反映，她購買了一間房子，採用的付款方式是一次付清，現在產權證還沒有辦下來，她想把名字更換成另外一個人的名字，但是當她到建築公司那裡要求更換名字時，建築公司卻要求她支付兩千元的更名費。何女士覺得這太不公平了，她覺得現在她的產權證還沒有辦下來，建築公司只需要派人把名字更改一下就可以了，因為要涉及一定的程序，適當的收取一些費用是可以理解的，但是收取兩千元更名費確實太貴了。

　　幾家建築公司在記者調查時都表示，他們把房屋更名稱之為填房現象，他們非常不歡迎購屋者更名。所以迫不得已把更名費提高到一定的程度。有些建築公司甚至認為，不少客戶以「更名」為由，實際上是一種變相的「退房」或「炒房」。

　　該報導標題和正文中出現的「填房」顯然是誤用。

　　填房的意思其實非常明確，指的是古

時丈夫原配的妻子亡故後，續娶的妻子。很顯然，「填房」指的是人，並且是女人。而且成為「填房」還有一個先決條件，就是原配妻子必須已經亡故。否則就稱不上「填房」。在上面的報導中，無非是將房屋的主人由一個人換成另外一個人，僅僅是個產權變更問題，不知道為什麼，在建築公司的口中卻开出了個「填房」的語詞。該詞用在這裡，不僅十分不妥，而且顯得十分不尊重客戶。

《重慶晚報》上 則新聞的標題更顯得不倫不類：《姐姐退婚妹妹填房，13歲少女當了半月新娘》。「姐姐」是和另外一個人退了婚，並沒有死，即使她的妹妹和那個人結了婚，也和「填房」扯不上關係。因此，這樣的錯誤就顯得十分莫名其妙。

# 「三陽開泰」非「三羊」

每逢羊年春節，人們都想藉著「羊」這個諧音，沾上一點羊年的喜氣，甚至很多春聯的橫幅上都寫著「三羊開泰」，連傳的簡訊上也這樣寫。實際上，觸目皆是的「三羊開泰」裡的「羊」字，其實只是個諧音，正確的寫法應該是「三陽開泰」。

「三陽開泰」這個語詞來自於《周易》六十四卦之中的一卦——泰卦。《漢語成語詞典》解釋：「《易經》以十一個月為複卦，一陽生於

下；十二個月為臨卦，二陽生於下；正月為泰卦，三陽生於下。」「三陽」意為春天開始，表示冬去春來，陰陽消長，萬物復甦。而「開泰」呢，則表示吉祥亨通，也作「三陽交泰」，有好運即將降臨之意。

常用以稱頌歲首或寓意吉祥，成為歲首人們用來互相祝福的吉利話。如果將「陽」字改為「羊」，就詞義上說是講不通的。但是近20年來，用相近或相似的字將語詞稍加更動，變成時髦的流行話的事情已經屢見不鮮了。

《說文解字》說：「羊，祥也。」「羊」和「陽」同音，羊在中國古代又被當成靈獸和吉祥物，所以很多「吉祥」的銘文都寫成「吉羊」。這也許就是人們改詞的原因吧！每逢羊年，人們大量用「羊」做諧音字加入語詞中，也是想表達一下喜悅的心情，「三羊開泰」、「羊羊得意」、「喜氣羊羊」等，就都被廣泛使用。

可是這樣做的同時卻會出現一個問題：這樣的語詞使用頻率越高，就越容易給人們造成誤導。特別是對於正在求學的學生來說，他們所受到的誤導可能會更深。羊年過去了，而留在人們記憶中的「三羊開泰」卻不會馬上消失。時間久了，人們可能就會分不清到底哪一種寫法是正確的，其真正的含義是什麼。

所以，為了增加喜氣用諧音字的做法可以理解，但應在諧音字替換正確字的位置上加上引號作為標記，這樣做，既表達了商家迎新年的意圖，又不會給人們造成誤導。

# 「蛛絲馬跡」非「螞跡」

　　某偵探片裡有這樣的字幕：「難道就沒有一點蛛絲螞跡了嗎？」看到後，覺得很奇怪。這個語詞看起來怎麼有點陌生？難道不是「蛛絲馬跡」嗎？翻開字典、成語詞典等工具書查看一番，明明就是「蛛絲馬跡」。那麼，電視劇中的對白怎麼會出現這樣的錯誤呢？

　　想了一會兒，覺得錯誤應當就在這個「馬」字上。「蛛絲馬跡」是常用的成語，一般的辭典對「馬跡」的解釋都是「馬經過後留下的痕跡或馬腳印」。蛛絲馬跡比喻事情留下來的隱約可尋的痕跡和線索。可是，這樣的解釋是很難成立的。如果真的是這樣，辦案人員應該很容易找到線索。因為馬是體型很大的動物，經過後的痕跡應該是很明顯的。那麼，「馬跡」怎麼能和「蛛絲」並列起來呢？

　　如果生活在農村，在一些土廚房中可以經常看到蜘蛛。這些蜘蛛在廚房頂上結了很多蜘蛛網，這自然就是蛛絲了。在這土廚房中還有一種小昆蟲，叫做「灶馬」。灶馬爬過的地方留下很多不很明顯的痕跡，這就是「馬跡」。灶馬爬過的痕跡與蜘蛛網經常同時出現，兩者又都是不很明顯的，所以說「蛛絲馬跡」的「馬」應該是灶馬的「馬」，而不是作為家畜的「馬」。唐朝段成式《酉陽雜俎》蟲篇：「灶馬，狀如促織，稍大，腳長，好穴於灶側。俗言，灶有馬，足食之兆。」所以，灶馬又可簡稱為「馬」。

明朝李時珍《本草綱目》蟲三：「灶馬，處處有之，穴灶而居。」
那麼，既然是廚房裡的昆蟲，為什麼不清除掉呢？原來人們相信灶臺上有
灶馬，是豐衣足食的吉兆，甚至把牠叫做「灶爺馬」，把牠當作農曆臘月
二十三祭灶時，「上天言好事，下界保平安」的灶王爺的坐騎。如此說來，
這倒是很有趣了。

# 「弄璋」、「弄瓦」莫混淆

「弄璋之喜」與「弄瓦之喜」是一對經常出現的語詞，稍不留神，就
可能會被「弄璋」和「弄瓦」給「弄」糊塗。簡單地說，生男孩子一般稱為
「弄璋之喜」，生女孩子就是「弄瓦之喜」。

「弄璋」與「弄瓦」典故出自《詩經・小雅・斯幹》，原文如
下：「乃生男子，載寢之床，載衣之裳，載弄之璋。」意即，生下男
孩，讓他睡在床上，給他穿好看的衣裳，讓他拿著玉璋玩。生下女孩則

是另外一個樣子：「乃生女子，載寢之地，載衣之裼，載弄之瓦。」意即，生卜女孩，就讓她睡在地上，穿上小裼衣，讓她玩紡具（瓦）。讓女孩生下來就玩紡具，是希望她日後能紡紗織布，操持家務。璋是上等的玉石；瓦則是紡車上的零件。璋為玉質，瓦為陶製，兩者質地截然不同。璋為禮器，瓦為工具，使用者的身分也完全不一樣。男孩「弄璋」、女孩「弄瓦」，凸顯了古代社會的男尊女卑，這是較早出現性別歧視的文獻。由此可見，即使早在《詩經》時代，重男輕女也已經成為一種風氣。

因此，後世就習慣用「弄璋之喜」、「弄瓦之喜」指生男孩和生女孩，雖然裡面暗含了男尊女卑的意識，但也已為歷史和群眾所接受。時至今日，這兩個辭彙也會在个同場合被人偶爾用到，只是其中的男尊女卑的意思已經越來越淡了。

# 龍生九子各不同

根據民間傳說，龍共生了九個兒子，他們性格迥異，區別明顯，這九個兒子叫什麼名字，又有什麼不同呢？

這九個兒子分別叫做贔屭、囚牛、睚眥、嘲風、蒲牢、狻猊、狴犴、負屭、螭吻。據說贔屭是龍的長子，貌似龜，有齒，力大，好負重。其背亦負以重物，在石碑下的石龜為其具體形象。囚牛是形狀為有鱗角的黃色

小龍，具有突出的音樂天性，故經常蹲立於琴頭。睚眥則是龍身豺首，性剛烈，嗜殺好鬥，因此長被刻鏤於刀環、劍柄之上。有成語曰「睚眥必報」，也和睚眥剛烈好鬥的個性有密切的關係。嘲風則平生好險，故殿角的走獸一般都取其具體形象。蒲牢聲音洪亮，每逢遇到被攻擊總是習慣於大聲吼叫。據說蒲牢生活在海邊，平時最怕的是鯨魚。每每遇到鯨魚襲擊時，蒲牢就大叫不止。於是，人們就將其形象置於鐘上，並將撞鐘的長木雕成鯨魚狀，以其撞鐘，求其聲大而亮。狻猊，形如獅子，愛安靜，喜煙好坐，所以它的具體形象一般都出現在香爐上。狴犴又叫憲章，相貌像虎，有威力，又好獄訟之事，人們便將其刻鑄在監獄門上。虎是威猛之獸，可見狴犴的用處在於增強監獄的威嚴，讓罪犯們望而生畏。負屭身似龍，高雅斯文，故常常盤繞在石碑頭頂。螭吻又叫鴟尾，形狀像四腳蛇剪去了尾巴，這位龍子好在險要處東張西望，也喜歡吞火。相傳漢武帝建柏梁殿時，有人上疏說大海中有一種魚，虬尾似鴟鳥，也就是鷁鷹，能噴浪降雨，可以用來厭避火災，於是便塑其具體形象在殿角、殿脊、屋頂之上，冀其滅火消災。

龍的九個兒子差別如此巨大，因此，民間俗話說，「龍生九子各不同。」

# 大塊吃肉是土匪

在傳統小說或者戲劇裡，描寫綠林豪傑、打家劫舍的土匪的生活方式時，最常用的一句話大概就是「大碗喝酒，大塊吃肉」。他們喝的書中通常不多作交代，至於他們吃的肉，則往往特別強調是牛肉。換句話說，也只有吃牛肉才值得大寫特寫，大肆渲染。

為什麼會這樣呢？

因為按照中國的禮俗規定：牛、羊、豕為「三牲」。祭祀或亨宴時，只有天子才配三牲齊備，此為「太牢」；諸侯只能殺牛、羊，叫做「少牢」。一直以來，飲食都要遵守規矩，禮法森嚴。若非祭祀，諸侯還不可殺牛，大夫不可殺羊，士不可殺犬豕，庶人不可吃珍貴之物，分野森嚴，壁壘分明。因此，沒有相對的地位，一般人是不可吃牛肉的。

除此之外，還有一個原因，在農耕時代，牛是重要的動物。紀昀說「牛有功於稼穡」，李漁講「牛有功於世」。自古以來，中國古人們對牛有著一種特殊的感情。中國的歷史上，很多朝代都頒佈過屠牛的禁令。秦朝時，殺牛就是犯罪，牛老了也必須交給官府，官府說能殺才可以殺。對於私自殺

牛，官府還鼓勵檢舉揭發。

因此，真正遵循禮教、遵守法紀的良民是不願也不敢宰牛吃肉的。只有犯上作亂者才敢打牛的主意，才敢鼓起吃牛肉的勇氣。在這個意義上，敢不敢吃牛肉就代表了一種精神，因此，在古代的小說中，真正敢吃牛肉的，通常都是土匪。

所以，我們可以瞭解，為什麼《水滸傳》中會如此頻繁地出現殺牛、吃牛肉的情節：吃牛肉代表了造反精神。作者描寫這類情節很講究分寸。有身分的人不輕易吃牛肉，通常屠夫不殺牛，鎮關西也不殺牛，只有極像強盜的人才殺牛，比如史進在家裡殺牛，母大蟲顧大嫂的黑店門口掛牛肉。

# 男人被閹稱「淨身」

在網路上看到兩篇文章，都用了「淨身」一詞。其中一篇題為《淨身出戶40歲男人要跟情人結婚》，說的是中國一個男人為了情人，願意和老婆離婚時什麼也不要，「淨身出戶」；另一篇題為《首屆中國西部模特大賽請參賽選手「淨身」》，雖然加了引號，但文章裡寫的卻是選手們到中國成都近郊一處風景區，「在泉水的沐浴下淨化心靈」。如此「淨身」的方法，實在是別致！

　　暫且不管文章的標題，就內容來看，第一篇中提到了「淨身出戶」四個字，令人費解。通常有「足不出戶」的說法，但是「出戶」很少單獨使用，一般沒有這種用法。不僅讀起來不順口，而且意思還有些奇特。透過文章可以猜測，大概是表達「離開家庭」、「出門」之意。姑且不說「出戶」，單是「淨身」疑點就很多。文章中用了這個辭彙，可能是說明那個男人願意放棄分割財產的要求，不要任何東西，孤身一人從家裡離開。作者也許會想，既然那個男人什麼也不帶，身上應該是很「淨」的。如果這也算「淨身」，那就有些望文生義了。

　　而在第二篇中，僅僅是在泉水下洗個澡沖個涼，然後就說是「淨身」，那麼還要「洗澡」、「沐浴」這些辭彙做什麼？如果是這樣，那每天在家用熱水器洗澡，也應該算是「淨身」了。

　　那麼，怎樣才能稱「淨身」呢？「淨身」的「淨」，本為佛教用語，指破除人世的情欲。佛所居的世界，便稱「淨界」、「淨土」、「淨國」。只有了斷塵緣，方是「六根清淨」。後來引申為男子被人為地去掉生殖功能，說得明白一點，就是閹割。閹割原本是一種刑罰，但後來多用於向後宮引進宦官、太監。

　　真不知道，如果真的「淨身」了，那位男人還怎麼跟情人結婚？另外據瞭解，參加首屆中國西部模特兒大賽的還有女模特兒，她們又是如何「淨身」的呢？

# 無事不登三寶殿

俗語說：「無事不登三寶殿。」，比喻沒有事不會登門造訪，只要登門，必是有事相求。

佛教以佛、法、僧為「三寶」。以佛講法，僧繼承之，此三者有密切的關係。通俗些說，佛指大知大覺之人；法即是佛所說的教義；僧指繼承和宣揚教義之人。「三寶」所在之殿當然就是三寶殿了，即佛教信徒登場做法事的地點「大雄寶殿」，佛家珍藏經書、經典之所「藏經樓」，還有僧人休息的「禪房」。這三處地方，是清靜高潔的佛教重地，進出的都是佛門弟子，俗人不可隨意亂闖。

佛教自兩漢之際傳入中國，經魏、晉至隋、唐始臻極盛。最初的信奉者多為上層人士，但隨著佛教傳播的深入和佛教影響的擴展，佛教信仰向社會的中下階層滲透，逐漸成為大眾的信仰。在戰亂的時代，人們透過信仰佛教來表達對黑暗統治的不滿，表達追求美好生活的願望。時至今日，依然有很多信眾對佛頂禮膜拜。

那麼，發生了什麼事善男信女們才應該去三寶殿呢？按照規矩，初一、十五拜佛

頌經當然要去；新年、節日祈福祭天必定要去；戰爭、災荒、婚喪、生日、病痛……常要求神拜佛肯定要去；法事、儀式、招魂必要拜佛上香、請僧人出廟，也必然要去；軀體康復、考試中舉、生兒育女因許願還願也要去寶殿……可見，無事的話，誰會去「三寶殿」騷擾呢？

當然，現實生活中，有事相求當然要登「三寶殿」。遇到棘手的問題不好辦，找人找關係，請客送禮時笑著說「無事不登三寶殿」，實在是有點對不起佛門了。不過，也有人願意別人登他的「三寶殿」，因為只有別人來找他，他才能吃香喝辣，得到好處，

# 豈可隨便就出家

時下熱播的一些電視劇上，看破紅塵的男主角往往隨興宣佈自己皈依佛門，之後就退出江湖，從此不再介入是非恩怨，在青燈古佛之下了卻餘生。其實，在古代，出家哪有如此容易？

在古代要皈依佛門，必須經過合法的途徑。最重要的一條就是必須持有度牒。度牒就是國家認可的出家資格證書，度牒是政府機構發給公度僧尼以證明其合法身分的憑證。古代，度牒一般由尚書省下的祠部頒發，故亦稱祠部牒。唐朝的度牒都用綾素、錦素、鈿軸製成。宋朝一度改用紙造，至南宗仍舊用綾。度牒上一般寫明所度僧尼的法名，俗名、身分（指明童子或行

者及其職銜）、籍貫、年齡、住所或請住持寺院（入何寺院名籍）、所誦經典、師名等，並有祠部的批文，簽署日期和官署署名等。僧尼有了度牒，便取得了合法的身分，有度牒的就算是正規僧人，留居本寺或行遊他方都不會被為難，可獲得免賦稅和勞役、兵役等義務，得到政府的保護。

為了增加財政收入，官府經常出售空名度牒。據宋朝《燕翼詒謀錄》等書，宋徽宗初年每道度牒價錢二百二十千，後來每年賣三萬餘紙，價格大跌，於是停止發行若干年，已發行的也毀棄作廢。南渡之後政府嚴格控制，不輕易出賣，但允許加價轉售，度牒價漲到八百千，需要者多方經營而後得之，費用當然還要上漲。賣度牒成為官府重要的收入來源。至宋高宗紹興三十一年，暫停發行新度牒已二十餘年，在有關部門要求下，重新開始印製發放。因為得之不易，大家也都重視，魯智深溜下桃花山，「胸前度牒袋內藏了真長老的書信」，可見度牒是必須小心收藏的。「棒錘似粗莽手腳」的孫二娘也有溫柔的一面：她取出度牒，縫個錦袋裝著，叫武松掛在貼肉胸前──可見這本護身符在她心目中的分量。

因此，出家絕非一件容易事，不是自己宣佈出家就可以出家了，只有手持度牒才能真正成為所謂合法的和尚，否則就是「非法」出家。

# 萬歲原本非皇帝

在看歷史劇時，經常會看到皇帝早朝的場面。但見文武眾臣跪下，連聲高呼「萬歲」、「萬歲」、「萬萬歲」。所以人們常把「萬歲」與皇帝聯想在一起，認為「萬歲」就是皇帝，皇帝就是「萬歲爺」。其實，這是一種誤解，「萬歲」一詞的產生與皇帝並沒有多大關係。

西周時期，尚無「萬歲」一詞，但有「萬年無疆」、「萬壽」的記載，但它並不是專對天子的讚稱，僅僅是一種行文的款式，也可以刻在鑄鼎上。從戰國到漢武帝之前，「萬歲」這個辭彙時常出現，但並非是帝王專用，可分為兩類：其一說死期。如劉邦定都關中後，曾說：「吾雖都關中，萬歲後，吾魂魄猶樂思沛。」其二表示歡呼。如楚漢爭霸時，項羽放回劉邦的家眷時，漢軍也曾「高呼萬歲」。至漢武帝時，「罷黜百家，獨尊儒術」，「萬歲」也被儒家定於皇帝一人。從此，「萬歲」成了皇帝的代名詞，只有對皇帝才稱「萬歲」。

而歷史劇中朝拜皇帝的場面，也和史實不符。《漢書·武帝本紀》記載：元封元年春，武帝登臨嵩山，隨從的吏卒們都聽到了山中隱隱傳來了三聲高呼萬歲的聲音。其實這很可能是山中回音，可是統治者卻視為「祥

瑞」，把「山呼萬歲」定為臣子朝見皇帝的定儀，稱做「山呼」。《元史·禮樂志》裡對「山呼」的儀式有更詳細的記載：凡朝見皇帝的臣子跪左膝，掌管朝見朝廷的司儀官高喊「山呼！」，眾臣叩頭並應和說「萬歲！」司儀官再喊「山呼！」，臣子還得像前次一樣。最後司儀官高喊：「再山呼！」朝見的人再叩頭，應和說「萬萬歲！」

如此可見，「萬歲」原本不是指皇帝，而「山呼萬歲」也非「三呼萬歲」。

# 太監不等於宦官

在眾多的電視劇和文學作品中，都常把「太監」和「宦官」聯想在一起，這是一個典型的誤解，因為在清朝之前，「宦官」和「太監」是兩個差別比較大的概念。

首先，「太監」和「宦官」出現的時間不同。「宦官」一詞早在戰國時期就出現了，而「太監」一詞，直到遼代才出現。

宦官制度起源較早，《周禮》、《禮記》中都有關於宦官的記載。周王朝及各諸侯國大都設置了宦官。當時的宦官通常由身分卑賤的人充當。其來源或出處以宮刑的罪人充任，或從民間百姓的年幼子弟中挑選。秦、漢以

後，宦官制度更加詳備。

宦官，又作「宦者」、「宦人」，從「宦」的字義分析，本應包括臣隸及仕官在內，通常人們所言宦海、宦途、宦游，其實仍舊是由「官」而言的。宦官或宦者成為宮中閹人的專稱，大約是秦、漢之後的事。

其次，戰國時期的「宦官」可以不是閹人，而後來的太監則必須是閹人。早期的宦官可以不是閹人，宦官「悉用閹人」是東漢以後的事情。而太監和宦官發生關聯只是明朝的事情：以「太監」作為宮中閹人的通稱，是明、清時代的事情。太監本是古代官職的名稱，晚至唐、宋時期，朝廷中仍有太監官職的設置，所任者並非都是閹人。明朝在宮廷中設置了由宦官所帶領的二十四衙門，各設掌印太監，是宮廷中的上層宦官。此後，太監逐漸成為宮中閹人帶有尊敬色彩的通稱。因此，在大明王朝，太監是高級宦官，他們直接管理一般宦官；因此，在明朝，太監和宦官的關係可以這樣界定：太監必須是宦官，而宦官卻不都是太監。發展到了清朝，太監和宦官才成為同義語，才成為可以互用的兩個辭彙。

# 「敦倫」非同「倫敦」

　　倫敦是英國的首都，敦倫則與英國無關。敦倫現在算是個含蓄的隱語，與「房事」、「周公之禮」接近，如果用現代漢語來表述，那就是「做愛」。

　　所謂「敦倫」即「敦睦夫婦之倫」，字面意思是讓夫妻之間的感情親善和睦，最後之所以演化成「房事」的隱語，這和一段故事有關。

　　西周初年，世風日下，民間婚俗混亂不堪。為明德新民，周公親自制定禮儀。周公從婚禮著手，對當時男女交接混亂的狀況進行了大幅度的改革。他把男女從說親到嫁娶成婚，分為了七個環節，即納采、問名、納吉、納徵、請期、親迎、敦倫七個環節，並且對每個環節都進行了細化，做了具體

細膩的規定，這些合稱「婚義七禮」，為了讓當時的男女能理解如何執行「七禮」，周公就與妻子一起現身說法，逐一演示。前面各個環節還好辦，但最後一個環節就頗讓人眼紅心跳。因此，周公之妻拒絕了與周公現場演示「敦倫」。周公只好將一個葫蘆剖開，以此為喻來演示「敦倫」：未分之前混沌一體，剖開之後如男女有別，「敦夫婦之倫」，就如同把葫蘆瓢重新合為一體，其宜男俯女仰，

以合天覆地載之理，於是陰陽和諧，乾坤有序，維綱常而多子孫。從此新婚夫婦均依據「七禮」行事，「七禮」中的最後一禮「敦倫」也就成了夫妻房事的代名詞。象徵「敦倫」葫蘆瓢也就成了婚禮上重要的禮器：用根繩子拴住兩個瓢柄，表示夫婦二體合一；又得一仰一合地擺在新房內，象徵男俯女仰及子孫繁衍。後來

孔子將葫蘆瓢入禮書，並給這一禮儀命了名——合巹，後來，在文人筆下，敦倫就成了個常用語，宋朝有一些筆記就曾提到這個名詞。說有個叫李剛的人，主修正心誠意之學，有日記一本，將所行事必據實書之，每與其妻交媾，必楷書某日某時與老妻「敦倫」一次。

　　儘管「倫敦」與「敦倫」二者的區別毫無理由，但有人以此撰擬了下面一副對聯，倒也稱得上是一絕：

　　上海自來水來自海上，

　　倫敦好奇人奇好敦倫。

# 「倒楣」不是「倒霉」

　　「倒楣」當然不是好事，但更令人尷尬的是，很多人誤把「倒楣」作「倒霉」。之所以出現這樣的誤用，其原因就在於不知道「倒楣」一詞的真正由來。

　　「倒楣」一詞出現的歷史並不太長。據考證，該辭彙大約出現在明朝後期。明朝因襲自隋、唐以來的科舉取士制度，科舉成為當時讀書人出人頭地的唯一門路。因此，科場之內的競爭也就越來越激烈。雖然明朝有相對完善的監考制度，但照樣無法阻止甚囂塵上的作弊之風。一般的讀書人想要在科考中有所斬獲就顯得至為不易。為了求個吉利，同時更是為了給要上考場的讀書人心理安慰，在臨考之前，有考生的家庭通常都會在自家門前豎起一根旗杆，以此為考生打氣壯行，時人稱這根旗杆為「楣」。

　　依據當時的慣例，揭榜之時，誰家的學子榜上有名，原來自家門前的旗杆可以照常豎立，如果不幸失利，該考生的家人往往就會把自家的旗杆放倒撤走，叫做「倒楣」。後來，這個辭彙被愈來愈多的人用於口語和書面，直到現在。值得一提的是，在運用這個辭彙的過程中，人們常把這兩個字寫作「倒霉」，這當然是由於不懂得它的來源的緣故。

# 「道人」未必是道士

　　在中國古代，佛教和道教是最為興盛的兩大宗教。其中，佛教是舶來品，而道教則是中國土生土長的宗教。出家修行的佛教徒稱為「和尚」，又稱為僧人，而道教徒眾則稱為道士，又叫做道人。常人看來，兩者的稱謂互不混淆，各不相干，但也有例外。

　　《聊齋·畫壁》中就有和尚自稱「貧道」的例子。這個故事說的是朱舉人遊覽京城一座寺廟時，被佛殿牆壁圖畫中的散花妙齡仙女吸引，竟進入了圖畫中，與仙女繾綣歡愛。後一金甲神人嚇走了仙女，朱舉人快快而歸，可再看牆上的畫，卻發現畫中的仙女已經變成了少婦。朱舉人急忙向身邊的老和尚請教，老和尚笑言：「幻由人生，貧道何能解？」

　　讀者在感到疑惑的時候，也可能會覺得這是蒲松齡先生的「筆下誤」。事實上，六朝時期的僧人就稱作「道人」，以此與道教徒被稱作「道士」作區別。這是因為，早期佛教徒與道教徒稱謂相近與兩者地位、勢力消長有密切關係。佛教是在東漢初年才傳入中國，當時儘管道教以原始的形態在民間廣為流行，但沒有像佛教那樣有比較系統的理論與嚴密的組織。但是，道教源自於古老的巫術與神仙方術，加上與先秦諸

子中的道家有密不可分的關聯，其傳播植根於民眾，傳播範圍也比較廣泛。為了謀求自身的發展，佛教只有藉「道」而行，採用了很多道教的名詞與說法。比如，佛教又稱為「浮屠教」，僧人也因而叫做道人。

唐、宋以來，隨著佛教地位的提升，佛教有了足夠的實力來和道教抗衡，於是便逐漸放棄了以前借助道教傳播的招牌，取消了「道人」的稱謂，而轉用從古印度梵語中音譯的「和尚」、「僧」等稱謂。

所以，大家在閱讀古代典籍的時候，如果看到僧人自稱「道人」的情節，就不用大驚小怪了。只不過，閱讀的時候，多注意自稱「道人」的人的衣著和行為方式就可以了。

# 「兵」、「勇」其實並不同

現在，經常可以在電視上看到「清宮戲」。如果注意細節的話，會發現其中的士兵有的穿著印有「兵」字的衣服，有的身上的衣服卻是印著「勇」字。很多人就覺得奇怪，莫非是道具不夠還是因為其他原因？其實，這是清代軍事史上特有的現象。

史載，為適應滿族社會發展和軍事戰爭的需要，努爾哈赤創立了「八旗制度」。初建時兵民合一，全民皆兵，並建立了八旗常備兵制。但是隨著軍

事戰爭的需要，不得不徵用「八旗」之外的漢人為兵，成為綠營兵，與「八旗兵」一起構成了清代的國家常備武裝力量。

雖然與「八旗兵」的使命都是維護統治，保家衛國，但是清代一直對「八旗兵」十分倚重，所以綠營兵所受的待遇與「八旗兵」差距甚遠。按照八旗制度，八旗兵大部分衛戍京師，為國家精銳部隊，掌管京師安全；綠營兵則遍佈全國各地，數量要比八旗兵多幾倍乃至幾十倍，用來鎮壓民眾造反。所以，我們在電視上看到的那些在地方上行軍的大多是綠營兵而非「八旗兵」。

清軍入關之後，綠營兵日漸取代八旗兵的主要地位。清朝自康熙以來力圖以和為貴，於是軍備廢弛，委靡不振。八旗兵長期處於養尊處優的地位，沒有多強的戰鬥力，難揚軍威，所以鎮壓「三藩」時，清朝所徵用的大都是綠營兵。雍正登基後，為彰顯滿軍尚武精神，三令五申整軍治軍，終於使得八旗軍戰鬥力得以提高。

即使如此，每逢戰事，若八旗兵和綠營兵不夠用，則就地取材，臨時招募鄉勇組成軍隊，戰事結束後立即解散，並不是國家正式的軍隊。太平天國起義後，曾國藩改非正式的鄉勇為練勇，大練湘軍，定兵制，發餉糧，稱為勇營。從此，「勇」就和「兵」一樣，成為國家的正規軍主力。為了區別「勇營」、「八旗兵」和「綠營兵」，規定「勇營」身著「勇」服，而後兩者則穿「兵」服。

# 男女為何「吃醋」忙

男女相戀時有第三者介入，往往發生爭風吃醋現象。到底什麼是「吃醋」呢？

有關這個典故，很多人都弄錯了，據說唐朝的《朝野僉載》記載房玄齡的夫人好嫉妒，李世民曾給她一壺醋，於是就有了「吃醋」之典故。事實上，《朝野僉載》記載的是關於兵部尚書任的軼事：唐太宗李世民賜給任宮女，聽說宮女受到任妻的迫害，李世民一怒之下令人送去「飲之立死」的酒以示震懾，任妻一飲而盡。但是酒中並未下毒。

而真正把「吃醋」與房玄齡牽扯在一起的故事，則出自唐代劉餗的《隋唐嘉話》一書，不過和上面的故事有些雷同。講的是唐朝初年房玄齡因輔佐有功，唐太宗幾次想把美女賞賜給他，但都被婉言拒絕了。後來聽說房玄齡之妻好嫉妒，皇后又親自出馬為房玄齡說情，也沒成功。李世民生氣了，說如果她堅持那就只有死路一條，盧氏仍不屈服並表示寧願因嫉妒而死。唐太宗叫人打了一壺酒，說：「要是這樣，就飲此毒酒！」盧氏拿起來一飲而盡。其實那壺酒並沒有下毒。後來李世民說：「朕尚且怕見她，何況房玄齡呢！」

　　不過，「吃醋」、「醋罈子」這些話，多被用在女性身上，這倒是常見。但是，男人吃醋也大有人在。吃醋是一種正常的心理反應，是愛和關心的不同表現，潛意識裡則是感情專屬和害怕失去的一種條件發射。戀愛或婚姻中，如果兩個人對彼此視而不見，一點醋都不吃，愛情也就淡而無味了。偶爾吃一下醋，說不定就能給平庸、瑣碎的生活「吃」出一片廣闊的天地，但是醋勁太大，就過猶不及了。

　　比如，漢初時，劉邦非常寵愛戚姬，這就使得呂后對戚夫人和她的兒子趙王極為怨恨，「醋意」十足。高祖駕崩後，呂后逐漸執掌了朝政，她先是毒死了趙王，後又凶禁了戚夫人並施之以酷刑。《史記》記載：「（呂后）遂斷戚夫人手足，去眼，煇耳，飲瘖藥，使居廁中，命曰『人彘』」。呂后這些「醋意」後的瘋狂舉動，連自己的親生兒子孝惠帝都看不下去，稱「此非人所為」。

　　吃醋吃到這種地步，也夠變態的。

# 男人討厭綠帽子

　　帽子是戴在人們頭上的遮陽禦寒之物，現在男女皆可戴，過去基本上是男人的專利。一頂小小的帽子，裡面藏著大大的玄機。如果戴了一頂烏紗帽，男人一定會欣喜若狂；如果戴了綠帽子，肯定男人會怒氣沖天，儘管這是頂概念上的帽子。

　　綠帽子的由來大約是從元朝開始的。當時的蒙古是沒有娼妓的，化外之人，想要就要，大草原上的男女只要願意，馬上就會席天幕地肆意狂歡。等到揮軍南下進入中原，就非常看不慣號稱禮儀之邦的中原人開設的妓院了。所以《元典章》就規定，娼妓之家長和親屬男子裹著青頭巾。由此，「青頭巾」就與娼妓之男性親屬有了關聯。由於青、綠二色比較接近，又同屬賤

色，人們習慣說「綠頭巾」。由於綠色與娼妓有關，後來，「綠頭巾」專用來指妻子有不貞行為的男人，並演變成男人最怕的一頂帽子：綠帽子。

　　民間傳說就比較通俗了：古時一個有夫之婦與人私通，情夫經常用樹枝編成帽子戴在頭上，潛伏在村婦家附近的田裡，等其丈夫外出，進門與村婦幽會。某次村夫突然回來，情夫爬後牆逃走，匆忙間把樹枝編的帽子遺落在村婦家中。村夫看見帽子就問村婦。村婦對丈夫說：「這是我為了表達對你的愛意，特地

為你編的帽子。」丈夫見那頂帽子精緻，就戴在頭上向鄉鄰誇耀。鄉鄰皆知其婦與人私通之事，捂嘴竊笑，稱村夫為「戴綠帽子」的。

男人最不可忍的兩件大事就是殺父之仇、奪妻之恨，所以痛恨綠帽子到了發瘋的地步。這種痛恨延伸到女人身上，就是生死是小，失節是大，別以為只有中國的女人被貞節牌坊給束縛了，事實上同時被束縛著的還有中國男人。妻子沒了名節，就意味著丈夫有了綠帽子，於是一幕幕刀光劍影就圍繞著這頂綠帽子展開了。上至官廳，下至平民，多少人為了這頂綠帽子大打出手，血流成河。

這頂帽子，真是讓男人討厭！

# 餓死事不小，失節事不大

「餓死事極小，失節事極大」是一條廣為人知的語錄。很多時候，此話被視為近乎變態的道德勸諭，其深意千百年來無人參詳，對其中隱藏的中國先賢的生存智慧後人更是視而不見。

其實這句話貌似刻薄，卻深含悲憫。「失節」與「餓死」表面上看起來形同水火，勢不兩立，但二者之間卻暗含因果關係。對於寡婦改嫁，中國古代的法律並沒有明確禁止，但是，法律卻明確禁止寡婦典賣田宅，甚至包括

「隨嫁奩田」，其所有權都屬於夫家，而並不屬於寡婦本人，若寡婦守志而不改嫁，她可以看管其夫的遺產，她本人在世時亦可有限度地使用，這在古代叫「權給」。如果選擇改嫁就等於自動放棄所有財產。對於遺產較多的寡婦來說，改嫁將不名一文，守志則應有盡有；守志代表了不會餓死的平安生活；失節則預示著即將到來的貧窮和饑餓。二者相比，一般的寡婦自然可以洞悉其中的利害。

可以這樣說，在「餓死事極小，失節事極大」之中，隱含了一種深刻的人文關懷。從財產的角度來說，這句格言可以推衍出以下結論：如果有可能餓死，可以適當考慮失節；如果沒有「餓死」的可能，失節則為不智。依據這句話，最不可原諒的事情有兩件：一是本無餓死的可能卻主動選擇失節，二是因為失節導致了最終的餓死。因怕「餓死」而「失節」是一個人的思維境界高低的問題，而因為「失節」導致「餓死」則是一個人智力高低的問題。

因此，這句話無論如何被後代奉為圭臬，其實也只是經濟學的一個公式而已，面對看得見的利益驅動，程頤睿智地說：「餓死事極小，失節事極大」。

其實，即使在宋朝也沒有誰真正把「失節事極大」放在心上。宋真宗的劉皇后進宮以前曾經有過一段不長不短的婚史，因面對可能的「餓

死」，在其夫的幫助下，她決定「失節」，嫁給真宗，後被冊封為皇后，永遠脫離了饑餓和貧窮。宋哲宗的外祖母亦曾兩次改嫁，哲宗對此卻毫不在意，即位之後讓三個外祖父都得到了諡號。甚至那時還鼓勵再婚，尤其是對於尚無子嗣的年輕寡婦。理學始熾的宋朝甚至以法律的形式確認，無人供給的寡婦可以在喪夫100天後再婚，這也是為了確保失去丈夫的女人不被餓死。

「餓死事極小，失節事極大」中，其實包含了樸素的經濟學思想，如果不計經濟利益，我們絕對可以說：「失節事不大。」

# 不孝本有三，無後何為大

「不孝有三，無後為大」是著名的儒家格言，語出《孟子‧離婁上》。原文是：「不孝有三，無後為大，舜不告而娶，為無後也，君子以為猶告也。」在《十三經注疏》中，對於「無後為大」這樣注釋：「於禮有不孝者三，事謂阿意曲從，陷親不義，一不孝也；家貧親老，不為祿仕，二不孝也；不娶無子，絕先祖祀，三不孝也。三者之中無後為大。」

如果把《十三經注疏》中的這段話翻成白話文，就是：依據禮教，有三件事情可以稱作「不孝」：一味順從，見父母有過錯而不勸說，使他們陷入不義之中，這是第一種不孝；家境貧窮，父母年老，自己卻不去當官吃俸祿

來供養父母，這是第二種不孝；不娶妻生子，斷絕後代，這是第三種不孝。儒家認為，在所有的「不孝」行為之中，無後乃是最大的不孝。

孔子最重視的是倫理道德，他曾明確地要求做子女的對待父母應該做到：「生，事之以禮；死，葬之以禮，祭之以禮。」這句話包含了三個層面的內容：父母在世時，子女應該能「養」；父母臨終時，子女應該能「送」；父母安葬後，子孫應該做到香火不絕，祭奠如儀。

在一般的解釋中，「不孝有三，無後為大」一直被認為是封建思想的糟粕，進而將之作為儒家「存天理，滅人性」的罪證。

然而，回歸到特殊的環境中來看待這句話，將三「不孝」中的「無後」列為最大的不孝顯然有其一定的合理性。因為「無後」，就不能傳宗接代，不能傳宗接代，一個家族就會自然走向滅亡。推而廣之，如果所有的家庭、

家族都「無後」，那麼，整個族群就將不復存在。這無疑是莫大的悲哀。因此，在「無後為大」的教誨之中，其實包含了對於族群滅絕的先天性恐懼。即使是在今天，我們能說這樣的恐懼沒有任何道理嗎？所以，不能站在今天的角度片面解釋古人的話語，脫離具體的語境，最終的任何結論可能都是片面的。

# 五福臨門哪五福

國人喜歡討個吉利，所以經常把五福臨門、三陽開泰一類的話掛在嘴上，但要問起五福的具體所指，大多數人可能是一片茫然。

五福的說法，出自於《書經‧洪範》。第一福是「長壽」、第二福是「富貴」、第三福是「康寧」、第四福是「好德」、第五福是「善終」。亦即壽、富、康寧、好德、善終。長壽是命不夭折而且福壽綿長；富貴是錢財富足而且地位尊貴；康寧是身體健康而且心靈安寧；好德是生性仁善而且寬厚文靜；善終是能預先知道自己的死期。臨命終時，沒有遭到橫禍，身體沒有病痛，心裡沒有罣礙和煩惱，安詳而且自在地離開人間。

按照一般解釋，只有五福全部合起來才能稱得上幸福美滿，缺少其中一項就可能會出大問題。諸如有的人雖然長壽而沒有福氣，有的人長命百歲而貧賤度日，有的人富貴而短命，有的人富貴而健康情況不佳，有的人為貧賤而煩惱，有的人雖然富貴但十分操心，有的人滿足於過貧賤悠閒的生活，有的人貧賤而善終，有的人富貴長命而最後卻遭橫禍不得好死……人生境遇多得不勝枚舉。因此，只有五福全部臨門才是十全十美的，其餘的各種情況都是美中不足，是有缺陷的福。

　　五福當中，最重要的是第四福——好德。有著生性仁善、寬厚文靜的德，這是最好的福相。因為德是福的原因和根本，福是德的結果和表現，以此敦厚純潔的「好德」，隨時佈施行善，廣積陰德，才可以培植其他四福使之不斷增長。

# 舉頭三尺有神明

　　中國人有句話：「舉頭三尺有神明。」意思是說，我們每個人頭頂上都有神明。同時還有另外一種說法：「舉頭三尺有青天。人可欺，天不可欺。」那麼，這裡的「神明」和「青天」到底是什麼意思呢？

　　佛家的說法是：每個人身上有兩個神，一個叫「同名神」，另一個是「同生神」。同名神是男的、是白的、是計善的神；同生神是女的、黑的、是計惡的神。任何人起心動念，是善是惡，他們都會記下來。所以我們最好不要隨便起心動念，以免造惡因。

　　清朝末年，有一個舉人要到北京考狀元，遇到了大雪封路，只好住進一家客棧裡。這家客棧的老闆娘是位年輕的寡婦。大雪連綿不斷，無法成行，只好繼續在客棧住下去。一天復一天，一個是年輕男子，一個是年輕寡婦，孤男寡女，天天對望，日久生情，於是動了淫念。男的就起身走向女的房間，在他舉手敲門前想到：「不可以！我是去考狀元的，這一進去要是犯了

淫，天庭會除名的，回去吧！」於是他回去了。換女的起了淫念，一出門，心裡想：「不可以，我是個寡婦，應該為丈夫守住貞節才對，回去吧！」

就這樣走了兩三次。最後一次，兩個人在那邊半推半就，又想要，又想不可以這樣做，就在這下要不要的時候，聽到空中有聲音：「你們兩個王八蛋，一下要又不要，把我的功過簿劃得亂七八糟！」說完就丟下一個東西來。他們聽到這些話嚇得發抖，趕快撿起來看，原來是一本「功過簿」，上面有他們的名字：一個今科狀元，犯淫革名，打×畫掉了；一個是守節寡婦，死後升天，現在犯淫，也畫掉了。再看看，又寫「不犯」，勾回去。又再往下看，又寫「犯」，又畫掉了。如此反覆，把這本功過簿弄得一塌糊塗，連神都生氣得破口大罵。兩人看後趕快各自回房，從此再也不敢犯淫念了。

儘管這是個傳說，但是也給我們說明了一個道理：為人當自律，切不可動邪念，切不可肆意妄為。神明原本不存在，別說舉頭三尺了，舉頭三千尺也沒有的。但是，生活中卻是需要有自律精神。比如，能否讓自己不要產生貪圖享樂的念頭？能否讓自己摒棄驕傲自大的想法？能否讓自己不要產生沽名釣譽的意圖？

古人言神明，雖是迷信荒謬，但其中的含義，倒是值得今人認真借鏡。

# 「豆蔻年華」是特指

在傳統文化中，對於年齡有比較固定的稱謂：

譬如，「總角」、「垂髫」指童年；束髮指青少年；「弱冠」指男子二十歲；而立之年指男子三十歲；不惑之年指男子四十歲。

還有幾個男女通用的年齡的代稱：譬如，五十歲被稱為知天命之年，六十歲被稱為花甲之年、耳順之年；七十歲被稱為古稀之年、杖國之年、致政之年；八十歲稱為杖朝之年；八十至九十歲稱為耄耋之年；九十歲稱為鮐背之年；一百歲稱為期頤之年。

而對於女子的不同年齡，也有與之相對的不同稱呼。譬如，女孩十二歲被稱為「金釵之年」；十三歲被稱為「豆蔻年華」；十五歲被稱為「及笄之年」；十六歲被稱為「碧玉年華」；二十歲被稱為「桃李年華」；二十四歲被稱為「花信年華」。

在女性年齡這麼多的代稱中，知名度最高的是「豆蔻年華」。豆蔻是「多年生草本植物，外形似芭蕉，花淡黃色，果實扁球形，種子像石榴子，有香味。果實和種子入中藥。」「豆蔻年華」之「豆蔻」就是從上述植物引申出來的意思。這種稱呼源自於唐

朝杜牧的《贈別》：「婷婷嫋嫋十三餘，豆蔻梢頭二月初。」大意是說柔弱美麗的十三歲少女，看起來就像是二月初剛發芽的豆蔻梢頭的嫩芽那般美好。很顯然，「豆蔻年華」只能指十幾歲的少女。如果硬要向外延伸，最多也只能延伸到二十歲，再往外延伸就有點過於牽強了。

記住這一點很重要，因為「豆蔻年華」被誤用的次數太多了，以致於現在形容少婦居然也用「豆蔻年華」，實在有點「小詞大用」，讓人不禁汗顏。

# 「從一而終」是理想

「從一而終」，亦即民間所說的「好馬不配二鞍，好女不事二夫」。在現代人的解釋中，「從一而終」是古代女性身上的一個魔咒，將鮮活的身體徹底禁錮，將人性的欲求徹底扼殺。美好的人生、美好的企盼往往會被這句「從一而終」徹底破壞。

但是，如果我們翻閱一下古人的筆記，就會發現，其實根本就沒有那麼嚴重，甚至可以說，「從一而終」從古至今都是一種夢想，一種理想，因為難以實現，所以在古代才顯得特別難得，所以史書才會鄭重其事地將那些貞女記錄在案。

其實，「從一而終」一向不是中國社會，尤其是平民社會中的婚姻主流。

「詩經」時代，民風淳樸，禮教尚未登臺，姑且不論。就是到了唐朝，時人也不以改嫁為恥。溫庭筠所編撰的《華州參軍》篇也記載，曾任參軍之職的名族之子柳某，與崔氏女兩情相悅，不料崔女舅舅王某從中做梗，要崔女嫁給她表哥，在崔母的幫助下，柳某好不容易與崔女偷偷成了婚。可是後來舅舅興訟，「公斷王家先下財禮，『崔女』合歸王家」。崔女又嫁給了表哥，表哥因「愛慕表妹」，倒也不在乎表妹是「再婚」。可是崔女對柳某舊情不減，在舅舅死後，又私奔與柳某生活在一起。後表哥「復興訟奪之」，「崔氏萬途求免，托以體孕，又不責而納焉」。人們哪裡有一丁點在乎「從一而終」的意味？

即使在宋明理學之後，中國人耳熟能詳的《竇娥冤》，關漢卿就為我們展示了當時婚姻的真實狀況：張驢兒父子救下竇娥的婆婆蔡婆婆之後，張父逼迫蔡婆婆收自己做接腳夫（入贅），蔡婆婆雖然也有所猶豫，但最後還是答應了。在這個過程中並沒有受「從一而終」的影響。

洪邁所編的《夷堅志》也有這樣的記載，某王姓官員妻子被賊人設計騙走，

五年毫無音訊，後來他被調到另外一個地方工作，赴長官家宴時，發現桌上的鱉肉味道與妻子所做一樣，不禁痛哭失聲。等長官「喚一婦人出，乃其妻也」，「便呼車送諸王氏」，「王拜而謝」。王某的妻子在長官家作了妾。王某最後依然笑迎妻子歸，根本不在意所謂的從一而終。

因此，歷史上，從一而終一向不是主流，正因為不是主流，所以碰見一個從一而終的貞女節婦才會那麼大張旗鼓地予以頌揚。如果因為史書上記載了幾個節烈婦女，便以為古代所有的女性都是從一而終，那一定犯了想當然的錯誤。

# 「三長兩短」捆棺材

「三長兩短」常用來指意外的災禍或者危險的事情，那麼它又是源自於什麼呢？

在鄉下人們是很忌諱說「三長兩短」的。他們認為，三長兩短指的是未蓋上棺材蓋的棺材，因為用來裝死屍的棺材正好由三塊長木板、兩塊短木板構成一個匣子。所以在他們看來，這個語詞有些不吉祥的意思。

「三長兩短」特指棺材的說法不無道理，但仔細推敲一下就覺得這種解釋有些不妥當了。如果指的是棺材，那麼應該是有棺材蓋的；人死後棺材豈

能不蓋上棺材蓋？姑且不說蓋棺論定，不蓋之棺焉能下葬？可是，如果有了棺材蓋，那就不應當是「三長兩短」，而是四長兩短了？可見，這種解釋不是很正確的。

那麼，「三長兩短」究竟指的是什麼呢？《禮記‧檀弓上》記載：「棺束，縮二，衡三；衽，每束一。」對此，孔穎達解釋說：「棺束者，古棺木無釘，故用皮束合之。縮二者，縮縱也。縱束者二行也。衡三者，橫束者三行也。衽，每束一者。衽，小要也，其形兩頭廣，中央小也。既不用釘棺，但先鑿棺邊及兩頭合際處作坎形，則以小要連之令固，並相對每束之處以一行之衽連之，若豎束之處則豎著其衽以連棺蓋及底之木，使與棺頭尾之材相固。漢時呼衽為小要也。」

看了這些才明白，古時棺木不用釘子，人們使用皮條把棺材底與蓋捆合在一起的。橫的方向捆三道，縱的方向捆兩道。橫的方向木板長，縱的方向木板短，「三長兩短」即源自於此。衽原本指衣服的縫合處，此指連接棺蓋與棺底的木楔，兩頭寬中間窄，插入棺口兩旁的坎中，使蓋與棺身密合。衽與皮條聯用，是為了緊固棺蓋。到後來，人們用釘子釘棺蓋，既方便又快捷，衽也就逐漸被淘汰，而三長兩短的捆棺材皮條也隨之消失。但是，這個語詞卻一直流傳下來，在談話中經常使用。

不過，值得一提的是，隨著火葬的推行，棺材也逐漸淡出人們的視線。如果連棺材都絕跡的話，那麼把

「三長兩短」指作棺材的說法也會像三長兩短的捆棺材皮條一樣消失。那個時候，恐怕知道「三長兩短」的由來的人會更少了。

# 「三教九流」話職業

現在很多人在形容各色人等時，常常用「三教九流」來概括。那麼，「三教九流」的說法究竟從何而來？「三教九流」指的是哪些人？

「三教九流」通常都被人解釋為古代職業的名稱，並被認為是泛指舊時卜層社會闖蕩江湖從事各種行業的人。古代白話小說中的「三教九流」，往往含有貶義。

「三教」指的是儒教、佛教、道教。「三教」的排列先後，始於北周建德二年（西元573年）。《北史・周高祖紀》：「帝（武帝宇文邕）升高座，辨釋三教先後，以儒教為先，道教次之，佛教為後。」

「九流」，指的是先秦的九個學術流派，見於《漢書・藝文志》。這九個學派是指儒家、道家、陰陽家、法家、名家、墨家、縱橫家、雜家、農家。在「九流」中，又分為「上九流」、「中九流」、「下九流」。

「上九流」是：帝王、聖賢、隱士、童仙、文人、武士、農、工、商。

「中九流」是：舉子、醫生、相命、丹青（賣畫人）、書生、琴棋、僧、道、尼。

「下九流」是：師爺、衙差、升秤（秤手）、媒婆、走卒、時妖（拐騙及巫婆）、盜、竊、娼。

事實上，「三教」和「九流」的名稱，在漢朝時並不含有貶義，只不過是對不同人的職業的統稱而已。自唐人撰《春秋穀梁序》中，把「九流」和「異端」並列後，加上對道教迷信日盛，後人就用「三教九流」來泛指社會上形形色色、五花八門、各行各業的各式人物，從此含有貶義了。

# 未亡人限制性別

　　單純從字面上看，所謂「未亡人」就是沒有死的人，因此，所有活在世界上的人都可以稱為「未亡人」。但事實又沒有如此簡單，「未亡人」有它的特殊含義，並有自己獨特的要求，必須符合條件才能被稱為「未亡人」。那麼，「未亡人」需要什麼樣的資格呢？

　　《辭源》和《現代漢語詞典》以及許多辭書，都把「未亡人」解釋為「古時寡婦的自稱」。在實際的談話中，「未亡人」也可以泛指寡婦。因此，「未亡人」既可以是他稱也可以是自稱，但有一點則是約定俗成，從未改變，那就是，未亡人必須是女性，所以，未亡人一定是遺孀。如果是一個男人死了妻子，不論這個男人多麼悲痛欲絕，他都沒有資格稱為未亡人。「未亡人」只能是寡婦，不能是鰥夫，這就是未亡的資格。

　　在一首名為《愛情未亡人》的歌中，伍佰唱道：「愛上你還不如愛上一種罪過，天空空空蕩蕩。閉上眼看不到岸。愛情未亡人，遊走是為了流浪。愛情未亡人，四方我都在逃亡。愛情未亡人，停下來不可回頭。愛情未亡人，迷失就是我方向。」歌唱的如何暫且不去過問，但是一個大男人自稱「未亡人」不僅讓人感到奇怪，而且自稱愛情的未亡人也不太妥

當。既然是愛情的「未亡人」，那麼和這個「未亡人」對應的就是愛情，這個「未亡人」就和自己曾愛過的人沒有關係。

無獨有偶，中國《東方體育日報》在報導漢諾威球隊主教練尼克即將下臺的消息時，用的是這樣的標題：「漢諾威為主帥『辦好後事』，蘭尼克成『未亡人』。」面對這樣的標題，真讓人有丈二的和尚摸不著頭緒的感覺。

# 護城河暗藏機鋒

顧名思義，規範的古代城池應該由兩部分構成，這兩個部分就是城和池，二者共同的作用都是為了防禦。細而分之，城（城牆）是主體，池（城壕、護城河）則起著拱衛城的作用。因此，古代所說的城池，往往指城（或整個城市）的本身。

中國的築城歷史極其悠久，根據古籍記載，遠在原始社會末期，居住在中原嵩山地區的部落領袖鯀（禹的父親）就曾築過城郭，外面還有溝塹，這可以視作原始的城池。在那個時候，人類建築牆的目的，不僅為了抵抗敵人的進犯，同時還有防範自然界猛獸襲擊的目的。

城牆的作用，大家都比較明白，是為了防禦外敵的侵入。在冷兵器時代，一座擁有堅固城牆的城池往往可以抵擋千軍萬馬。有了堅固的城牆，城內的軍民就可以嬰城自守，以不變應萬變，靜待援軍的到來。

但是，僅有堅固的城牆還是不夠的。為了有效地阻擋外敵的侵入，古人又開挖了護城河，亦即「池」。古人曾對於護城河的規格做了明確的限定：「石城十仞，湯池百步。」即城要高，池要深。城高易於理解，但池為什麼要深，可能許多人尚不甚瞭解。

古時護城河通常面闊底窄，面闊在二丈以上，深約一丈左右。護城河的作用在於阻擋敵軍的進攻，使敵軍人馬及大型攻城器械隔河而阻，不得接近城牆，難以進行攻城作戰。因此，護城河是一種隔阻式防城工事。

除此之外，護城河的重要作用更在於，它可以有效地阻止敵人採用「地道戰」的方式侵入城內。試想，如有敵人挖掘地道，護城河裡的水就可以倒灌敵軍。進而破除敵人的陰謀，確保城池的萬無一失。而這一點卻經常被後人所遺忘，以為護城河僅僅是為了隔開與敵人之間的距離。

因此，雖然城高池深不能確保戰爭的勝利，但它對有效地保存戰鬥力無疑能起到至關重要的作用。戰國時代的函谷關（今河南靈寶東北），曾以它的險要形勢和堅固城池，屢次挫敗了東方各國的聯合進攻。

# 「附庸」也可有「風雅」

　　「附庸」指的是不足方五十里的小國。也許稱「小國」已經有些誇張了，因為「庸」的本義就是「小城」的意思。因為太小，這樣的小城沒有資格直屬於天子，只能附屬於別的諸侯國。因此，「附庸」正確的意思就是，「附」屬於其他諸侯國的「庸」。

　　根據古代禮制，天子之領地要超過方圓千里，公侯的領地方百里，伯的領地方七十里，子男的領地方五十里。方五十里者的領地就顯得有些不入流了，這樣的小地方不可能有任何政治地位，因此也就沒有資格參加天子的朝會，附屬於別的諸侯國也就是它的宿命。

　　但是，小地方就不能有小地方的「風」？小地方的「雅」嗎？

　　「三光日月星，四詩風雅頌。」「風」本來是指不同地區的地方音樂。在《詩經》裡就收錄了《風》從周南、召南、邶、鄘、衛、王、鄭、齊、魏、唐、秦、陳、檜、曹、豳等15個地區搜集的土風歌謠。「附庸」之地雖小，但小地方有小地方的風土產物，小地方有小地方的愛恨情仇，因此，小地方也一定有小地方的「風」。時代的強音讓「周南」、「召南」那些大地方的人

去演繹，小地方只抒發小地方的情感。因此，「附庸」之「風」自有其先天的合理性。

「雅」即所謂正聲雅樂。難道小地方就不能正經八百地來回陽春白雪，小地方就不能在閒暇無事時練練美聲？誰能說「附庸」不能「雅」？

因此，「附庸風雅」本來是個十分中性的語詞，無非是「附庸」之地的「風」和「雅」而已。但這個語詞後來卻無可挽回地變成了一個貶意詞，到今天更是發展到了極端，一般辭典對這個語詞的解釋是「缺乏文化修養的人為了裝點門面而結交文人，參加有關文化活動」。這是「以大為美」的審美觀發展到極端的產物，這是對「大」盲目崇拜的產物，「美」和「文化」就這樣被整齊劃一了，其中反映出的心理趣味十分複雜，發人深省。

# 「雞丁」前面冠「宮保」

生活中有一些事情讓人覺得很有意思，比如去餐廳吃飯，大家都喜歡點一道「宮保雞丁」。可是一看菜單，卻發現菜單上寫成了「宮爆雞丁」。吃飯的人也許會想：「莫非更改口味了？變成爆炒的？」如果瞭解了「宮保雞丁」的由來，就會明白這是一種誤解：「宮爆雞丁」原本是由「宮保雞丁」演變而來。

　　「雞丁」前面之所以加個「宮保」，是因為發明人的緣故。這一道菜的發明者丁寶楨，是清朝一位很知名的官員，他是咸豐三年進士，光緒二年任四川總督。據傳，丁寶楨對烹飪頗有研究，喜歡吃雞肉和花生米，尤其喜歡吃辣的東西。丁寶楨在四川總督任上的時候，他自己創製了一種以雞丁、紅辣椒、花生米為主要食材的美味佳餚。這道美味本來只是丁家的「私房菜」，但後來越傳越廣，盡人皆知。

　　很多人知道是丁寶楨發明了這道菜，但是知道為什麼被冠以「宮保」的人就不多了。

　　這裡有必要介紹「宮保」這個辭彙。據史書記載，明、清兩代各級官員都有「虛銜」。最高級的虛銜有太師、少師、太傅、少傅、太保、少保、太子太師、太子少師、太子太傅、太子少傅、太子太保、太子少保，通稱為「宮銜」。這些都是封給朝中重臣的虛銜，沒有實際的權力；有些大臣死後才追加。咸豐皇帝以後，這些個虛銜多用太保、少保、太子太保、太子少保來命名，所以又有了一個別稱——宮保。丁寶楨資歷深、官位高，治蜀十年，為官剛正不阿，多有建樹，於光緒十一年死在任上。為了表彰他的功績，朝廷加封他為「太子太保」。因為丁寶楨的「太子太保」是「宮保」之一，於是他發明的菜由此得名「宮保雞丁」，從此就傳開了。

　　隨著時代的變遷，很多人已經不知「宮保」為何物，就把「宮保雞丁」寫成了「宮爆雞丁」或「宮煲雞丁」了。

# 白天只能撞鐘

我們都知道，一晝夜有24個小時，在一般人的心目中，「小時」是個外來語，這是對於中國傳統的計時方式缺少瞭解所致。

在古時，為了計時方便，將一晝夜分成十二個時辰。而按照西方的計時方式，一晝夜則為二十四個時點，為便於區分西時和中時，當時人們就把二者分別稱為「大時」和「小時」。只是後來隨著鐘錶的推廣和普及，人們將中國的時辰計時方式忘記了，腦海裡只剩下了「小時」這個概念，並沿用至今。

「大時」不以數字來標記，而是用傳統的天干、地支來標注，同時又用子、丑、寅、卯等相對應的鼠、牛、虎、兔等動物作代表。中西時具體對應情況如下：子（鼠）時是十一到一點，以十二點為正點；丑（牛）時是一點到三點，以兩點為正點；寅（虎）時是三點到五點，以四點為正點；卯（兔）時是五點到七點，以六點為正點；辰（龍）時是七點到九點，以八點為正點；巳（蛇）時是九點到十一點，以十點為正點；午（馬）時是十一點到一點，以十二點為正點；未

（羊）時是一點到三點，以兩點為正點；申（猴）時是三點到五點，以四點為正點；酉（雞）時是五點到七點，以六點為正點；戌（狗）時是七點到九點，以八點為正點；亥（豬）時是九點到十一點，以十點為正點。

其實，和「大時」相關的的計時單位「刻」，一個時辰（亦即一個「大時」）分成八刻，每刻等於現在的十五分鐘。舊小說有「午時三刻開斬」之說，意即在午時三刻鐘（差十五分鐘到正午）時開刀問斬。為什麼選在此時，通常認為這個時刻陽氣最盛，在極盛的陽氣之下，陰氣不可能有藏身之地，罪大惡極之犯人其鬼魂也將被陽氣所吞噬，讓死刑犯「連鬼都不得做」，以示嚴懲。

為方便一般民眾，古時城鎮多設鐘鼓樓，晨起之辰時撞鐘報時，所以，現在我們仍不時說現在是幾點鐘了。但需注意的是，「幾點鐘」這種說法只能用在白天。因為從酉時（晚七點）起，就開始用鼓而不是用鐘來報時了，所以夜晚只能說幾鼓天。夜晚說時間又有用「更」的，這是由於巡夜人，邊巡行邊打擊梆子，以點數報時。全夜分五個更，第三更是子時，所以又有「三更半夜」之說。

# 靈柩不是棺材

按照以前的規矩，人死後要埋入土中，死者方得其所，家屬方覺心安，稱為「入土為安」。喪葬的禮儀有很多，其中很重要的一項就是要為死者準備一副好棺材。如今，中國民政部門進行殯葬改革，要求屍體必須火化。而在某些地方，死者被火化之後，其骨灰還可以裝進棺材裡，然後實行土葬。

近日看到一則社會新聞，說是一個做生意的人，賺了錢之後就回老家，打算為祖輩換上好的「靈柩」，重新安葬祖輩。看罷之後，不禁啞然：按照這位生意人的想法，他本來是想給祖輩換換棺材；只不過，他不曉得「棺材」和「靈柩」二詞意義的區別，所以就犯錯了。

從漢語詞典上來看，「棺材」和「靈柩」二詞最根本的區別是，前者只是「為裝殮死人用的東西，通常用木材製成」；而後者是「死者已經入殮的棺材」。簡單來說，「棺材」裡面沒有裝入屍體，而「靈柩」有了死者屍體。可見「棺材」和「靈柩」二詞並不是相同意思，千萬不可亂用。如果有人作古，親人可以為他去買副「棺材」；如果是說成買一副「靈柩」，等於說買來一個有屍體的棺材，這對於任何人來說，都是荒唐的事情，大概沒人會做這種蠢事。

舉個例子，中國新華網2004年11月12日有一則新聞，題目為《阿拉法特靈柩運抵開羅，遺體保存在加拉軍事醫院》。這裡所說的「靈柩」，就是裝

有阿拉法特屍體的棺材。我們可以由此想像一下，那位做生意的人錯在哪裡了。

從古至今，人們選擇棺材確實十分講究。據說，過去達官貴人過世，使用的棺材由十三圓杉木製成，亦即用十三個年輪的杉木精工細作而成。有人避諱「棺」字，就稱為「材」，後人連起來就成了「棺材」。還有更講究的，則在棺外加「槨」，即套在棺木外的一個大棺材，目的是為了使棺材更堅固耐久，除此之外，更有防蟲、防水、防盜的作用。

從五行上來說，木剋土，加上木性本來就很柔和，生者希望過世的親人能夠安逸、舒適，所以，通常會選擇木製棺材。正因為如此，很少見過金屬棺材、石質棺材。不過，現在卻出現了水晶棺材，可是，那多半是出租給別人臨時使用的。

# 東西為何稱「東西」

日常生活中，許多人都會上街去買東西。「買東西」已經成了人們購買物品的代名詞。那麼，為什麼只有「東西」而沒有「南北」？其實古時已經有人問過這個問題了。

中國古代的術數用金、木、水、火、土，推算相互生剋的道理和運勢，

這「五行」又和東、西、南、北、中這「五方」相配，測出古今變革、人生命理、萬事衝撞及依附的關係。

據傳說，宋朝的理學家朱熹好學多問，在未出仕前，家鄉有叫盛溫和的好友，此人亦是博學多才之人。有次兩人在巷子裡相遇，朱熹問道：「你提著籃子做什麼啊？」盛溫和幽默的回答：「去街門買東西。」當時還沒有「東西」這一說法。朱熹不解地問：「買『東西』？這是什麼意思？為何不買『南北』？」盛溫和並沒有直接解答，他笑著回答說：「真的不明白？你這位大學問家真是聰明一世糊塗一時啊！你把五行和五方對照一下就會豁然開朗了。」

朱熹獨自思忖，「東」即「木」，代表一切植物，如花草、樹木等；「西」為「金」，代表一切金屬礦物，如金、銀、銅、鐵等；「南」屬「火」；「北」乃「水」；「中」屬「土」，代表所有用的物質。朱熹很快就明白了，原來盛溫和是用了詼諧的語言說，上街去買金、木之類可裝入籃子的物品，若說「南北」就不對了，籃子裡怎麼可以裝水和火呢？

清朝乾隆年間，有一位叫龔瑋的學者則認為，早在東漢時期，商賈大多集中在東京洛陽和西京長安。俗語有「買東」、「買西」，即到東京、西京購貨。久而久之，「東西」就成為貨物的代名詞。「買東西」就這樣出現在人們的生活用語中。

如今，網路上還流行一個意思和「東西」相同的辭彙「東東」。大概是聽起來比較可愛吧！所以不管男女老少偶爾會用上這個辭彙。

# 虛歲到底怎麼虛

　　有人這樣說，在全世界，或許只有中國人有兩個年齡，一個足歲，一個虛歲。對於「足歲」，可能一般人還能說得清楚，而虛歲怎麼「虛」，卻是件很容易讓人迷惑的事情。

　　很多人認為，足歲加一歲得出的結果就是虛歲，其實這是一個似是而非的說法。很多時候，所謂「虛歲」這個概念通常只用於男人，此即「男進女滿」，意思是男人按虛歲計算年齡，女人按足歲計算年齡。況且在實際的計算中，虛歲也不僅僅就是足歲加一歲那麼簡單。虛歲的具體計算方法是這樣：一個人一出生就算一歲；如果恰好這個人出生在農曆年年末，那麼不但一出生就算一歲，並且一到大年初一又要加一歲，如此到了滿足歲一歲時，則虛歲就已經是三歲了。

　　因此，在計算虛歲時，春節是個特別重要的時間點，每過一個春節，虛歲就應該加上一歲。如果一個人的生日是陰曆的臘月中、下旬，那這個人還沒有滿月他的虛歲就已經兩歲了。那種單純認為虛歲就是足歲加一歲顯然不是正確的。

知道了這個道理，我們就能理解，為什麼很多老人會提前兩年過自己的七十大壽、八十大壽。

# 紅得發紫受豔羨

現在，人們在形容某個人在某個領域或某些方面的地位達到了頂點，好得不能再好時，往往用「紅得發紫」來形容。比如，可以說「超人」很紅，紅得發紫，藉以說明他很受歡迎或者很受關注。

在這個語詞中，「紅」已表示人的境遇良好，而紫則更勝一籌。本來是兩種顏色，怎麼會有如此象徵意義呢？其實，這與中國古代服色文化及其演變密切相關。

作為服色，「紫」的地位本不如「紅」。「紅」在漢代稱為「朱」，被視為正色，而「紫」是間色，又稱雜色。在上古時代，間色是被人看輕的，而紫色尤其被視為一種惑人的邪惡色彩。《論語‧陽貨》中有云：「惡紫之奪朱也，惡鄭聲之亂雅樂也。」何晏的注解這樣說：「孔曰：朱，正色；紫，間色之好者。惡其邪好而奪正色。」而劉熙在《釋名‧釋采帛》中解釋說：「紫，疵也，非正色，五色之疵瑕，以惑人者也。」在正統思想觀念影響下，紫色的地位不如紅色。

　　當然，紫色雖遭到貶斥，卻頗符合古人審美觀。我們注意到在何晏的注釋中，紫色被認為「間色之好者」，也就是說，紫色還是有自身的美，且受到人們喜愛。這就奠定了其地位變化的基礎。

　　那麼，紫色的地位是如何提升的呢？這應當是與上流社會的風尚有關。《韓非子·外儲說左上》中記載著這樣的故事：齊桓公喜歡穿紫色衣服，於是國人都喜歡上了紫色。那個時候，紫色衣服的價錢是素色衣服的五倍。於是齊桓公有點擔心，就對管仲說：「我喜歡穿紫衣服，紫色衣服很貴，現在全國上下都喜歡穿紫色衣服，該怎麼辦呢？」管仲說：「大王想制止這種現象，何不試著不穿紫色衣服？」齊桓公依言而行，三天後國內再也無人穿紫色衣服。

　　在這種情況下，「紫色」得以與「朱色」（紅色）同為尊貴之色，甚至「紫色」的地位超過了「紅色」。唐宋兩代規定，三品以上高官服紫，唐朝三品以下五品以上服朱，宋朝五品、六品服朱色。自此，「紅得發紫」便成為一句俗話。

# 駙馬命運夠辛酸

「駙馬」是中國古代皇帝女婿的專用稱謂。「駙馬」最初為官名。漢武帝時置駙（副）馬都尉，謂掌副車之馬。到三國時期，魏國的何晏，以帝婿的身分授官駙馬都尉，以後又有晉代杜預娶司馬懿之女安陸公主，王濟娶司馬昭之女常山公主，都授駙馬都尉。魏晉以後，帝婿照例都加駙馬都尉稱號，簡稱駙馬，非實官。以後駙馬即用以稱帝婿。

在中國古裝戲上，一個讀書人的最高願望，就是先中狀元後做駙馬。中狀元是社會對於讀書人文章的最高評價，而做駙馬則是皇家對於讀書人氣質的無言肯定。所以，古人說：「皇帝女兒不愁嫁。」但是「駙馬」一詞的由來卻暗含辛酸。

秦始皇統一中國後，經常出巡以顯示自己的文治武功。始皇帝每次出巡都十分高調，前呼後擁，聲勢浩大。西元前218年的春天，始皇帝又帶了大隊人馬外出巡視。當他的車隊行進到博浪沙（在今河南原陽縣）時，突然飛來一個碩大鐵椎，把秦始皇座車後面的副車壓得粉碎，雖然沒有擊中主車，但仍使秦始皇吃驚不小。從此，為了防備不可預測的襲擊，在以後的巡遊中，他乘坐的車輛常有變換，同時安排了許多副車。他還特地設計了一個替身來迷惑外界，藉以向

外界表明皇帝就在「副車」上。但是，替身的選擇卻並不是那麼隨意，首先這個替身要有皇家身分，這樣才不會損害皇帝的威儀，同時這個替身又不能讓和皇帝血緣太近的人來做，以防萬一出了意外，皇族受損。因此，最後，通常由皇帝的女婿來擔當副車替身。由於皇帝的女婿常作為替身乘坐在副車上，跟隨皇帝出巡各地，後來，人們就將皇帝的女婿稱為「駙馬」，並且代代沿襲下來。

因此，「駙馬」雖然能一親皇家芳澤，卻無法改變自己的替身命運。甚至，到了明朝，朱元璋進一步明確規定，駙馬終生不得在朝為官。更可怕的是，如果公主比駙馬先行死去，除非駙馬能夠再娶一個公主做老婆，否則將褫奪「駙馬」名號，返回故里。如此看來，駙馬遠遠沒有舞臺之上那麼的炙手可熱。

# 4

# 人物考古

# 金屋藏嬌，漢武帝有始無終

「金屋藏嬌」當然稱得上是一段佳話。

據《漢武故事》記載，漢武帝劉徹四歲時，做太子的是他的哥哥劉榮。長公主原想把自己的女兒陳阿嬌許給太子劉榮，以求將來做皇后。但是太子的母親栗姬卻不領情，於是，長公主只好把目光轉向了劉徹。她問劉徹願不願意娶阿嬌做妻子，劉徹很喜歡阿嬌，見姑姑這麼問，便信誓旦旦地說：以後如果能娶阿嬌做妻子，我就要親自造一棟金屋子送給她。（「若得阿嬌，必以金屋貯之。」）漢景帝見兒子有這樣的氣魄，也同意了這門親事。後來，劉徹依靠長公主全力以赴的幫助，順利當上了太子。因此，在少年劉徹純潔情懷的背後，卻有長公主煞費心機的陰影。「金屋藏嬌」的溫馨頓時讓人有了異樣的感覺。

然而，更不幸的還在後面。西元前141年，劉徹登上皇位，陳阿嬌則順利成為皇后。誰知「金屋主人」陳皇后的生活並不幸福。因為婚後十餘年而無子，陳皇后非常焦慮，為了生孩子，求醫看病花錢達九千萬，也沒解決問題。焦慮之下的陳皇后，其姿

容自然大受影響。漢武帝後來就移情歌女衛子夫，當年專寵的阿嬌就這樣慢慢被疏遠了。妒火和怒火將一貫嬌貴的阿嬌折磨的痛不欲生，她又哭又鬧，幾次差點死去，弄得漢武帝大倒胃口。

為了使漢武帝回心轉意，阿嬌只好鋌而走險，收買巫女，讓其對衛子夫施展巫術，此事敗露，更令漢武帝大為光火。漢武帝派張湯「治皇后巫蠱獄」，受此案件牽連，被誅者竟達300餘人。禍首阿嬌自然不能倖免，最後只得交出皇后印綬，並被打入冷宮—長門宮。從前令漢武帝心醉神迷的阿嬌已不復存在。

阿嬌曾做過最後的努力－花鉅資請著名文學家司馬相如作《長門賦》，以表達內心的淒苦，想以此贏得漢武帝的愛憐。誰知這篇賦雖然寫得悽楚哀怨，卻於事無補。阿嬌始終未能與皇帝再見面。

辛棄疾後來感嘆道：「長門事，准擬佳期又誤。蛾眉曾有人妒。千金縱買相如賦，脈脈此情誰訴？」因此，出自真性情的「金屋藏嬌」之諾固然是段佳話，但這段佳話的傳奇色彩在長公主的心機和阿嬌後來命運的襯托之下，無可奈何地愈來愈淡了。

# 李太白無緣品白酒

　　李白的酒量首屈一指：「李白斗酒詩百篇，長安市上酒家眠。天子呼來不上船，自稱臣是酒中仙。」

　　「李白斗酒詩百篇」，是中國人心目中最為動情、最為完美的一個故事，不需要過多的想像，我們就會為大唐時代詩人們白衣飄飄的絕代風華所傾倒，其實這其中既有誤會也有後人添加的虛構成分。

　　首先我們應該知道的是，在唐朝，白酒還沒真正出現。一般認為，中國的酒有5000年以上的悠久歷史。中國酒以生長黴菌為主要微生物的酒麴為糖化發酵劑，復式發酵，半固態發酵為特徵。所以，早期的酒在釀製方法和口感上更接近於今天的黃酒。目前流行的白酒的釀製技術到元朝才漸漸成熟，在明清時代，白酒才逐漸取代了黃酒，成為中國人餐桌上的主力。

　　知道了這一點，我們就會明白，為什麼唐朝的詩人和宋朝的土匪都可以大碗喝酒。雖然黃酒喝多了照樣也不好受，但是它的口感、酒精濃度和對腸胃的刺激程度卻與白酒完全不同。

　　因為黃酒的酒精濃度低，所以文人興致來了就可以肆無忌憚地狂飲。即使這樣，唐朝詩人的

酒量也沒有我們想像的那麼大。現在我們就來具體分析一下「李白斗酒詩百篇」中的「斗酒」到底有多少酒。

根據古代的容量標準來換算：1斛=10石，1石=10斗=120斤，一斗也就是12斤左右，需要注意的是，這裡的斤是市斤。以目前流行的瓶裝啤酒620毫升的淨容量來計算，所謂的鬥酒也就是約略等於目前一件啤酒的（九瓶）的淨含量。因此，李白的斗酒之量雖然很厲害，但我們知道了「斗酒」的容量，知道了這酒的酒精濃度之後，也許我們會對李白的酒量有新的看法和感受。

既然酒的酒精濃度不高，喝的酒又不是太多，所以飲酒者胃不會太難受，而大腦恰恰正興奮，像李白這樣的人來瘋，寫個幾十首詩豈不是小事一件？

# 陳世美不是負心郎

在後人的心目中，陳世美是一個代稱，他代表了天下所有薄倖負心的男人。

陳世美的形象是透過傳統戲劇《鍘美案》而廣為人知的。在該劇中，陳世美欺君罔上，拋父棄母，殺妻滅子，最終為正義的化身包拯所正法，永遠

釘在道德的恥辱柱上。

然而，真實的歷史卻非如此。據《均州志‧進士篇》和《湖北歷史人物辭典》記載：陳世美又名陳年穀、熟美，均州（即湖北均縣，現十堰丹江口市）人。出身於仕宦之家，清初遊學北京，順治八年（1651年）辛卯科進士。初任河北某地知縣，後因康熙帝賞識，升為貴州省分守思仁府兼石道按察使，兼布政使參政。在貴州為官時，同鄉同學來投靠，謀取官職，他多次接待，並勸其刻苦攻讀以求仕進。後因來投奔者眾多，陳世美難於應付，乃囑總管家一律謝絕。有兩個家住均州城郊秦家坡計程車子，昔日與陳世美一同進京赴考之時，曾以錢物助陳，沒想到遭受陳世美管家的回絕，頓生報復之念。遂將社會上一些升官發財，忘恩負義而拋棄妻兒之事，捏造一番，加在陳世美的身上，編成戲劇《秦香蓮》，在陝西、河南等地演出。

相傳，清末河南劇團在均州演出此戲時，陳世美的第八代傳人組織家族眾人，砸了該劇團衣箱，並毆打演員，使演出被迫停止。據說，現在當地仍有「北門街不唱陳世美，秦家樓不唱秦相蓮」的俗話。

然而，包拯和陳世美相差了幾個朝代，讓包公鍘陳世美，可以說是「關公戰秦瓊」。同時，這也開了一個惡劣的先例，那就是利用文藝作品發洩自己心頭的積怨，利用文藝作品打擊他人。而後人也跟著責罵陳世美，豈不冤哉！

# 古已有之，陳子昂善於「炒作」

近些年來，「炒作」甚囂塵上，手段和方法層出不窮，遂使人誤以為「炒作」是一門新興產業。其實，中國古人在自我炒作方面也不輸後人，譬如陳子昂。

據唐朝李冗專記世事之獨異者的《獨異志》所載，因為對未來抱有無限希望，毛頭小伙子陳子昂從老家四川來到長安。誰知，滿腹才華的他卻因無人賞識而在長安過了十年默默無名的痛苦時光，陳子昂為之鬱悶不已。正此時，恰巧有人在街頭出售胡琴，要價昂貴。長安城裡的豪貴之人頻頻趕去察看，但因為無法判定胡琴的價值而不敢貿然購買。陳子昂靈機一動，果斷地籌錢將那把胡琴買回家中，他四處張揚，標榜自己精通胡琴，並與眾人約定，將擇吉日在自己家裡為知音現場演奏。

吉日到時，長安城裡眾多知名人士紛紛前來欣賞。在大

家的期待之中，陳子昂發表了熱情洋溢的演說。他說：「我陳子昂創作了大量的詩文，在京城居住了這麼長時間卻無人理睬，而這把胡琴，各位卻青睞有加。然而，在我看來，這件樂器只是下等樂工所製，我怎麼會將它放在心上？」說時遲，那時快，陳子昂將高價買回胡琴高高舉起，憤然摔在地上，胡琴當場寸斷。在眾人錯愕之中，陳子昂將自己的文章「遍贈會者」。結果可想而知：「會既散，一日之內，聲華溢都。」其作品《登幽州台歌》也迅速走紅：「前不見古人，後不見來者，望天地之悠悠，獨愴然而淚下。」

陳子昂這次的自我炒作堪稱經典，不久之後，他就被建安王聘為記室，後來又做了拾遺。連陳子昂都需要靠炒作出名，也就無怪乎今日之炒作極一時之盛了！

# 「奸臣」潘美委屈多

在傳統劇目《楊家將》中，潘美以大奸大惡的形象出現，他陷害忠良，賣國求榮，成為與南宋秦檜不相伯仲的奸惡之人。

然而，歷史上的潘美卻不是這個樣子。

據《宋史》記載，潘美生於925年，卒於991年，是大宋王朝的開國名將。潘美行武出身，直接參與了擁立趙匡胤稱帝的陳橋兵變。在宋王朝建立

後，為了鞏固自己的統治地位，宋太祖杯酒釋兵權，以自己的的鐵腕解除了開國諸將的兵權。但有一個人是例外，此人就是潘美，由此可見，生性多疑的趙匡胤對潘美信任到了何種程度。

其後，潘美南征北戰，為宋王朝立下了汗馬功勞。滅南漢、滅南唐，潘美皆為主力。

宋太宗雍熙3年，遼軍以十餘萬兵力大舉入侵北宋，宋氏分東西兩路迎擊敵人。東路由名將曹林統帥，西路以忠武軍節度使潘美為主、應路行營都部署楊業為副，又以西上閣門使、蔚州刺史王侁，軍器庫使、順州團練使劉文裕為護軍。與遼兵交戰於朔州。

在這幾人之中，工侁具有特殊的身分。他是隨軍護軍，他有直接上書皇帝的特權，負有為朝廷提供軍情的責任，因此，他不是統帥的下屬，而是皇帝安插在邊關的耳目。統帥對他也不敢不敬三分。而楊業的身分也有些特

殊。楊原為遼國盟邦北漢劉氏政權的大將，曾經受到北漢皇帝劉崇的寵信，後來才歸降大宋。雖然歸降以來也戰功赫赫，可是他畢竟曾是盟邦大將，受到蔑視和排擠也在意料之中。

很顯然，在這樣的背景之下，北宋邊關幾位主要將領堪稱各懷心事。護軍王侁邀功心切，便令副帥楊業進軍，楊業明知

出兵必敗但卻不敢違抗命令。一邊是副帥，一邊是皇帝派來的護軍，潘美自然只有裝聾作啞聽任楊業出戰。

後來發生的一切就和舞臺上的故事有點接近了，楊業戰敗被俘，絕食三日而亡。楊業生得平凡，死得偉大，這是一個出身貧寒的悲劇英雄。然而在死亡之後，楊業的人氣卻達到了最高點，成為民間謳歌的對象。而大宋王朝的開國元勳潘美卻陰差陽錯地被推上了被告席，成為陷害楊業的小人。

中國開封市裡至今還有兩湖，一清一濁，清者被人喚作楊家湖，濁者自然是潘家湖。你看，有時歷史就是這樣無情而又蠻橫不講理。

# 包拯未當宰相

傳統戲中，包公經常被稱為「包相爺」，其實包拯始終沒有做過宰相。

在中國古代政治體制中，宰相制度居於核心地位，是連結政治制度各部分的中心環節。從宰相制度的興廢看，其起源甚早，而且複雜多變。其演變大致可分為五個階段，即萌芽期、創立期、鼎盛期、調整期、衰落期。

宋朝處於宰相制度的調整期，表現在宋朝正、副宰相同設，多相並行，編制也不固定。很明顯，「多相並行」的目的在於分散相權。北宋前期，中書門下的長官為正宰相，亦稱「同中書門下平章事」；副宰相稱「參知政

事」。後來參知政事與正宰相基本無差別,使正宰相事權更為分散。宋太宗後,一相四參或二相二參是常事。但宰相制度無論怎樣調整,皇權與相權之間的衝突都無法得到徹底解決。因此,在宋朝,在文武百官心目中,宰相之職近似雞肋,食之無味且有些危險,棄之卻心有不忍。

包拯是北宋天聖五年(1027年)進士。宋景祐四年(1037年)任天長(安徽天長)知縣,後調任知端州(廣東肇慶)。回京任監察御史裡行,又改監察御史。包拯曾七次上書彈奏江西轉運使王逵,並嚴厲批評宋廷的任官制度,朝野為之震撼。

嘉祐元年(1056年)十二月,朝廷任包拯權知開封府,他用短短的一年多時間,把開封府治理得井井有條。贏得了百姓的愛戴和敬仰。宋嘉祐六年(1061年),他官至樞密副使,次年五月病逝,「京師吏民,莫不感傷,嘆息之聲,大街小巷都可聽得到」。

很顯然,包拯的最高行政職務是樞密副使,也就是樞密院的副長官。樞密院是管理軍國要政的最高國務機構之一,樞密使的權力與宰相相當。所以,樞密使與參知政事、平章事、樞密副使等合稱「宰執」。宋代的王安石、歐陽修、岳飛等都曾擔任樞密副使。因此,雖然包拯沒有擔任過宰相職務,但其擔任的樞密副使也可稱為副宰相級別的

官職，被後人稱為「包相爺」也不算錯。

# 孟姜女原不姓孟

　　孟姜女是中國歷史上的一個異數，她以自己的痛哭走進了歷史，並讓後人永遠記住了她的眼淚，因為她的眼淚曾將威權的象徵─長城徹底摧垮。

　　但是，「孟姜女貴姓」卻是一個讓人疑惑的問題。有人會認為孟姜女姓孟名姜女，或是姓孟名姜的女子。其實不然，「姜」是她的姓，「孟」只是表示她排行老大，「女」則表示她的性別。

　　先秦的姓不同於後世的姓。中國漢朝之前有姓、有氏，姓與氏是兩個既有關聯又有區別的概念，姓是一種族號，氏是姓的分支。《通鑑》說：「姓者統其祖考之所自出，氏者別其子孫之所自分。」因此，姓是整個氏族或部落的稱號。

　　「姓」象徵著是否有共同的祖先，起著「別婚姻」的作用。而古代的貴族男子通常不稱姓，所以女子稱姓就顯得特別重要。氏和姓不同者，婚姻可通；姓和氏相同者，婚姻不可通。古書中記錄了很多諸如此類的話：「禮不娶同姓」；「父母同姓，其出不蕃」；「同姓不婚，惡不殖也」。

　　為了區別待嫁或已嫁的同姓女子，當時社會就出現了對女子的特殊稱

呼，譬如為「姓」加首碼或尾碼。先秦時代，女孩的名字主要透過加首碼或尾碼的方式來與他人作區別。其中一個常用的方法就是用排行加姓的方式，譬如伯姬、叔隗。所謂「伯」、「叔」者，其實就是排行，古時常用「孟仲叔季」代指老大、老二、老三、老四。因此，所謂「伯姬」、「叔隗」和我們今天常說的「張三」、「李四」差不多，只是古代把排行放在姓的前面。加了首碼之後，有的還要加尾碼，譬如孟姜女，同理，按這樣的命名方式，也可以出現仲姜女、叔姜女、季姜女。因此，孟姜女的姓是中間的「姜」字，「孟」和「女」分別是首碼和尾碼，這個名字合在一起所表達的意思則是「姜家的大姑娘」。有了這樣的知識，我們就會知道，孟姜女不會姓孟而只能姓姜。

# 唐伯虎未曾點秋香

周星馳主演的電影《唐伯虎點秋香》，闡述的是唐伯虎被秋香的三笑迷得失魂落魄，於是施計混入太師府當家奴，歷經許多波折才追到了秋香。影片中的唐伯虎文武雙全，不僅能詩善對，更是武功高強。尤其是其中的對白，更是年輕人經常談論的話題。

　　但是電影畢竟是電影，其內容較為誇張。唐伯虎是才子不假，但是從未自稱「江南四大才子之首」；他雖有三段婚姻史，但是並不風流。尤其值得強調的是，唐伯虎從未有過「點秋香」的豔遇。

　　唐伯虎是明朝人，因為出生於寅年、寅時，因為寅為虎，又取字伯虎，後改字子畏。他自幼聰穎，能詩善畫，十六歲便中秀才，十九歲娶徐氏。但是因為親人接連病故，對他打擊甚大，使他意志消沉。後來他發憤苦讀，結果鄉試名列榜首，「解元公唐伯虎」一時名遍南京城。二十七歲時續弦，娶了何氏。當唐伯虎上京考取進士時，被誣告行賄主考官，押入大牢，幾番周折才獲釋。窮困潦倒時，妻子何氏離他而去。幸有一位名叫九娘的青樓女子周濟他。後來，他娶了九娘為妻，潛心作畫，成為丹青高手。

　　清代學者俞樾曾在《茶香室叢鈔》中為唐伯虎闢謠，斷定「三笑姻緣」是好事者藉著唐伯虎的盛名，把別人的事轉到他的名下。有人還專門考證，證實秋香確有其人，是當時南京一名頗具名氣的青樓妓女，至少比唐伯虎大十幾歲，根本不可能與他有風流情事。所謂的唐伯虎有九個妻妾，全是從他最後娶的妻子「沈九娘」的名字上演化出來的。當時唐伯虎貧困交加，怎麼可能妻妾成群？

　　電影《唐伯虎點秋香》只是娛樂大眾，雖然看起來輕鬆，但終究純屬虛構。如果以電影內容來瞭解唐伯虎其人，那就相差甚遠了。

# 「弄臣」鄧通EQ高

　　「弄臣」是一個很特別的稱呼，弄臣也是忠臣和奸臣之外的一個很特別的「臣」種。在電視劇《宰相劉羅鍋》裡，乾隆皇帝問和珅：「你到底是忠臣還是奸臣？」和珅隨口答道：「我既不是忠臣，也不是奸臣，我只是個弄臣。我每天都想著讓您吃好、玩好，順著您的意思，讓您高興。」和珅的機智在這裡表露無遺，他在忠臣和奸臣之間弄了頂「弄臣」的帽子給自己戴上。這個說法不僅顯示了和珅超人的應對能力，更顯示了和珅的弄臣本色。

　　據說「弄臣」這個辭彙是漢文帝發明的。漢文帝的身邊有一個大臣，名叫鄧通，時為太中大夫，很得文帝的賞識和寵倖。有一天，丞相申屠嘉上朝，而鄧通卻大大咧咧地站在皇上的旁邊，舉止怠慢，有失禮節。申屠嘉奏完事後進言說：「陛下寵愛臣子，盡可以使他大富大貴，至於朝廷禮儀卻不可以不認真對待。」皇上卻說：「你不要說了，我就是喜歡他！誰也沒有辦法改變。」

　　退朝後，回到相府裡，申屠嘉便下了一道徵召的公文，要鄧通到丞相府來，鄧通沒來，申屠嘉就放話說，準備依據法令處死鄧通。鄧通大為恐慌，馬不停蹄地跑到宮裡向文帝報告此事，文帝說：「你儘管前去，我會派人把你召回。」鄧通硬著頭皮到了丞相府，自己脫下了頂冠，光著雙腳，叩首謝罪，申屠嘉在原地一動也不動，故意不予禮遇。開口就罵：「你鄧通膽敢在殿上舉止隨便，態度怠慢，已犯下了『大不敬』之罪，其罪當誅！」鄧通嚇

得以首頓地，申屠嘉依然不肯放過他。文帝預估丞相已經出完了氣，鄧通也應吃足了苦頭，便派人拿著聖旨召回鄧通。並讓使者轉告丞相說：「此吾弄臣，君釋之。」「弄臣」的說法第一次出現了。

因此，弄臣並非十惡不赦之人，他們大不了就是以自己的才智讓當政者開心而已，與其說他們奸，還不如說他們EQ出眾更為合適。

# 王恭身無長物

「身無長物」本有一個典故，出自於劉義慶的《世說新語》。說的是，有一個叫王恭的人，在外面住了一段日子之後回到了家裡。同宗族的一個叫王忱的前輩去探望他，看到他坐在一張六尺長的竹席上，王忱非常喜歡王恭所坐的竹席，就厚顏無恥地對王恭說：「你剛從東邊回來，一定有多餘的竹席，能否送一張給我。」王恭當時也沒有多說什麼。王忱走後，王恭就派人把自己坐的那張竹席送過去。從此王恭自己就只好坐在草墊上了。後來，王忱聽說了這件事，非常驚訝，就對王恭說：「我本來以為你還有多餘的竹席，所以才向你要。沒想到你卻將僅有的一張竹席送給我。」王恭平靜地回答：「您還不太瞭解我，我在日常生活上，從來沒有多餘的東西。」

魏晉時期，有太多諸如此類的故事讓我們為之悲喜、為之吟嘆，這些故事將一個朝代渲染得絢麗多彩。譬如王恭，自己身無長物，僅此一張竹席

可供坐臥，不假思索就可以送人。譬如王子猷，乘雪夜之興去訪友，結果卻可以在沒有邁進朋友家門之前盡興而歸。也許由於朝不保夕的政治生命讓文人感到無所適從，因此，徬徨者有之，懷疑者有之，放誕者有之。後人卻因這一群體的飄逸高蹈，優雅生動，而仰慕不已。然後，撕破那一層文雅的外飾，我們就會感覺到其中的苦澀。

話說遠了，不過就事論事，我們應該知道，「身無長物」並不是說一個人沒有任何優點，只是說一個人沒有任何經濟能力，身上沒有一絲一毫多餘的束西。所以可以這樣說，「身無長物」並不是一個人的缺點，如果把「身無長物」當作「身無長處」來看待，就會愧對一個美好的故事。

# 諸葛亮不是山人

河南地方戲裡，有一個「諸葛亮系列」，其中《諸葛亮弔孝》、《收姜維》等都是當地頗負盛名的名劇。但每次看這些戲時，聽著諸葛亮自稱「山人」總是感覺很不舒服，因為，在漢語的常識中，通常認為「山人」是個貶義詞。

在中國儒、道兩家文化的浸潤之下，中國古代知識分子「達則兼濟天下，窮則獨善其身」，得意時出將入相，以「致君堯舜上，再使風俗淳」為目標；一

旦遇到挫折，則是另外一番風貌，「今朝在世不得意，明朝散髮弄扁舟」，或高臥林泉，或躬耕山野，或寄情於山水詩酒之中。前者雖然頗受社會的追捧，但後者亦同樣受到社會的尊重。

然而，從唐朝開始，山林也漸漸成了名利場，隱士改頭換面，渴望走通終南捷徑，他們紛紛以「山人」的面目出現了。

何謂「山人」，沈德符在《萬曆野獲編》裡這麼說：「山人之名本重，如李鄴侯僅得此稱，不意數十年出遊無籍之輩，亦謂之山人。」因此，從明朝開始，「山人」這一稱謂有了特定的意義。「山人」以自己的所作所為漸漸和從前的隱士拉開了距離，雖然他們也是讀書人，不少也被社會以高人異士視之，不過他們的本質卻是汲汲於功名利祿的偽君子，他們或依附於達官顯貴，或奔走於將門相府，他們披著「山人」的外衣，卻以榮華富貴為訴求，深為時人所鄙視，直到最後將「山人」這個辭彙變成了深含貶義的辭彙。到了嘉靖和萬曆年間，「山人」已成為醜陋的代名詞。他們沽名釣譽，四處遊走，恬不知恥地署名「某某山人」推銷自己，願當幫閒和打手。於是隱士一天天減少，而「山人」則一天天多起來，最後「山人」成為一個十分可笑而又可恥的群體。

因此，無論從哪個角度來說，諸葛亮自稱「山人」都顯得十分不妥。

# 歸遺細君，東方朔恩愛有加

生活中有一些男人，他們對老婆十分好，不僅是噓寒問暖，還心甘情願地把自己的薪水交給老婆。有些人看到這種情況，可能會開他們玩笑，說他們怕老婆。其實如果和東方朔相比，今天的男人就有點小巫見大巫了。東方朔的經典故事就是「歸遺細君」。

東方朔性詼諧，善辭賦。有一次，漢武帝把肉賜給眾大臣。大臣們還沒有到齊，東方朔就先割了一塊肉拿回家去了。漢武帝命他自責，他拜曰：「受賜不待詔，何無禮也；拔劍自割，何壯也；割之不多，何廉也；歸遺細君，又何仁也。」東方朔先自責一下，說自己受了皇帝的恩賜，而不等皇帝聖旨就割肉，很不講禮貌。但是他下面的理由讓漢武帝聽了不禁莞爾：我拔劍割肉，多麼有魄力；雖然是自己割的，但並沒有多割，多麼清廉；回家把肉給妻子吃，多麼仁愛。漢武帝當然是個懂得幽默的人，笑著說：「令卿自責，乃更自譽。」

我們需要瞭解一下「細君」一詞。顏師古曾解釋：「細君，朔妻之名。一說，細，小也，朔自比於諸侯，謂其妻曰小君。」這種解釋有點牽強，事實上自漢代開始，丈夫就以「細君」稱呼妻子，這是一種代表親昵的稱呼。權德輿有「細君相望意何如」，

蘇軾《上元侍飲詩》曰：「歸來一點殘燈在，猶有傳柑遺細君。」但到了後來，在妻不如妾的情況下，「細君」這個稱呼遂被妾所搶走，人們不再稱呼妻子為「細君」，反而說「妾」是「細君」。

　　和東方朔帶肉給老婆的道理一樣，男人把薪水交給老婆也可以理解。或者是因為不想費這個心，把什麼事都交給老婆，自己落得清閒，沒錢就找老婆要。或者是男人賺的比女人少，主動把錢交給老婆，反正家裡夠用了，交出來以後一樣可以拿，何不落個女人嘴裡的好名聲呢？更何況，現實中還真有一些男人身上從來不帶太多的錢呢！

# 李賀、韓愈「嘔心瀝血」

人們在表達費盡心思、用盡心血的意思時，往往會用到「嘔心瀝血」一詞。這個成語也出自兩個人，其中「嘔心」來自詩人李賀的故事，「瀝血」出自文學家韓愈的詩歌。如此組合而成的的成語，在漢語並不常見。

　　「嘔心」出自《新唐書‧李賀傳》。李賀是中唐時期才華橫溢的詩人，他從小就喜歡寫詩，一生中寫下了不少膾炙人口的作品。他寫詩注重觀察和寫實，他不喜歡先立個題目再冥思苦想，而是常常到處遊

覽，見到好的景物，有趣的題材，便立刻動手寫下來作為資料，然後才將詩歌素材在家集結成篇。

　　李賀每日早晨起床後，就牽著小毛驢，讓書童帶好書囊布袋，出外四處周遊。隨時看到什麼便寫成詩句，放入書囊中。李賀的母親知道兒子勤奮的創作習慣，更瞭解孩子身體很差，當然非常心疼，等李賀一回家，就檢查他的書囊。當發現兒子書囊中存放著太多詩句紙片時，便關切地嗔怪：「是兒要嘔出心乃已耳。」意思是說，你這個孩子，要把心嘔出來才肯罷休啊！

　　正是由於李賀如此專注於作詩，以致心力耗盡，二十七歲早逝，這無疑是一個遺憾，但他也為後世留下許多獨具藝術魅力的詩篇。如「大苦有情天亦老」，「黑雲壓城城欲摧」，「雄雞一聲天下白」，「石破天驚逗秋雨」等都是世代相傳的名句。

　　「瀝血」是韓愈《歸彭城》詩中用語。原詩寫道：「我欲進短策，無由至彤墀。刳肝以為紙，瀝血以書辭。上言陳堯舜，下言引龍夔。言詞多感激，文字少葳蕤。」其中，「刳肝以為紙，瀝血以書辭」的意思是割下肝來作紙，滴出血液作墨汁，書寫詩文，足見寫文章時費盡了多少心思。

# 周昌、鄧艾「期期艾艾」

有人在文章中寫道：「於是，我的欲望在期期艾艾中等待，膨脹……」作者可能是要表達心裡期盼的意思，但「期期艾艾」一詞卻是用錯了。

「期期艾艾」這個語詞源自於兩個故事，一個與漢朝將軍周昌有關，一個與三國時魏國將軍鄧艾有關。

周昌是漢高祖劉邦的同鄉，他性情急躁，勇於直言，但是因為口吃說起話來很吃力。漢高祖劉邦晚年寵倖戚夫人，幾次萌發廢長立幼的念頭。不過當時的大臣們都不贊成改立主意，主要是因為以長子為太子，按照封建傳統是合理、合法的。《漢書·周昌傳》記載，直心腸、急性子的周昌，對於漢高祖廢改太子的打算，大為不滿，他怒氣沖沖地對高祖說：「臣口不能言，然臣期期知其不可！陛下欲廢太子，臣期期不奉詔！」「期」，就是「綦」，「綦」作「極」字解；上述周昌話中的期字，本來不需要疊用，因為他口吃，所以說成了「期期」。

三國時期，魏國將軍鄧艾統帥隴右各軍，屢次攻蜀有功，封為「鄧侯」。

《世說新語·言語》記載，鄧艾也口吃，自稱「艾」的時候，往往說成「艾艾」。司馬昭曾和他開玩笑，問道：「你一直說『艾艾』，究竟有幾個艾？」鄧艾回答得很巧妙：「鳳兮鳳兮，原是一鳳。」「鳳兮鳳兮」是春秋時楚人陸通唱給孔子聽的歌的歌詞其中的一句。鄧艾藉此解嘲，恰好又自比為鳳，語帶雙關，所以司馬昭聽了很開心。

後人根據這兩個人的名字以及他們講話時的情形，將「期期」和「艾艾」合起來成為成語，形容口吃者吐辭重複，說話不流利，或指人言談時結結巴巴，口齒不清。有一段文字：「自以為能考上明星大學的他絕對沒有想到，期期艾艾竟盼來一所專科學校的錄取通知書。」這和形容口吃的「期期艾艾」是沒有任何關係的。看來，和上文用錯「期期艾艾」一樣，作者是誤作「期盼多時」解釋了。

# 差強人意贊吳漢

在對結果不太令人滿意時，很多人都會說「差強人意」，這恰恰是誤解了這個成語。

「差強人意」一詞出自於《後漢書·吳漢傳》。吳漢（年～44年），字子顏，是東漢光武帝劉秀手下的一員大將，追隨劉秀南征北戰，立下了赫赫戰功，被封為大司馬，掌管政務及軍事大權。《後漢書》中記載：漢性強

力，每從征伐，帝未安，常側足而立。諸將見戰陳不利，或多惶懼，失其常度。漢意氣自若，方整屬器械，激揚吏士。帝時遣人觀大司馬何為，還言方修戰攻之具，乃嘆曰：「吳公差強人意，隱若一敵國矣！」

從劉秀對吳漢的評價中，足見他是滿意的。所以，這個語詞的意思是「還可以，較令人滿意」。但是誤用也不少，很多人把這個詞兒當作「不怎麼樣，不好，不太令人滿意」的意思，這是不對的。

中國商務印書館1989年8月出版的劉潔修編著的《漢語成語考釋詞典》第138至139頁，對於「差強人意」注釋為：「原指很能夠振奮人的意志。差：甚，殊。強：起，振奮。」此意即源自於上述的史料。書中還註明：「後世多用差強人意，指大體上還能使人滿意。差：稍微，大致，比較。」

《漢語成語考釋詞典》一書還列舉了一些與「差強人意」極為類似的成語，有「差慰人意」（蘇軾《東坡續集》），「差適人意」（宋人樓鑰《攻女鬼集》），有「差可人意」（明人李開先《閒居集》）和有「差快人意」（明人海瑞《海瑞集》）。按照意思相近的解釋，這些成語如果和「差強人意」一起被解釋為否定的意思，那就錯了。

# 彈冠相慶貶貢禹

很多人在寫文章時，為了表達因為某些事情而高興時，習慣用「彈冠相慶」一詞，如「全市人民終於鬆了一口氣，紛紛彈冠相慶。」其實，「彈冠相慶」是一個貶義詞，並不是泛指高興事情。

「彈冠相慶」出自班固的《漢書》，講的是西漢時有一官員，名王吉，字子陽，故又稱王陽。他有一個朋友名叫貢禹，既是同鄉也是至交，所以關係很好。王吉為官時，貢禹就跟著也當官。王吉不做官時，貢禹也就謝歸。

王吉曾經擔任縣令，歷經漢昭帝、漢宣帝兩朝。為官期間，多次向朝廷提出建議，認為朝廷應當選明求賢，毋用私戚，去奢崇儉，毋尚淫邪。王吉規諫之言，常常是切中時弊，所以深受皇帝喜歡，所以被拜為博士諫大夫。眾人見王吉仕途平順，就說：「王陽在位，貢公彈冠。」到後來，漢元帝初登基，就派人再請王吉與禹貢為官。當時王吉已經年老體弱，在去京城的途中病卒。

巧合的是，在《漢書‧卷七十八‧蕭望之傳第四十八》中，又有以下文字：「少與陳咸、朱博為友，著聞當世。往者有王陽、貢公，故長安語曰：『蕭、朱結綬，王、貢彈冠』，言其相薦達也。」所以，「彈冠相慶」說的是二人在仕途上同進共退。

唐代李德裕在《授狄兼謨兼益王傅鄭東之兼益王府長史制》一文中

寫道：「有爰絲正席之忠，以東之取捨俟時，有『貢禹彈冠』之操，皆行不苟合。」鑑於他是唐朝「朋黨之爭」中「李黨」的代表人物，故此語詞含對政見不一的「牛黨」的貶斥。

因此，「彈冠相慶」原指彈去帽上灰塵，為即將作官而相互慶賀。後來就比喻為一人為官，好友同慶，期待援引相助，相互提攜。所以，含有貶意的「彈冠相慶」就不能簡單地被泛指因為某些事情而高興。

# 蘇軾笑河東獅吼

提及「河東獅吼」一詞，很多人會想起蘇軾那首頗具調侃味道的《寄吳德仁兼簡陳季常》。詩中有這樣幾句：「龍丘居士亦可憐，談空說有夜不眠。忽聞河東師子吼，拄杖落手心茫然。」

龍丘居士是北宋時的一個文人，名叫陳季常。洪邁在《容齋三筆》寫道：「陳慥，字季常，公弼之子，居於黃州之岐亭，自稱龍丘先生，又曰方山子。好賓客，喜畜聲妓。」這位風流才子，娶到了一位兇悍的妻子柳氏，當然

被管教得服服貼貼。蘇東坡與陳季常關係很好，常常在一起談論佛事，當然曉得他們的家事。於是做詩形容柳氏之凶悍善妒與陳季常之驚慌失措，足稱妥貼恰當，唯妙唯肖，成為男人懼內的經典寫照。

那麼，為什麼會在「獅吼」前面加上一個「河東」呢？《漢語大詞典》的解釋：河東乃柳氏郡望，故言「河東獅吼」。此一解釋似乎順理成章，毋庸置宜，然而事實卻沒有這麼簡單。《中國典籍與文化》2005年4期刊載的《河東獅吼考源》一文卻提出了質疑：認為自唐以來河東路西河郡便有舞獅之風，宋初，禪師善昭在此地開法，受民風影響，喜以「西河獅子」說法，學界禪林便以「西河獅子」稱呼汾陽一系之高僧。西河郡屬於河東路，故「西河獅子」即是「河東獅子」。 陳季常喜歡談禪，但卻懼內。蘇軾熟悉禪林典故，以此譬喻陳季常之妻柳氏之凶悍善妒，遂傳遍整個巷道，影響千載。

說到懼內，後來還有人描述了「懼內即景」，說：「雲淡風清近晚天，傍花隨柳跪床前。時人不識余心苦，將謂偷閒學拜年。」不過，連蘇格拉底都受老婆的氣，看來古今中外的「河東獅」都會動不動吼一聲，把大老爺們整得灰頭土臉不像個男人。

電影《河東獅吼》中，女主角有一段臺詞：「從現在開始，你只許對我一個人好；要寵我，不能騙我；答應我的每一件事情，你都要做到；對我講的每一句話都要是真心。不許騙我、罵我，要關心我……」如果這也算是「河東獅」的話，那太溫柔了——獅性不足，肉麻有餘。

　　當然，在現實中也有更厲害的。中國《華西都市報》報導，有個老婆把老公打得一身是傷：咬大腿，抓下身，火燒被子，刀劈老公，啤酒敲爛當武器用，讓老公感到發自內心的恐懼，不得不選擇離婚。

　　當女人已經強勢到讓男人丟盔棄甲時，沒有男人會感到幸福。如果男人要靠離婚來解除婚姻噩夢，那「河東獅」們就真的有些讓人感到可怕了。夫妻之間要保持良好的態度，維護夫妻的團結，更要從內心尊重對方，這是人們都知道的！

　　那麼，「河東獅」們，還是選擇溫柔地「吼」吧！

# 王猛竟捫虱而談

　　魏晉南北朝時期，士人頗有個性，後人稱之為「魏晉風度」。其中既有「清談」、「隱逸」、「擬古」之類的風氣，又有「服藥」、「狂飲」、「放誕」等狂放行為。這些士人忽爾清言，或倘佯山水，或依違田園；忽爾任誕，或醒醉不分，或捫虱而談。

　　「捫虱而談」與名士王猛有關。王猛出生於晉明帝太寧三年（325年），卒於晉孝武帝寧康三年（375年）。少貧賤，博學，尤好兵書，倜儻有大志，不屑細務，人皆輕之，但悠然自得。晉穆帝永和十年（354年），

桓溫北伐入關。王猛披著粗布衣服去見桓溫，「捫虱而談當世之務，旁若無人」。這就是「捫虱而談」的由來。

照理說，無論是謁見還是會客，都應當衣帽整齊、舉止典雅。可是王猛在見桓溫這位大將軍時不僅不修邊幅，居然還摸著蝨子抓癢，這也太不像話了。事實上，如果對那個時代的社會風尚有所瞭解，我們對這些行為就不難理解了。

魏晉南北朝時期，士人流行服用「五石散」。服用這種本來是治療傷寒的散劑後，全身發燒，之後變冷，症狀頗像輕度的瘧疾，所以服後一定要散步，大量吃冷東西，喝熱酒，穿薄衣服，洗冷水澡。另外，服用這種散劑後，人的皮膚特別敏感，很容易被磨破。新衣服比較硬，所以魏、晉名士大多痛恨新衣服，而喜歡穿柔軟的破舊的、沒有洗過的衣衫，如此便容易長出蝨子來。那時，名士們一邊談天，一邊把手伸到衣服裡頭捉蝨子，都被認為是雅致的事情。因為只有經常服用五石散的人才有可能長出蝨子來，所以有蝨子可抓顯然也是身分的象徵。

與王猛相比，名士嵇康身上的蝨子也不少。他自稱：「不涉經學，性復疏懶，筋駑肉緩，頭面常一月十五日不洗，不大悶癢，不能洗也。每

常小便，而忍不起，令胞中略轉，乃起耳。」而且他可以長期不洗頭、不洗臉、不洗澡，以致於渾身長蝨！這樣的風度在當時被視為時髦。所以魯迅先生就說過：「我們看晉人的畫像和那時的文章，見他衣服寬大，不鞋而屐，以為他一定是很舒服、很飄逸，其實他心裡是很苦的。」

由魏、晉士人服用「五石散」，想到了現在有些人吸毒。本來是害人害己的事情，偏偏有些人就上了癮，甚至為此鋌而走險。魏、晉士人那種舉止，好歹還留個「風度」，而如今嗜毒成性者，別說風度了，連命大概也要賠上，何苦呢？

# 貌如花，虢國夫人素面朝天

如今，素面朝天這個語詞用得很廣泛，大多用來指女子不化妝，然而，這是因為不瞭解該語詞詞義所導致的誤用。

宋代樂史在所著的《楊太真外傳》中如此記載：楊貴妃集萬千寵愛於一身，他們楊家因此雞犬升天。楊國忠被加封為「御史大夫，權京兆尹，賜名國忠」；「封大姨為韓國夫人，三姨為虢國夫人，八姨為秦國夫人。同日拜命，皆月給錢十萬，為脂粉之資」。唐玄宗看著楊家姐妹個個美貌出眾，興奮之餘連化妝品錢都給了，可見這位風流天子對貌美女人是多麼體貼。

在楊家姐妹中，虢國夫人最為貌美、自信，唐玄宗對她自是青睞有加。她自恃長得出眾，常常不施脂粉，便直接去朝見天子，真是既嬌貴又大膽。是為「素面朝天」。這裡的「天」不是指天空，而是專指皇上。詩人杜甫為此寫過一首詩：「虢國夫人承主恩，平明上馬入宮門。卻嫌脂粉污顏色，淡掃蛾眉朝至尊。」

　　按照這個典故，只有容貌漂亮才有資格「素面朝天」。除此之外，還應當再進一步瞭解一下「素面朝天」的「天」字的確切意思，這裡指的是天子、皇上，而不是天空。

　　隨著語義的變化，現在很多女孩子常常會用這個語詞來表達自己很少或者不使用化妝品，強調自然美，多帶有「清水出芙蓉，天然去雕飾」的意味。這種用法，被稱作約定俗成的語言現象。由此看來，隨著時代的進步和審美觀的變化，以虢國夫人來作標準，好像有些苛求當今的人們。但是，有人寫道：「老太太們幾十年素面朝天的，如今人老珠黃的，倒要穿紅戴綠，塗脂抹粉。」這實在是讓人哭笑不得。

　　事實上，不僅是一般人不瞭解此典故，很多報章雜誌的編輯可能也不知道其本意，所以往往報章雜誌上會出現錯用的現象。如此看來，「素面朝天」真的要慎用了。

# 感情深，梁鴻、孟光舉案齊眉

　　舉案齊眉和相敬如賓是很常見的成語。舉案齊眉自不必說，可是相敬如賓有時候人們還是會偶爾用錯的，以為兩個人關係好就是相敬如賓，原因就在於不知道其中的典故。

　　據《後漢書‧梁鴻傳》記載，梁鴻年輕時家裡很窮，但他很有學問，在當時很有名氣，可是他不願意做官，一直隱居鄉里，自食其力。梁鴻娶了同縣孟家女兒孟光後，一起隱於山中，過著男耕女織的田園生活。每當梁鴻回家時，「妻為具食，不敢於鴻前仰視，舉案齊眉」。

　　相敬如賓的典故來自於《左傳》。晉國大夫臼季奉命外出時，經過冀地，見前朝舊臣郤芮之子郤缺在除草。過了一會兒，郤缺的妻子把飯菜送

來，恭恭敬敬地雙手捧給丈夫，丈夫莊重地接過來，畢恭畢敬地祝禱以後再用餐。妻子在丈夫用餐時，恭敬地侍立在一旁等著他吃完，收拾餐具辭別丈夫而去。

　　應當說，孟光之妻和郤缺之妻都是比較幸運的人，因為他們選擇的對象都是賢人。她們對丈夫「舉案齊眉」和「相敬如賓」，都是出自於對丈夫的敬慕，敬其為人，慕其才學。她

們都是踏實的女人，不善於把自己對丈夫的深情用語言表達出來，只是把愛傾注在日常生活的舉手投足之間。

夫妻之間要不要敬重對方、尊重對方、相互敬重，答案是肯定的。但有人卻說，若相敬到如賓客，那就離譜了，也過於呆板了。見了另一半，總像見了客人一樣那麼彬彬有禮，總像客人一樣那麼尊敬，這樣的夫妻生活一定是枯燥的，一定是缺乏生命和活力的。更有人把它們和男尊女卑的思想畫上等號，多少有些牽強。如果這樣想，恐怕太對不起古人了。

「舉案齊眉」和「相敬如賓」是專門用來描寫夫妻感情甚篤的語詞，因此，我們必須注意這兩個語詞的使用範圍。

# 傾城傾國褒姒笑

「傾城傾國」原意有二解：其一乃使一城或一國之人，皆以其美貌而為之傾倒愛慕；其二係因女色而使一城或一國為之傾覆，即亡國也。無論是哪種解釋，前提必須是這個女子容貌要極其豔麗動人。

女子貌美可以讓人傾倒，這倒不難理

解。《漢書‧外戚傳》記載，樂師李延年善歌舞，他在漢武帝前歌曰：「北方有佳人，絕世而獨立，一顧傾人城，再顧傾人國。寧不知傾城與傾國，佳人難再得！」聞聽此曲，漢武帝就十分想見這麼一個「傾城傾國」的美人，此時李延年就帶他妹妹朝見，果然，這位曾是歌伎的李姑娘真的冰肌玉骨，國色天香，深得漢武帝寵倖，隨即被封為李夫人。

照理說，英勇的漢武帝應當知道「傾城傾國」的由來，應當知道美麗的容顏不僅能讓人傾倒，更有傾城傾國的威力。不過，比起周幽王來，漢武帝也算是愛美人更愛江山的了。

西周末年，周幽王的寵妃褒姒天性憂鬱，終日悶悶不樂。周幽王想盡辦法都不能博她一笑。於是周幽王聽從虢石父的計策，點燃了烽火臺上的烽火，與褒姒在望邊樓歡宴。各地的諸侯見焰火沖天，以為國都受到進攻，紛紛率領軍隊前來救援，到時卻沒發現敵寇的蹤影，但見幽王正和褒姒在高臺上飲酒作樂，才知道自己被國王愚弄了。諸侯們不敢發脾氣，只能悻悻地率領軍隊返回。

褒姒看見軍隊高舉火炬漫山遍野奔跑的狼狽樣，不禁嫣然一笑。周幽王見褒姒終於笑了，心裡痛快極了。等諸侯都退走以後，周幽王又讓士兵再點燃烽火，諸侯們又匆匆忙忙地帶著軍隊趕來了。就這樣，周幽王

反覆點燃烽火，戲弄諸侯。最後，敵寇真的進攻時，已經沒有一位諸侯來救援了。

《詩經・小雅》說：「赫赫宗周，褒姒滅之。」為了博得美人一笑，周幽王不惜以江山社稷的保護傘——軍隊為代價，最終只能留下千古罪名。李延年的音樂靈感真的不錯，借助這一歷史事件，創作出了一首歌曲，不僅成功地推銷出了自己的妹妹，也讓「傾城傾國」的成語得以流傳。

# 醉生夢死，馮小憐「玉體橫陳」

傳說中的馮小憐是一個尤物。她原是北齊皇后的侍女，沉魚落雁，能歌善舞，且有高超的琵琶彈奏技術。北齊皇帝高緯一見驚為天人，心醉神馳，愛不釋手，常祈願與之生死共處。就連與大臣們議事的時候，高緯也習慣讓小憐膩在自己懷裡或讓她坐在膝上，經常把那些自視甚高的大臣看得滿臉通紅。「獨樂樂不如眾樂樂」，後主高緯認為像小憐這樣的美人，只有他一個人獨享，未免暴殄天物，於是，他讓小憐玉體橫陳在隆基堂上，只要能從口袋裡掏出千金，什麼樣的男人都可前來一覽秀色。

野心勃勃的鄰居北周乘虛而入，在北周的大舉進攻之下，北齊覆亡。亡國之君高緯被擄至長安。因此，唐代詩人李商隱感嘆道：

一笑相傾國便亡，

何妨荊棘始堪傷。

小憐玉體橫陳夜，

已報周師入晉陽。

小憐玉體橫陳和周師入晉陽互為因果。表面上看，是小憐的玉體橫陳導致了北齊的國事日非，最終導致北周的鐵騎得以長驅直入。實質上這只是一種皮相之論。小憐玉體橫陳和銀裝素裹都無法阻擋北周的鐵騎，而恰恰是因為周師的鐵騎無法阻擋，才導致北齊內部凝聚力的消失。對於未來的恐懼，對於即將失掉的一切所抱持的懷戀和仇恨，使得他們採用了一種異於常人的方式。在嚴酷的政治現實面前，女人成了男人可以逃避的最後一個角落，因此那個即將徹底失去自己國家的人選擇了瘋狂，瘋狂破壞即將不屬於自己的一切，包括女人。他想出了「玉體橫陳」的方式，讓所有的人見證自己曾經的擁有，見證自己曾經的繁華，見證自己曾經的好時光。他用這一的方式發洩對於命運的刻骨仇恨，發洩自己難以言表的苦惱。

這首詩為李商隱所作，在李商隱眾多撲朔迷離的佳作之中，這首詩並不出色，但它卻因有醒目的「玉體橫陳」意象而被後人反覆吟詠。

因此，並不是任何一個女子隨便躺在床上或者斜倚沙發就是「玉體橫

陳」。首先是要全裸，其次應該被放在一個地方並擺出一個不錯的POSE專供外人欣賞，這樣的身體才能稱得上「玉體橫陳」。同時，因為已是全裸，所以，在「玉體橫陳」之前再加上「一絲不掛」等顯然是多餘的。

# 青眼、白眼阮籍拋

這裡所說的「青眼」與「白眼」，可不是醫學上的「青光眼」和「白內障」這兩個眼科名詞。從常識上來說，眼眸斜睨，自然眼白為多，所謂不願正眼一瞧者也；而凝眸視之，則會顯現出「烏溜溜的黑眼珠」。

「青眼」與「白眼」的典故，與「竹林七賢」中的阮籍有關。《晉書‧阮籍傳》：「籍又能為青白眼。見禮俗之士，以白眼對之。及嵇康來吊，籍作白眼，喜不懌而退；喜弟康聞之，乃齎酒挾琴造焉，籍大悅，乃見青眼。」講的是阮籍的母親逝世後，有不少名士前來弔唁。照理說，別人在靈堂哭拜，阮籍應該陪著哭。可是來客中有個名叫嵇喜，官位和名氣都不小，阮籍卻圓瞪著一雙白眼看著他，表情木然。嵇喜見此狀況，只好不高興地走了；等到嵇喜的弟弟嵇康來弔唁時，阮籍十分高興，馬上迎了上去，「青眼有加」。

阮籍從小受父親的教誨，胸懷大志，但當時魏國朝政由專橫的司馬父子把持，他十分灰心，經常與他的文學界朋友嵇康等人喝酒喝得大醉，對那些熱衷於當官，追逐地位的人十分反感。因此，生性曠達桀驁的阮籍常常以眼睛當道具，用「青眼」、「白眼」看人，表達喜惡，絕對不委屈自己的感情。他討厭的人，即使是來向自己表示友好的，也給白眼，但若是自己喜歡的人，就有青睞。厭惡嵇喜而喜歡嵇康，原因在於嵇康和他一樣，都是直率且性情中人。

因此，現在人們常用「青眼有加」或者「青睞」來表示對人的賞識或者喜愛，用「白眼」表示對人的厭惡。比如，北宋詩人黃庭堅《登快閣》詩云：「朱弦已為佳人絕，青眼聊為美酒橫。」魯迅《哀范君三首》之一：「華顛萎寥落，白眼看雞蟲。」其中愛恨、好惡之意表露無遺。

# 緣嘴饞，公子宋食指大動

食指大動，通常是形容人見到了美味之後，胃口大開，垂涎欲滴的樣子。這個原本讓人感到高興的語詞，卻有著十分淒慘的歷史典故。

春秋時期，鄭國的大臣公子家和公子宋去拜見鄭靈公。在宮殿外面，公子宋突然食指大動。他對公子家說：「今天有美食吃。」公子家問其緣故，公子宋說每次遇到將有美食的情況，他的食指就會顫動。兩人到了鄭靈公那

裡，恰好鄭靈公決定將一個楚國人進獻給他的甲魚分賜給大夫們嘗嘗。公子家和公子宋便相視而笑。鄭靈公忙問其故，公子家就把前因講了一遍。鄭靈公聽後便說：「真有這麼靈驗？」

過了一會兒，大夫們到齊了。鄭靈公先嘗了一口，稱讚道：「味道不錯！」示意大家一起吃。大家便津津有味地吃了起來。但是，公子宋卻呆呆地坐著。原來，他面前的桌上什麼也沒有。公子宋看大家高高與與地吃吃喝喝，自己沒份，偷偷伸出一根手指頭到王八湯裡，嘗了嘗味道便揚長而去，是為「染指」。鄭靈公更加生氣了，未經國君允許就偷吃，這是藐視國君的權威。靈公心生殺公子宋之意，公子宋也明白這「染指」一下是要付出代價的，便先下手為強，聯合公子家把靈公給殺了。

從這個典故中，衍生出來了兩個語詞，一個是「食指大動」，一個是「染指」。前者意思已經說明，值得注意的是，現在有人在描寫「某人打字速度快」的時候，會錯用這個語詞。比如，「只見她食指大動，不一會兒就把文章打好了。」

而「染指」這個語詞，現在引申為想要獲得自己不應該得到的利益。然而這個語詞，到了很多體育記者包括電視臺的記者、主播口裡，就常用錯，比如：中國意欲染指本屆比賽的冠軍，最有望染指金靴的三位球星等等。難道他們的原意是中國隊不應該得到冠軍嗎？難道足球運動員想要「金靴獎」這份榮譽就不應該嗎？

# 因勤奮，孔夫子韋編三絕

　　司馬遷在《史記‧孔子世家》中講述了孔子的事蹟。孔子晚年時，對《周易》產生了極大的興趣。《周易》是一部內容相當廣泛而且極其複雜的著作，包括《經》和《傳》兩部分，用當時已經不多見的文字寫成，非常難懂。孔子接觸後，發誓要讀懂、讀通。

　　那時候的書，主要是以竹子為材料製造的，稱為竹「簡」。把竹子剖成一根根竹籤，用火烘乾後在上面寫字。竹簡有一定的長度和寬度，一根竹簡只能寫一行字，多則幾十個，少則八、九個。一部書要用許多竹簡，這些竹簡必須用牢固的繩子之類的東西編串連起來才能閱讀。像《易》這樣的書，當然是由許許多多竹簡組成的，因此有相當的重量。

　　孔子花了很大的精力，把《易》全部讀了一遍，基本上瞭解了它的內容。不久又讀了第二遍，掌握了它的基本要點。接著，他又讀了第三遍，對其中的精神、實質有了透徹的瞭解。在這之後，為了深入研究這部書，又為了給弟子講解，他不知翻閱了多少遍。這樣反覆閱讀，把串連竹簡的牛皮帶子也磨斷了幾次，不得不再次

換上新的再使用。即使讀到這樣地步，孔子還謙虛地說：「假我數年，若是，我於易則彬彬矣。」意思是說，假如讓他多活幾年，他就可以完全掌握《易》的文與質了。

從這裡，我們可以看出孔子勤奮治學的精神。事實上，凡是在讀書方面收效顯著的人，首先是肯勤奮讀書的人。只有勤奮的人，才談得上鑽研方法。其道理也很簡單，懶得讀書的人，看到書本就頭痛，更無心思鑽研閱讀方法。這正是「韋編三絕」給我們最大的啟示。

不過，這個語詞最容易被解釋為「毅然決然」之類的意思，比如，「我們要用韋編三絕的精神汙錯誤勢力劃清界線。」如此用法，實在是對這個語詞誤解得太離譜了。要是孔夫子九泉之下有知，肯定也會生氣的。

# 公道在人心，張儉望門投止

「望門投止思張儉，忍死須臾待杜根。我自橫刀向天笑，去留肝膽兩昆侖。」這是譚嗣同在臨終前留在獄中的絕筆《獄中題壁》。以氣勢而論，這首詩在中國現代詩歌史上，可稱第一。那麼，詩中的「望門投止」到底是什麼意思呢？

「望門投止」語見《後漢書·張儉傳》：「儉得亡命，困迫遁走，

望門投止，莫不重其名行，破家相容。」說的是東漢時，張儉曾出任山陽東部督郵。宦官侯覽專權，他家裡的人便仰仗權勢殘害百姓，無惡不作。為此，張儉寫信告發了侯覽及其家人。但告發信還沒到皇帝手中就被侯覽攔下了，從此侯覽和張儉結了深仇。

後來，侯覽指使人向朝廷告密，說張儉私結黨羽，圖謀不軌，並下令逮捕張儉。張儉見官府人馬來勢洶洶，只好匆匆逃亡，看到哪家可以避難，就投宿人家門下。因為當地老百姓都知道張儉一向很正直，名聲很好，都冒著風險收留他。

一天，張儉逃到魯郡，投奔好友孔褒。孔褒不在，孔褒小兄弟孔融只有十六歲，熱情地接待了他。張儉走後，官府聞訊趕來，逮捕了孔褒、孔融及他們的老母親加以審問。孔融一家爭著承擔責任，鬧得官府不知如何處置。

由於大家的保護，朝廷始終沒有抓到張儉，直到爆發了黃巾農民大起義後，漢靈帝才下令解除「黨錮」，張儉得以結束逃亡生活。

所以，譚嗣同在詩中用這個典故，是設想逃亡中的維新派康有為、梁啟超等人一定會受到人們的救護，而後面的典故「忍死須臾待杜根」，則是自比東漢時要求臨朝聽政的鄧太后還政於皇帝的郎中杜根。後來，人們便將「望門投止」引為成語，形容在急迫情況下，見有人家就去投宿，求得暫時的藏身之處。

現在通常用它作暫求安身之意，裡面也含有急中生智、臨機決斷的意思。

# 文思如泉湧，禰衡文不加點

　　在中國古代文壇上，誕生了諸多有名的才子。他們文思敏捷，寫下了很多名篇佳句，同時也為後人留下了諸多典故。

　　唐朝詩人崔顥曾作了著名的《黃鶴樓》一詩，其中有句「晴川歷歷漢陽樹，芳草淒淒鸚鵡洲」。這一千古名句，點出了古代武昌人文景觀的一處精華所在——鸚鵡洲。鸚鵡洲處在黃鶴樓下長江岸邊，以中國古典文學中十分有名的賦體作品——禰衡的《鸚鵡賦》而知名。

　　禰衡（173年～198年），字正平，是三國時期少見的才子，性格剛毅、傲慢，好侮慢權貴。因拒絕曹操召見，曹操懷恨在心，然又不忍殺之，便罰禰衡作了鼓史。禰衡則當眾裸身擊鼓，反以《漁陽三鼓》辱曹操。曹操大怒，欲借他人之手殺之，因此遣送與荊州牧劉表；仍不合，又被劉表轉送與江夏太守黃祖。後因冒犯黃祖，禰衡最終被殺。

　　禰衡少有才辯，長於筆箚，孔融深為其文采折服。在江夏，黃祖的長子

黃射在洲上大會賓客，有人獻鸚鵡，他就叫禰衡寫賦以娛嘉賓。禰衡攬筆而作，文不加點，辭采甚麗，這便是有名的《鸚鵡賦》。蕭統曾這樣評價禰衡：「衡因為賦，筆不停綴，文不加點。」從此留下了「文不加點」這一典故。

後世典籍記載了類似的許多典故。《唐才子傳‧王勃》記載：「九月九日，大會賓客，將令其婿作記，以誇盛事。勃至入謁，帥知其才，因請為之。勃欣然對客觚，頃刻而就，文不加點，舉座大驚。」《黃庭堅詞全集》序：「因以金荷酬眾客。客有孫彥立，善吹笛。援筆作樂府長短句，文不加點。」

所以，成語中「文不加點」裡的「點」是點校、更動、修改的意思，這個成語是指作文章水準極高，寫文章一氣呵成，無須修改。現在很多人望文生義，以為「文不加點」中的點是「標點」之意，實在很可笑。如果知道了「文不加點」這個成語的由來，就不會用錯了。更何況，中國古代典籍本來就是沒有標點的。

# 千古癡情，尾生信橋抱柱

翻閱《史記》，見《蘇秦傳》有言：「孝如曾參，廉如伯夷，信如尾生。」不由得想起兩個成語，一是「尾生之信」，一是「尾生抱柱」，均喻指人堅守信用，不違約定，忠誠不渝之意。那麼，尾生到底是什麼人？尾生抱柱又是為何呢？

莊子曾經用簡短的話語概括過這個故事：「尾生與女子期於梁下，女子不來，水至不去，抱樑柱而死。」（《莊子·盜跖》）

這是一個唯美的故事，流傳的時間久了，便成了傳奇。如果把時空倒轉一下，我們似乎可以看到尾生翹首企盼的樣子，也許會有些暗自著急，有「我等的人她不來」般的急切，有「我等到花兒也謝了」般的牢騷，但是他還是不肯離開。直到洪水淹沒他時，他的眼光所指之處，應當還是那位女子來時需經之徑。

古時人們雖然讀書有限，但是依然有人執著地追求人格的圓滿。在期待中被洪水淹沒的尾生，實在是信守承諾的賢者。尾生所抱的樑柱，也和他一起成為守信的標誌。

歷代文人對尾生多有褒揚之語。三國時嵇康在《琴賦》中寫道：

「比干以之忠，尾生以之信。」如《玉台新詠・古詩八首》中：「朝登津梁上，褰裳望所思。安得抱柱信，皎日以為期？」更有李白在《長干行》中慨嘆：「常存抱柱信，豈上望夫台。」湯顯祖在《牡丹亭》中有言：「尾生般抱柱正題橋，做倒地文星佳兆。」

後世有人考證，尾生所抱之橋位於陝西藍田縣的蘭峪水上，稱為「藍橋」。因此，有了「魂斷藍橋」一說。凡此種種，與尾生的信諾並無多大關礙。只不過，看到如今新新人類對感情的兒戲態度，比照尾生，真叫人無限感慨。

# 至今訛傳，孔明草船借箭

蜀 諸葛亮

諸葛亮，字孔明，是三國時期蜀國傑出的政治家、思想家、軍事家。他嫻熟韜略，多謀善斷，善於巧思，千百年來成為智慧的化身，其傳奇性故事為世人傳誦。人們一提到他，便想起了《三國演義》中「三顧茅廬」、「草船借箭」、「七擒七縱」等故事。然而「草船借箭」之人並不是諸葛亮，而是孫權。

作為小說，《三國演義》第四十六回對諸葛亮「草船借箭」的描寫是極其生動的。小說中，諸葛亮

藉著滿天大霧，把二十艘戰船開到曹軍寨前擂鼓吶喊，曹操怕有埋伏不敢妄動，便派弓弩手放箭。結果，諸葛亮輕易地得到了十萬多支箭，不僅挫敗了周瑜的謀害，又直接削弱了曹操的軍事力量。

《三國演義》作為一部歷史小說，雖然突出了諸葛亮一生性格、品德、功業等的積極方面，但又把它無限誇大，把他描寫成智慧的化身、忠貞的代表，並將其神化成了半人半神的超人形象。所以魯迅先生在評論《三國演義》時說：「狀諸葛亮之智而近於妖。」《三國演義》中的諸葛亮不是真實的歷史人物，而是歷史小說人物。

據史料記載，「草船借箭」的真實情況是這樣的：建安十八年（西元213年），孫權與曹操兩軍相持一個多月未分勝負。一天，為了觀察曹軍動靜，「權乘大船來觀軍，公（曹操）使弓弩亂發，箭著其船，船偏重將覆，權因回船，復以一面受箭，箭均船平，乃還。」孫權起初料想不到船身會中這麼多箭，使得船要傾倒，他只是急中生智，設法讓船身得以平衡。

羅貫中把「草船借箭」這件事從孫權移到諸葛亮身上，目的是為了突出諸葛亮的智謀而已。自從有了《三國演義》之後，人們就以它作為衡量、品評三國人物的標準，而且平民百姓只知有《三國演義》而不知有《三國志》，是故「草船借箭」的主角便成了諸葛亮。

# 孔融小時了了，被譏大未必佳

在電視上，曾聽證券分析師說了一句話：「小規模的投資組合能夠取得這樣成就，最多也不過應驗了『小時了了』這句話！」從當時的語境來看，他的意思是「投資初期收益小」，但是「小時了了」可不是這樣隨便用的。

「小時了了」出自《後漢書‧孔融傳》。講的是孔融十歲的時候，隨父親到了洛陽。時任司隸校尉的李元禮名氣很大，孔融很想拜見他，於是來到李家門前，對看門的說：「我是李府君的親戚。」看門人只好讓他進去。見到孔融，李元禮問：「你和我有什麼親戚關係?」孔融回答說：「過去我的祖先孔子曾經拜您的祖先李聃為師，所以我和您是世世代代友好往來的親戚關係。」李元禮和他的那些賓客對這個孩童的話感到驚奇。過了一會兒，太中大夫陳韙後來也來拜訪，當聽到孔融剛才說的話，陳韙隨便說了句：「小時了了，大未必佳。」意思是說，小的時候很聰明，長大了未必很有才華。孔融豈肯在嘴巴上吃虧，遂反唇相譏：「我想陳大夫小的時候一定是很聰明。」陳韙被孔融的一句話難倒了，半天說不出話來

後來的人便引用這段故事中的「小時了了」，來說明小孩子從小便生性聰明，懂的事情很多。但因為下文有「大未必佳」一語，故這句成語的意思變成了：

小時雖然很聰明，長大了卻未必能夠成才。而如今，期待子女成才已經成為父母們苦心追求的目標。為了把孩子培養成「奇才」，父母們想盡一切辦法，讓孩子熬夜苦讀，為這個目標負重前行。而在媒體和各方的炒作下，大量天才兒童不斷湧現，各種培養天才兒童的方法、經驗和心得也不斷地見諸媒體，讓父母們更加堅定培養天才的決心。所以父母們很擔心孩子「小時了了，大未必佳」。因此，如果說他們的孩子「小時了了」，肯定他們一定會很不高興。

## 顧悅未老先衰，自嘲蒲柳之姿

說到「蒲柳之姿」，不得不提到東晉時期的顧悅。

顧悅性情爽朗，為人重義守信。揚州刺史殷浩請他做官，讓他全權處理州內大小事務。為了感激殷浩的知遇之恩，於是顧悅全心投入工作中，早出晚歸，兢兢業業。長期勞累，嚴重地影響了他的健康，才30多歲就顯得很蒼老，滿頭白髮。

有一次，顧悅因故謁見簡文帝。簡文帝得知他與自己年齡差不多，於是問：「我們年紀相仿，你的頭髮為什麼比我先白呢？」顧悅回答說：「蒲柳之姿，望秋而落；松柏之質，經霜彌茂。」意思是說，水邊柳樹的資質差，一到秋天就凋零了；而松柏質地堅實，經歷過秋霜反而更加茂盛。顧況的回

答，既沒有直接談到自己未老先衰的外貌，又趁機拍了皇上的馬屁。

再也沒有比顧悅更好的回答了，簡直把馬屁拍絕了，既明白通暢，又比喻貼切。簡文帝是什麼人？他是皇上，同時他又是一個文人。顧悅投其所好，他的回答首先在文辭上博得了簡文帝的好感，典雅得如同詩賦一般的語言，讓簡文帝感到飄飄欲仙。如果顧悅沒有這麼高的水準，或者直接回答：「臣日夜工作，操勞過度，以致華髮早生。」皇上雖然會同情，但絕對不會開心——你顧況累，我難道就不累了？若是顧況打哈哈，隨便說：「誰知道呢？它就白了。」雖然實話實說，但沒有一點新意，說了等於沒說。當然，顧況肯定不會像現代人那樣說：「我們有家族遺傳，都是少白頭。」那時候，誰知道基因是什麼東西！

由此可見，拍馬屁這種本領似乎也有高下之分，高者拍得含蓄婉轉，臻於化境，拍的人不卑不亢，被拍的人也欣然接受；下者拍得直白淺陋，拍的人不免顧不了顏面，被拍之人多少也會有些矜持做作之態。

當然，現代人雖然知道頭髮白的原因，但是一遇到「蒲柳之姿」這個成語，就鬧笑話了。很多影視文學作品中，居然讓那些妙齡少女說「賤妾蒲柳之姿，願以身相許」之類的話，實在是滑稽。未老先衰的模樣，還敢拿出來自薦，豈不是嚇倒一堆人？

# 徐娘半老猶風韻

前不久，教育部長杜正勝，對陳水扁總統錯用「罄竹難書」這一約定俗成的成語亂加新解。詩人余光中看不下去，反問杜正勝，學生是否可以用「徐娘半老」來形容媽媽？

這一笑談，實在讓人捧腹。不過，還真有必要瞭解以下「徐娘半老」這個語詞。「徐娘半老」出自《南史·梁元帝徐妃傳》，多與「風韻猶存」連用，通常指雖到中年卻仍然美貌的婦女。

「徐娘半老」雖是讚嘆年長女子風韻猶存，但卻包含著一段歷史故事。徐娘乃南朝齊國太尉的孫女，梁朝將軍徐銀的女兒，芳名昭佩。她嫁給了梁元帝蕭繹。蕭繹一眼有疾，且和徐娘感情不是很好。所以徐娘每次化妝只畫一半，名曰「半面妝」，故蕭繹不喜歡徐娘。

徐娘先結識了一個道士，後來又看上了梁元帝身邊的小白臉，名叫暨季江。剛開始還遮遮掩掩，後來居然公開來往。有人曾開玩笑地問暨季江：「滋味如何？」暨季江毫無隱諱地回答：「柏直狗雖老猶能獵，蕭溧陽馬雖老猶駿，徐娘雖老猶尚多情。」後來。蕭繹很生氣，就逼令徐昭佩自殺。徐

娘投井而死，時為西元549年。徐昭佩死後，蕭繹將其屍體送回娘家，並寫下文章譴責她的淫蕩行為。

「徐娘半老」是讚美年長女子風韻猶存，並非貶義詞。現在用「徐娘半老」這句話來形容一個中年婦女，通常不會有人不喜歡聽，因為還有下半句「風韻猶存」，起碼說明被形容的人還是美貌的，半老的徐娘們之所以有風韻是因為內在的那種成熟美。但因隱含輕薄之意，故而不可用來形容親人或尊稱長輩。

詩人余光中用這個典故羞辱杜正勝，堪稱一絕。

# 蕭郎原來是情郎

「公子王孫逐後塵綠珠垂淚滴羅巾。侯門一入深如海，從此蕭郎是路人。」這是唐朝詩人崔郊的傳世之作。關於這首詩，還有一個很動人的典故。

崔郊的姑母有一婢女，生得姿容秀麗，與崔郊互相愛戀，後卻被賣給顯貴於　。崔郊念念不忘，思慕無已。一次寒食，婢女偶爾外出與崔郊邂逅，崔郊百感交集，寫下了這首《贈婢》。想必也是性情中人，讀到此詩，便讓崔郊把婢女領走，於是傳為詩壇佳話。

詩中最後兩句非常經典，但崔郊何以自謂「蕭郎」？事實上，若翻閱《全唐詩》便會發現，許多愛情詩中的女主角所思慕的男戀人都叫「蕭郎」，唐朝以後的宋、清朝也都有這種用法，而唐朝以前則未見這種用法。那麼「蕭郎」一詞為何被當作「情郎」來用？

　　一種說法源自於漢代劉向《列仙傳》講述的故事：「蕭史者，秦穆公（嬴姓）時人也，善吹簫，能致白孔雀於庭。穆公有女字弄玉，好之。公遂以女妻焉。日教弄玉作鳳鳴，居數年，吹似鳳聲，鳳凰來止其屋，公為作鳳台。夫婦止其上，不下數年，一旦皆隨鳳凰飛去。故秦人為作鳳女祠於雍宮中，時有簫聲而已。」後遂用「弄玉」泛指美女或仙女；用「蕭史」借指情郎或佳偶，又稱「蕭郎」。

　　一種說法是，「蕭郎」原指梁武帝蕭衍。《梁書‧武帝紀上》：遷衛將軍王儉東閣祭酒，儉一見（蕭衍），深相器異，謂盧江何憲曰：「此蕭郎三十內當作侍中，出此則貴不可言。」這個蕭郎，就是梁武帝蕭衍，南朝梁國的建立者。蕭乃南朝梁國建立者，風流多才，在歷史上很有名氣。後多以「蕭郎」指女子所愛戀的男子。

# 商湯網開三面非一面

　　商朝開國國君湯是一個很講仁義的人，在夏朝末年，他以仁義享譽四方，透過各種舉動，樹立起很好的親民形象。

　　有一天，他出巡視察百姓疾苦，在野外見獵人張開四面的羅網來捕捉禽獸。獵人口中念念有辭地祈禱：「無論是從天上來的，從地下來的，或是從四面八方來的，都到我的網裡來。」湯覺得這個獵人太殘忍，於是說：「那樣會把禽獸全部捕光，你撤掉三面，只留一面網也能捕到野獸。」獵人懷疑。商湯說：「可以的，你留一面網然後說，『禽獸啊！你想從左邊走就向左邊走，你想從右邊走就往右邊走，只有那些搗蛋的，到我網裡來吧！』」獵人於是照做了。

　　四方諸侯聽到這個消息，都佩服得五體投地：「湯王的聖德真是到了極點，連禽獸都這麼愛護，真是聖君呀！」於是紛紛主動歸順，前後總共有四十六國之多。而夏桀是個貪酒好色的君主，拿人命當兒戲，又時常剝削人民的勞力，使人民農事廢棄；最後搞得天怒人怨，老百姓對桀痛恨到了極點。於是湯乃順天命，應人心，討伐夏桀，諸侯歸服。湯實踐天子位，平定海內，是為商朝。湯用伊尹為宰相，輔助國政，政治清明，天下大治。

　　人用四面之網捕捉野獸而未必能得，成湯僅用一面之網，卻能使四十餘國歸順，對人應該很有啟發。後來人們就用「網開三面」來比喻法令寬大，恩澤遍施，以此比喻給罪犯一條棄改過自新的出路。

　　按照這些解釋，對「某某報網開三面，廣聘賢才」的廣告用語對與不對，想必大家都很明白了。

# 庾信文章老更成

　　2005年，著名作家李敖回到了闊別五十六年的中國大陸。在一次講話中，李敖說自己「人老，文章更老」。乍聽之下，許多人以為這是李敖的自謙之語，還有學者拿這句話來證明李敖的文章已經不行了。

　　其實，曾經說過500年來白話文前三名是李敖、李敖、李敖的他並不是難得地謙虛一下，要知道，文章的老乃是說文章老道、老練，杜甫就有「庾信文章老更成」的詩句。

　　庾信，是中國歷史上南北朝時期著名的文學家。早年曾在南梁為官，梁武帝末，侯景叛亂，庾信時為建康令，率兵防守朱雀航，戰敗。建康失陷，他被迫逃亡江陵，投奔梁元帝蕭繹。元帝承聖三年（554年）他奉命出使西魏，抵達長安不久，西魏攻克江陵，蕭繹被殺。他因此被留在長安，歷仕西

魏、北周，官至驃騎大將軍開府儀同三司，故又稱「庾開府」。

庾信被強留於長安，內心非常痛苦，因為他從此永別了江南；同時從封建道德角度來看，不僅是屈事二姓，並且是在殺他「舊君」的鮮卑族政權下做官，還被引為「失節」。再加上流離顛沛的生活，也給他的家庭造成了許多不幸。這些原因使他在出使西魏以前和以後的思想和創作，發生了深刻的變化。

他經歷獨特，視野開闊，詩名甚高。他的詩賦思鄉情切，悲慨蒼涼，清新儁永，《哀江南賦》、《小園賦》、《枯樹賦》等在文學史上佔有重要地位，代表南北朝賦體文學的最高成就，庾信也因而成為南北朝文壇的泰斗。後人評價他「集六朝之大成，導初唐之先河」。初唐四傑之一王勃傳誦千古的名句「落霞與孤鶩齊飛，秋水共長天一色」，便是從庾信的《馬射賦》「落花與芝蓋同飛，楊柳共春旗一色」脫胎而來。現有《庾子山集》行世。前中國國家主席毛澤東生前十分喜愛庾信寫的《枯樹賦》，再三吟誦，直到病逝前幾天，還叫人讀《枯樹賦》給他聽。

杜甫頗為佩服這位前輩，因而在《戲為六絕句》第二首中寫道：「庾信文章老更成，凌雲健筆意縱橫。」

由此看來，李敖稱自己的文章「老」，仍然是狂傲不減當年。

# 躲避嫌疑，清郎瓜田李下

古樂府《君子行》裡面有兩句詩文：「瓜田不納履，李下不整冠。」意思是說：站在瓜田裡，最好不要彎下身體去脫鞋子，不然很容易被人誤會你在偷瓜；站在李子樹下的時候，最好不要伸手去整理頭上的帽子，免得被人懷疑是在偷摘李子。

《北史》中記載了廉吏袁聿修的故事，講的是他政績突出又很有聲望，主要原因是他能夠為官清白自守，從不收受任何賄賂。據說他任尚書的十多年裡，從未接受過任何人的一升酒、一粒米，故有雅號「清郎」。一次遇到老友邢邵，二人闡述別情以後，邢邵拿出一匹白綢送給袁聿修。袁聿修反覆思索之後還是謝絕了，並留書曰：「瓜田李下，古人所慎。只有這樣，才能躲避嫌疑。」

無獨有偶。唐朝大書法家柳公權也對「瓜田李下」做過評論。當時有個叫郭寧的官員把兩個女兒送進宮中，於是唐文帝就派郭寧到郵寧做官，人們對這件事議論紛紛。文帝就以這件事來問柳公權：「郭寧是太皇太后的繼父，官封大將軍，當官以來沒有什麼過失，現在只讓他當郵寧這個小小地方的主官，又

有什麼不妥呢？」柳公權說：「議論的人都以為郭寧是因為進獻兩個女兒入宮，才得到這個官職的。」唐文宗說：「郭寧的兩個女兒是進宮陪太后的，並不是獻給朕的。」柳公權回答：「瓜田李下的嫌疑，人們哪能分辨得清呢？」這裡，柳公權將「瓜田李下」詞義更進了一步提升到了輿論監督的層面上。

　　的確，「瓜田李下」往往會讓人誤會或懷疑，所以需要謹慎對待。從上述故事來看，古代賢士在這方面十分重視。然而，如今那些營私舞弊之人，那些收受賄賂之人，那些跑官要官之人利令智昏，可不在乎什麼瓜田、什麼李下，所作所為居然可以明目張膽地進行，一點也沒有避嫌的意思，實在是愧對古人。


# 動「龍陽之興」，魏王原為「同志」


　　「龍陽之興」在中國古代是同性戀的代名詞，與之類似的語詞是「斷袖之癖」。這兩個語詞和同性戀聯想在一起，各自都包含了一段典故。不可望文生義，更不要亂動「龍陽之興」。

　　據《戰國策・魏策》記載，魏國的國王和龍陽君關係十分密切，是眾所周知的同性伴侶，二人同床共枕，甚為歡愛。某日，二人同船釣魚，在龍陽君釣到了十幾條魚之後，誰知他竟然大聲痛哭。魏王問其所以，龍陽君鬱鬱

地說道，他一開始釣到一條魚很高興，後來釣到更大的魚，就想把剛才釣到的小魚丟掉，因而想到四海之內，美貌的人一定很多，將來有一天，魏王得到了別的美人，也一定會把他拋棄。面對無法抵擋的對於未來的恐懼，不由自主地哭了。

聽完此話，魏王大為感動，隨即發誓絕對不會發生龍陽君所擔心的事情。一不做二不休，魏王還因此下令在全國範圍內禁止談論美人，犯禁的便要全家抄斬，他以此來表白自己和龍陽君之間的情感。從此，同性戀就被稱為了「龍陽之興」。

與此故事相關的還有「斷袖之癖」。《漢書·佞幸傳》這樣記載：董賢曾任郎官，為人秀美且好修飾。後為漢哀帝所見，甚愛之。於是帝出則陪乘，入則侍奉，十餘日過後，他收到的賞金就數以萬計。董賢常與帝一起入睡。一次，董賢與皇帝午睡時，壓住了皇帝的衣袖，帝欲起身，見賢未醒，不忍驚動他，遂斷袖而起。此為「斷袖之癖」。

《韓非子》曾記載了另外一則故事：衛靈公很喜愛一個美男子彌子瑕，有一天，彌子瑕與衛靈公在果園遊玩，彌子瑕吃到一個很甜的桃子，便把剩下的一半給衛靈公吃，衛靈公竟然不顧君臣之禮，吃起餘桃。所以後來也用「餘桃之癖」來代指同性戀。有時也與「斷袖之癖」合稱「餘桃斷袖」。

# 曾「上下其手」，鄭王不涉「淫穢」

由於近幾年來性騷擾案件有增無減，大量的報導讓人記住了一個語詞：「上下其手」。歹徒乘機在無辜者身上「上下其手」，似乎很傳神，但是這卻是一個典型的錯用，「上下其手」根本沒有那麼骯髒和猥褻。

「上下其手」最早見於《左傳‧襄公二十六年》。春秋楚襄王二十六年，楚國出兵侵略鄭國。當時楚國的實力非常強大，弱小的鄭國毫無反抗能力，最後只有承受失敗的厄運，連鄭王頡也被楚將穿封戌俘虜了。戰事結束後，楚王弟公子圍，想冒認虜獲鄭王頡的功勞，說鄭王頡是被他虜獲的，於是穿封戌和公子圍二人便發生爭執，彼此都不肯讓步，一時沒有辦法解決。只好請伯州犁居中判定到底是誰的功勞。

伯州犁的解決辦法本是很公正的，他主張要知道這是誰的功勞，最好是問問被俘虜的鄭王。於是命人把鄭王頡帶來，伯州犁便向他說明原委，接著手伸二指，用上手指代表楚王弟公子圍，用下手指代表楚將穿封戌，然後問他是被誰俘虜的。鄭王頡被穿封戌俘虜，當然懷恨在心，於是就故意指著上手指，表示自己是被公子圍所俘虜。伯州犁因此判定這是公子圍的功勞。

後來就用「上下其手」比喻玩弄手法，暗中作弊。《舊唐書‧魏徵傳》：「昔州犁上下其手，楚國之法遂差；張湯輕重其心，漢朝之刑以弊。」《官場現形記》第二十四回：「統通換了自己的私人，以便上下

其手。」「上下其手」也作「高下其手」。宋朝王辟之《澠水燕談錄·官制》：「太祖慮其任私，高下其手，乃置司寇參軍。」

由此可知，「上下其手」包含了一段歷史故事，和玩法作弊、顛倒是非有關，和猥褻、性侵無關。

# 積習難改，程顥見獵心喜

俗話說：「江山易改，本性難移。」一個人的性格若是先天遺傳，便無從更改；但若是後天產生的興趣，則可改變。「見獵心喜」這個成語，表達的就是這個意思。

宋朝理學家程顥年輕的時候非常喜歡到野外打獵，不免影響治學。因怕「玩物喪志」，程顥便放棄這一嗜好，潛心學習。時間久了，他就對朋友說：「我已沒有打獵的愛嗜好了。」後外出遊學、做官，自以為已無此好，並將此事情告訴其師周敦頤。周敦頤說：「何言是易也，獵心暫隱伏耳。一旦萌起，復如初矣。」意思是說，不要說得那麼容易，不過是你打

獵的心思暫時沒有了，說不定哪天一旦萌發起來，你還會像以前那樣喜歡打獵的。

離家十二年後，程顥有天外出晚歸，見田野間有人打獵，不禁心中狂喜，頓覺技癢，故態復萌。但是他想起了周敦頤的話，強忍住自己的想法，最終沒有打獵。《河南程氏遺書・卷七》中記述：「明道年十六、七時，好田獵。十二年，暮歸，在田野間見田獵者，不覺有喜心。」「見獵心喜」一詞，就是出自於此。

本來「見獵心喜」是比喻看見別人正在做著自己舊時所愛好的事，因而引起興趣，也想一獻身手，躍躍欲試的意思。但是，現在很多人把這個成語誤解為「看到別人做什麼自己就做什麼」之意。比如中國大陸某報2005年刊登的一篇關於上海市房價的報導中就有這麼一段話：「疑似外地炒房團突襲上海樓市，見獵心喜的本地市民立刻尾隨而至。」顯然是誤用。

更有甚者，將「見獵心喜」中的「獵」解釋為「獵豔」之意。有人這樣寫道：「在二十一世紀的時候，他便是這副德性，見到漂亮女孩便會見獵心喜，千方百計也要追到手。」如此誤用，實在是貽笑大方。

# 知恩圖報，韓信「一飯千金」

「一飯千金」！不用說，這是諷刺某些人奢侈腐化的。一頓飯糜費千金非腐敗為何？

但是這卻是一個誤會。「一飯千金」的由來歷和字面上所體現出來的意思有天壤之別。

「一飯千金」有一個著名故事，它講述的是漢朝開國大將韓信的一段往事：沒有出道之前的韓信，家道貧寒，「舉家食粥酒常賒」，整天處於饑寒交迫的狀態之中。因此，他時常到河裡去釣魚，希望能碰著好運氣，釣隻大魚來打打牙祭。然而，這畢竟不是長久之計。因此，餓肚子也就在所難免。然而幸運的是，在他時常釣魚的地方，有很多清洗絲棉絮或舊衣布的老婆婆（那時，這些老太太通稱為漂母）在河邊工作，其中有位漂母非常同情韓信，便節省了一些錢來救濟韓信，經常弄些飯讓他吃。困頓之中的韓信，得到那位勤勞刻苦僅能以雙手勉強糊口的漂母的恩惠，異常感激，便對老太太

說，如果將來自己有出頭之日，必定會重重的報答她。然而，老太太聽了韓信的話之後並不是很高興，只是淡淡地說，之所以會幫助韓信只是出於同情，從來沒有想到要韓信報答自己。

　　後來，韓信輔佐劉邦取得了天下，並以其汗馬功勞被封為楚王，他想起從前曾受過漂母的恩惠，便命隨從人送上等酒菜給她吃，同時還讓手下送去千兩黃金作為答謝。是為「一飯千金」，即從前吃了別人一頓飯，後來卻用千兩黃金來報答。因此，「一飯千金」非但不是奢靡，反而是知恩圖報的最佳體現。「一飯千金」也從另一個角度說明雪中送炭遠遠要比錦上添花更能令人感到溫暖和情誼。

# 5

# 禮儀點校

# 「慈母」曾是傷心事

　　「慈母手中線，遊子身上衣。臨行密密縫，意恐遲遲歸。」這是唐詩中最為溫馨的一首詩，家喻戶曉。這首詩中的「慈母」一詞，應該也是漢語中誤用率最高的一個詞。

　　因為我們習慣說「嚴父慈母」，所以自然會認為「慈母」就是「慈祥的母親」。其實，「慈母」之「慈」與「慈祥」無關，「慈母」，本來是件傷心往事。

　　「慈母」最早出現於《儀禮》，不僅如此，《儀禮》同時還對成為「慈母」的條件做了諸多令人張口結舌的限定：「慈母者，何也？傳曰：妾之無子者，妾子無母者，父命妾曰：女以為子。命子曰：女以為母。」由此可知，不是隨便哪個女人都可以成為慈母，也不是哪個兒子隨便都可以擁有慈母。

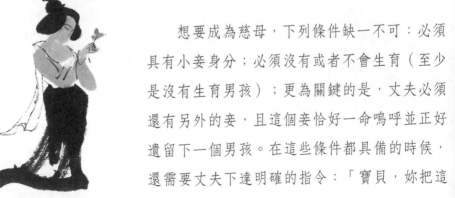

　　想要成為慈母，下列條件缺一不可：必須具有小妾身分；必須沒有或者不會生育（至少是沒有生育男孩）；更為關鍵的是，丈夫必須還有另外的妾，且這個妾恰好一命嗚呼並正好遺留下一個男孩。在這些條件都具備的時候，還需要丈夫下達明確的指令：「寶貝，妳把這

個死了母親的孩子當成自己的孩子扶養吧!」知道了這些,我們在讀到《儀禮‧喪服》中「慈母如母」時,才不會感到過於突兀。

所以,從詞源的角度來說,「慈母」和「生母」的死亡有關,但和「慈祥」無關,「慈母」本來是一段傷心往事。

但是,我們也應該注意到,為《儀禮》所嚴格定義的「慈母」,其詞義的內涵慢慢演變,至少在唐朝,「慈母」已經不再是一個專稱。李白的詩中就有「曾參豈是殺人者,讒言三及慈母驚」的句子,顯然這裡的「慈母」就不是《儀禮》中的「慈母」。

雖然如此,我們探討一下「慈母」的由來也沒有太多的壞處。


# 「胎教」自古不新鮮


胎教,是為了促進胎兒身心健康地發育成長,並確保產婦安全所採取的各項保健措施。準父母利用一定的方法和手段,透過母體給予胎兒有利胎兒大腦和神經系統功能盡早成熟的有益活動,進而為出生後的繼續教育奠定良好基礎。

「胎教」似乎是件新鮮事、是個新名詞。然而,中國古代就有非常完整的胎教理論,並且「胎教」這個名詞也是古人創造的。

　　中國是世界上最早提出胎教的國家。在兩千多年前的《黃帝內經》中，就有關於「胎病」的論述。《大戴禮記・保傅》對於胎教更做出了明確的規定：「古者胎教，王后腹之七月，而就宴室。太史持銅而御戶左，太宰持斗而御戶右。比及三月者，王后所求聲音非禮樂，則太師縕瑟而稱不習；所求滋味者非正味，則太宰倚斗而言曰：不敢以待王太子。」

　　據《史記》記載，中國古代第一個對其子進行胎教的是周文王的母親太任，因為受了嚴格的胎教，周文王生下來就非常聰明。文王的孫子周成王也是接受過胎教之後而生，長大後也是智力超常。周朝就是這樣用胎教的方法培養出了一代代的理想接班人。到了漢朝，各種書籍中出現了大量胎教內容的記載和論述，初步形成了胎教學說。

　　宋朝名醫陳自明在《婦人大全良方》中就有專篇「胎教論」。 賈誼《新書》也有專門的《胎教》篇。《顏氏家訓》也記載了相關的內容：王后懷孩子三個月時，就要搬出皇宮，讓她住在別宮裡，眼不看不該看的東西，耳不聽不該聽的聲音，所聽音樂和所嗜口味等，都要按照禮儀進行節制。到了明朝，胎教學說更進一步完善和全面。清朝陳夢雷等人把歷代胎教學說彙集一起，立為《小兒未生胎養門》。

　　古人還曾這樣總結過：「訓子須從胎教始，端蒙必自小學初。」真可謂，「胎教」自古不新鮮。

# 古人不敢自稱「我」

古人有很多第一人稱的代名詞，譬如吾、余、予、我，但在社交場合或者是公共場合，真正自稱為「我」、「吾」、「余」的，卻是少之又少。在古代，公開自稱「我」、「余」甚至會被大家譏為不懂禮儀。

據考證，至少從晉朝開始，各級官僚已經不習慣用第一人稱代名詞來指自己了，他們熱衷於自稱「下官」來顯示自己的謙卑。唐朝人雖然曠達，但在相互交往之時依然羞於自稱「我」，而是用略顯青澀的「小生」來指自己。宋朝則再進一步，那時的官僚喜歡自稱「卑職」，一般人則更願意自稱「晚生」。

當然，也有人不循此例。《夢溪筆談》卷十八就記載了這樣一個人，此人姓許，他最大的特點是從來不用謙稱，什麼「小生」、「晚生」統統與他絕緣：賈魏公為相日，有方士姓許，對人未嘗稱名，無貴賤皆稱「我」，時人譏稱其為「許我」。此人言談頗有可采，然傲誕，視公卿蔑如也。公欲見，使人邀召數四，卒不至。又使門人苦邀致之，許騎驢，徑欲造丞相廳事。門吏止之，不可，吏曰：「此丞相廳門，雖丞郎亦須下。」許曰：「我無所求於丞相，丞相召我來，若如此，但須我去耳。」

不下驢而去。門吏急追之，不還，以白丞相。魏公又使人謝而召之，終不至。公嘆曰：「許市井人耳。唯其無所求於人，尚不可以勢屈，況其以道義自任者乎。」不論面對何人，這位許姓老兄都敢自稱我，這在當時居然引起轟動。從這裡我們可以感受到，在當時人們看來，能自稱「我」是多麼驚天動地的一件事情。這也反襯出，自稱「我」是多麼難得，以致於一個人可以因為自稱「我」而被傳揚一時。

# 你的「九族」是何人

在中國古代，九族是一個社會學概念，更是一個司法學概念。在平時可能根本沒有人能想起來九族這個概念，可是一旦這個概念被想起來並被用上之時，那就是平地大起波瀾的天崩地裂之時。

「抄家」、「滅族」史不絕書。說到「滅族」通常就是「誅滅九族」，其最直接的目的就在斬草除根，徹底除去子報父仇、孫報祖仇的實力和人脈。顯然「滅族」之舉在於不為自己留下一絲一毫的後患。歷史上的趙氏孤兒大復仇之所以成功，就是因為在眾義士的相助之下，趙氏孤兒成功脫逃，

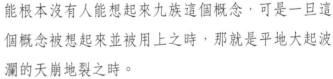

這就為日後的「大報仇」奠定了基礎。基於這個教訓,從秦始皇開始,中國就有了「族誅」的殘酷刑法。

那麼,何謂「九族」?對於當事人來說,他的「九族」又是哪些人呢?

一般認為,九族指的是父族四、母族三、妻族二。所謂「父族四」,指的是當事者自己一族,外加出嫁的姑媽及其兒子、出嫁的姐妹及外甥、出嫁的女兒及外孫。所謂「母族二」,指的是當事者外祖父的全家、外祖母的娘家、姨媽及其兒子。所謂「妻族二」,指的是岳父全家和岳母的娘家。由此可知,如果當事者的九族被誅滅,那麼也就意味著所有和當事者有一丁點血緣關係的人全都下了地獄。這就徹底了斷了任何後來者的復仇。

出於內心的恐懼,古代的統治者甚至發明了「誅滅十族」。所謂「十族」,就是在當事者的九族之外額外加上當事者的門下學生。明成祖就曾誅殺方孝孺及其「十族」。史書記載,因方孝孺案連坐被殺者達八百七十三人,發配充軍者高達千餘人,時稱「瓜蔓抄」。

# 「名」、「字」不是一回事

古人不能上網,無緣為自己取網名,因此,也就沒有機會享受今人穿著多件馬甲罵人的「樂趣」。但是,古人卻有自己的「馬甲」──字。

　　《禮記‧檀弓》曰：「幼名，冠字。」人一生下來就得由父母取名，這個名稱為「小名」或「乳名」。等長到二十歲，可以挽起頭髮戴上帽子成人了，還得由父母鄭重其事地為其舉行「冠禮」，再給他取個名，這個名就叫「字」，也叫「表字」。這表示他「有為人父之道，朋友等人不可復稱其名，故冠而加字」。

　　因而，古代平輩之間甚至普通關係的尊長對晚輩都應該以「字」來稱呼對方，以示尊重，自稱則必須用名。因此，「字」雖然是自己的，但卻是為外人稱呼自己的時候準備的，自己卻從來不去使用。劉備、關羽和張飛都可以稱諸葛亮為「孔明」，但諸葛亮本人卻只能自稱為「亮」，不能自稱為「孔明」。

　　除此之外，名與字之間還有別的不同功能：「名以正體，字以表德。」嬰兒出生開始，父母和長輩顯然無法斷定其將來的德行如何，因此，為孩子取「名」通常都選用意思比較寬泛的字。待孩子長大，至弱冠之年，其個性、稟賦包括缺點已為外界所瞭解，此時，長輩再為其加冠表「字」就有了表揚、勸誘、敦促之意。《白虎通義》云：「聞名即知其字，聞字即知其名，蓋名之與字相比附故。」「名」與「字」或相補、或相承、或相反、或相關、或相近。二者在意義上往往存在著相同、相近、相關或者相反的關係。如杜甫字子美（甫，男子美稱）、韓愈字退之、岳飛字鵬舉、唐寅字伯虎又字子畏……這些皆為意義相關、相補。

　　名、字之外又有號，名、字通常是父母、師長給的，自己不能隨意更改

以示對長輩的尊重。號則是朋友取的或自己擬的，自由發揮的空間較大，更能體現出強烈的自我意識來。

# 「姓」、「氏」曾經有差別

現在我們已經習慣說「按姓氏筆劃為準」之類的話了，在大多數人心目，姓氏是一回事。其實，在古代，姓和氏之間有著較大的差異。

「姓」、「氏」的起源很早。許慎在《說文解字》中這樣解釋：「姓，人所生也，從女、生，生亦聲。」所以，「姓」的本義是「生」，本來是代表有共同血緣、血統、血族關係的族號。「氏」可以說是「姓」的分支。「氏」冠在男人的名前，表露著一個男人的封地、爵位、官職，以及追諡，代表了男人的榮耀、功業和尊嚴。譬如武王的四弟叔旦，由於其采邑為周，被稱為周公。其實，周公為姬姓，周只是他的氏而已。

氏集中產生於周朝。周朝初年，為控制被征服的廣大地區，大規模地分封諸侯。而這些諸侯國的後人即以封國名為氏。另外，各諸侯國又以同樣的方式對國內的卿大夫進行分封，大夫的後人又以受封國的名稱為氏。以後，各種形式的氏的來源又不斷出現，並且氏的數量遠遠超過了姓的數量。但是只有貴族才有氏，貧賤者有名無氏，氏成為貴族獨有的標誌。至於貴族婦女，則無論怎麼稱呼都必須帶上姓，這反映了中國古代封建宗法制度的權威

性和嚴謹性。

「姓」是從居住的村落，或者所屬的部族名稱而來。「氏」是從君主所封的地、所賜的爵位、所任的官職，或者死後按照功績，追加的稱號而來。所以貴族有姓，有名，也有氏；平民有姓，有名，沒有氏。

顧炎武曾一針見血地說出了姓和氏的區別：「氏一傳而可變，姓千萬年而不變。」姓為氏之本，氏由姓所出。商周以前，姓用以區別婚姻，故有同姓、異姓、庶姓之說。氏用以區別貴賤，貴者有氏，而貧賤者有名無氏。氏同而姓不同，婚姻可通，同姓則不可通婚。

顯然，因為姓強調的重點在於血緣關係，所以在具體的社會實踐中，「姓」往往起著「別婚姻」的作用。「禮不娶同姓」，「父母同姓，其出不蕃」，「同姓不婚，惡不殖也」。

所以，「姓」和「氏」裡反映著至為重要的資訊，切不可混為一談。

# 「先母」、「先父」已作古

現代社會上「繼母」、「繼父」的稱呼，無須解釋，其意自明。在漢語辭彙中了還有另外一對語詞，那就是「先父」和「先母」，需要注意的是，「先父」和「先母」和「後爸」、「後媽」之間並沒有任何對應的意思。這

裡的「先」有特別的含義。

因此，我們需要區分一下「繼父」、「繼母」和「繼父」、「生母」之間的詞義關係。

「生母」一詞意思就是「親生母親」，與自己有直接的血緣關係，「生母」一詞通常是在有相對詞出現的場合下對舉使用，很少單獨出現。和「生母」相對的詞有「嫡母」、「庶母」「繼母」、「養母」、「過繼母親」等。過去，男子可以有妻、有妾，正妻所生的子女稱自己父親的妾為「庶母」，妾所生的子女稱父親的妻子為「嫡母」；男子已有子女而後續娶，原有的子女稱父親續娶的妻子為「繼母」或「後母」。當然，這些都是書面語言，至於口頭的稱呼，往往會因地域、方言、習慣及其他情況的不同而有所差異，但其基本含義則不會有太大出入。

而「先母」則與之有所區別。「先母」通常出現在社交場合，是對他人講到自己已謝世的母親時所用的敬詞，即「我的已經逝世的母親」，因此，「先母」必須是第一人稱用語。由此可以看出，「先母」必須符合以下條件：第一，必須是生母；第二，必須已經去世；第三，必須是第一人稱用語。這三個條件同時具備才可以使用這個語詞。不論出於多麼敬重的心情，稱呼別人去世的母親是不能使用「先母」這個稱呼的。「先父」的使用與此相同。對此不可不慎。

# 「皇親」、「國戚」無關聯

按照中國傳統文化，「親」和「戚」之間有著重大區別。一般來說，標準是這樣掌握的：族內之人為親，族外之人為戚。也就是說，只有同姓之人才有可能是親。所以，我們經常說的「皇親國戚」，其實根本就不是一回事。

「皇親」是和皇帝同一宗族的人。為了加強對皇親的管理，清王朝就設立了「宗人府」，各個朝代也都有類似的機構。這是皇家的私人家族管理機構，由皇帝任命專人管理。管理者通常由德高望重的家族領袖擔任，即宗令。宗令的角色相當於皇族的族長，負責皇族事務的處理，包括獎勵、懲戒、記錄宗族經歷和成長、記錄家族成員脈絡等等。

「皇親」也就是「宗人」，在帝國社會的政治生活中有較高的地位，因此，對於皇親的認定也就格外嚴格。於是，能被納入宗人府管理也就成了一些勉強和皇家可以扯上關係的人的夢想。譬如李白，總是自稱是涼武昭王李暠的九世孫，雖然後來這位被李白反覆提及的涼武昭王李暠經皇上特批准隸於宗正寺，並被編入皇族戶籍管理。但皇帝並沒有因此就將李白納入皇親系列。

和「皇親」相比，「國戚」的地位就低很多了。「國戚」是皇帝的族外之人，如皇帝的母族、妻族、駙馬及其族人等等。在一個朝代，「皇親」是相對穩定的，只有人口因繁衍而增加的問題。而「國戚」則隨時都有增加和變化的可能，公主結婚、王子結婚……都會帶來國戚的增加。在一般人的心目中，皇帝的族內鬥爭不論多麼激烈，大家似乎都可以理解，如果「國戚」作亂則為歷史所不容。譬如史書上經常出現的「外戚作亂」，因為作亂者是外戚，似乎就要承受更多的指責。

「皇親」和「國戚」不是一回事，並且在很多時候，「皇親」和「國戚」之間往往會有化解不開的衝突，當衝突激化到某種程度，宮廷鬥爭的大戲就該上演了。

# 「內子」專指你夫人

在網路上曾看過一則中年男人發的新聞，內容大致如下：「內子」今年18歲，即將參加大考，因為心中無底，特意將「內子」的生辰八字公佈出來，請求高手依據生辰八字做一預測，看自己的孩子能否金榜題名。

當然，這位中年男子的感情可以理解，面對不可知的未來，任何人都會幻想冥冥之中的命運之神給自己力量，但是他弄錯了一個辭彙，那就是，他以為自己的兒子就是自己的「內子」。

　　根據約定俗成的解釋，「內子」不是兒子，而是老婆。「內子」是丈夫在別人面前提到自己的妻子的時候用的一個謙詞，和這個辭彙同義的還有「賤內」、「拙荊」、「糟糠」等，這些稱呼的意思接近於今天的「另一半」、「夫人」、「老婆」、「老伴」……需要補充的是，今天，我們經常把自己的妻子稱為「太太」，而「太太」一詞在古代卻是敬稱。尤其是明、清兩代，「太太」專指一、二品官員的妻子，一般人的妻子是不能被稱為「太太」的。和今天的「另一半」、「老婆」等稱呼相比，「內子」少了一份肉麻，多了一份謙遜。因此，也可以說，古人比今人更像謙謙君子。只是這份涵養和謙遜，已經離我們越來越遠了，以致於我們都忘記了我們的先人曾經那麼謙虛過。

　　和「內子」這個辭彙相對的是「外子」，是專門讓妻子來稱呼自己的「丈夫」的。當然，因為古時，妻子很少有自己獨立社交的機會，「外子」這個詞被派上用場的機會也就相對少得多。但可以肯定的是，不論是「外子」和「內子」，都不是指兒子。

# 「岳父」原來是敬稱

　　不知從何時起，大家已經越來越習慣於稱呼岳父為爸爸了，似乎喊「岳父」顯得疏遠，只有稱呼岳父為爸爸才能顯得更加尊敬、更加親切、更加和

妻子一心一意。有時，因為該不該叫「爸爸」甚至會引發不必要的衝突。殊不知，「岳父」一詞其實比「爸爸」一詞更含有敬意。如果知道岳父一詞的由來，我們就會發現，岳父一詞裡面包含著說不出的感動在裡面。

根據記載，「岳父」一詞的由來是這樣的：古代，帝王常登臨名山絕頂，並在山頂堆土為壇祭天，是為「封」；除地為墠而祭地，是為「禪」，二者合稱「封禪」。改朝易代，帝王即位，常行「封禪」之禮，以報天地之恩。「封禪」對於每一個王朝來說，都是政治生活中的一件大事，歷來都很受統治者的重視。史書記載了大量這類事例。由於泰山被視為「五嶽獨尊」，所以也就成了「封禪」之地的首選。

在唐玄宗李隆基的一次泰山「封禪」中，中書令張項做「封禪使」。「封禪使」具有很高的政治地位和權力，於是，張就藉機把自己的女婿鄭鎰由九品超拔為五品。唐玄宗察覺此事之後，曾當面質問過鄭鎰。使得鄭鎰面紅耳赤，無言以對。在旁邊的同僚黃幡綽含沙射影地譏笑道：「此乃泰山之力也。」玄宗對於張項的徇私大為不悅，不久就把鄭鎰降回了九品。後來此事傳到了民間，時人認為鄭鎰之妻父雖然有徇私之嫌，但其對自己女婿的感情卻不可謂不深，於是人們就把妻父稱「泰山」。又因泰山乃五嶽之首，又稱為「岳父」。同時，也把妻母稱為「岳母」。

因此，「岳父」這個名詞，包含了一段特殊的典故，見證了一段特別的感情，稱妻子的父親為「岳父」要比稱呼「爸爸」更加恰如其分，同時也更加尊敬。

# 「勞燕」最慣是「分飛」

第一次見到「勞燕」這個辭彙是多年之前，那時，大考在即的我們是如此惴惴不安而又憂鬱感傷。面對不可知的未來，每一個慘綠少年心裡充滿了莫名其妙的情緒。在這樣的背景之下，有一天，教室的黑板突然出現的「勞燕紛飛」四個字一下子就深深打動了我。該畢業了，我們這群「辛勞的燕子」將被大考驚起，紛紛飛去，落下一地羽毛。

後來我飛到了一所大學的中文系，當讀到「東飛伯勞西飛燕，黃姑織女時相見」的詩句時，我才知道自己從前的誤解。

原來，「勞燕」指伯勞和燕子兩種鳥類，「勞」是伯勞的簡稱，和「辛勞」無關。「勞」和「燕」分別朝不同的方向飛去，因此，牠們的姿勢是「分飛」而不是「紛飛」。

伯勞俗稱胡不拉，是食蟲鳥類。大都棲息在丘陵開闊的林地，為中國較為常見的鳥類。因為較常見，所以也就被寫進了詩裡。和伯勞一起走進詩裡的還有燕子。譬如王實甫的《西廂記》中就有這樣的句子：「他曲未通，我意已通，分明伯勞飛燕各西東。」

當伯勞遇見了燕子，二者就相互完成了身分的指認，共同構成了全新的意思，在傳統詩歌的天空下，伯勞匆匆東去，燕子急急西飛，瞬息的相遇無法改變飛行的姿態，因此，相遇總是太晚，離別總是太疾。東飛的伯勞和西

飛的燕子，合在一起構成了感傷的分離，成為了不再聚首的象徵。

因此，「分飛」是「勞燕」最常見的姿態，天空沒有留下勞燕的影子，但「勞」和「燕」曾經飛過，曾經朝著不同的方向飛過。

# 「先喝為敬」有淵源

在社交場合尤其是晚宴、午宴之時，我們經常聽到的一句社交辭令就是「先乾為敬」。有些人也許以為這是現代人的發明，其實不然，「先乾為敬」的勸酒方式是從傳統文化裡延伸出來的，堪稱源遠有自。

古人住所通常都是堂室結構，這種建築有堂有室。堂在前，室在後，堂大於室。堂室之間，隔著一道牆，牆外屬堂上，牆內屬室內。堂上不住人，是古人議事、行禮、交際之所在。舉行禮節活動時，室內以東向為尊，即席上最尊貴的人面東而坐；堂上則以南向為尊，最尊貴的客人南向而坐。按照這種尊卑長幼排序坐好之後，酒席就可以開始了。

喝酒時，主人必須先行向客人敬酒，是為「獻」。這種禮俗起源很悠久，主人先飲，包含了向客人暗示「酒裡無毒」，可以放心飲用之意（這一點，近似透過握手表明雙方手裡都沒有暗藏兇器的思路很接近）。主人飲過之後，客人亦須飲酒回敬主人，是為「酢」，亦稱「報」。之後，主人為勸

客人多飲，自己必先飲以暢之，是為「酬」。客人在主人飲過之後也舉起酒杯暢飲，是為「應酬」，即以此回應主人的厚意。

這樣的禮俗慢慢延伸下來，就是今天我們所見到的「先喝為敬」。現在人們在酒宴間也都是先進酒於賓為敬，為了勸客人飲酒，主人常自己先乾一杯。這也許可以稱得上是中國源遠流長酒文化的具體而微的體現吧！

知道了這樣的規矩，我們不僅知道了「應酬」的由來，對於我們在酒席之上如何應對才不失禮儀應該也會有所幫助。


# 「九拜」不是拜九次


「三叩九拜」是古代的大禮，在一般的解釋中，「九拜」就是連續拜九次，而禮法上真實的「九拜」卻非如此。

「九拜」是古代行禮時的九種禮拜方式。這九種禮拜方式分別叫稽首、頓首、空首、振動、吉拜、凶拜、奇拜、褒拜、肅拜。九拜所不同的不僅僅是名稱，連其動作要領也大為不同。

稽首的基本要領如下：跪，拜手，然後手至地，首亦至地。稽首是拜

禮之中最敬的方式，臣子對君主用此禮，為吉事之拜的最重者。頓首亦名稽顙，其基本要領如下：先跪拜手，然後手至地，首亦叩地。這種方式只用於凶喪之禮，為喪事之拜中的最重者。頓首與稽首不同之處在於，稽首頭至於地而不叩，頓首頭至於地而扣。空首的動作要領為：跪而拱手，頭俯至於手，與心平。振動的動作要領如下：先拜而後踴。踴是喪禮中最哀慟的表現，頓足、跳躍，以示哀之至也。吉拜的動作要領如下：先拜手，而後重複九拜中的「頓首」動作。也是喪禮之拜。凶拜的要領是先做「九拜」中的頓首而後再拜。奇拜之「奇」表示單數，在這裡是拜一次的意思。褒拜指拜的次數在再拜以上。肅拜為女性用的禮拜方式，不跪，俯首兩手下垂。

　　因此，「九拜」是一個非常籠統的說法，它涵蓋了古時所有的禮拜方式。「九拜」中既包括了吉禮，又包括了凶禮；既包括了男人行禮的方式，也包括了女人行禮的方式。很顯然，在任何一次儀式之上，都不可能窮盡這九種禮拜方式，因為，「九拜」中包含了性質完全不同的禮拜形式。

　　所以，九拜不僅不是拜九次的意思，而且也不可能在任何一次儀式上聽到「行『九拜』」之禮。

# 「五服」並非五件衣

　　「五服」這個辭彙在現代漢語裡出現的頻率雖然不算太高，但在古典文化裡，卻是一個十分重要的辭彙。

　　「五服」本身是一個詞義十分複雜的辭彙。它可以作為計量單位。作為計量單位用的時候，王畿之外，每五百里為一服。由近及遠，分別稱為侯服、甸服、綏服、要服、荒服。同時，五服也可以指禮儀中的「吉服」和「凶服」。吉服之五服，指天子、諸侯、卿、大夫、士五等之服裝樣式。而凶服之「五服」是喪服的五種依親疏差等分出來的五等服裝。中國封建社會是由父系家族組成的社會，以父宗為重。其親屬範圍包括自高祖以下的男系後裔及其配偶，即自高祖至玄孫的九個世代，通常稱為本宗九族。在此範圍內的親屬，包括直系親屬和旁系親屬，為有服親屬，死為服喪。親者喪服重，疏者喪服輕。服制按服喪期限及喪服粗細的不同，分為五種，就是所謂的五服：1，斬衰，用極粗生麻布為喪服，不縫衣旁及下邊。2、齊衰，用次等粗生麻布，縫衣旁及下邊。3、大功，用粗熟布為喪服。4、小功，用稍粗熟布為喪服。5、緦麻，用稍細熟布為喪服。緦麻是最輕的喪服，表示邊緣親屬。「五服」之外，基本上就不用再穿喪服了。因此，「五服」在實際上也代表了血緣的親疏、遠近。

　　到目前為止，在中國農村的很多地方，依然保留著「五服」這種說法，只是這種說法更偏重於指家族血緣關係的遠近。譬如，有時人們說自己和另

外一個人的關係時，往往這樣說，我們兩家已經出了「五服」。意思就是說，他們共同的祖先至少已經是五代之前的事情了。

# 「家父」、「令尊」是兩人

先來看一個笑話：有個小名叫傻瓜的男孩，有一天，他的爸爸和媽媽上街去了，他爸爸的一個朋友正巧來訪，傻瓜去應門。客人問：「令尊、令堂在家嗎？」傻瓜瞄了客人一眼，大聲說：「沒這個人！」客人在門前探頭內看，沒見到大人，很失望地離開了。過一會兒，傻瓜的爸爸和媽媽回來了，傻瓜對爸爸說：「剛才有一個人好奇怪，他來我們家找令尊令堂，我跟他說沒這個人。」爸爸聽後就告訴傻瓜說：「唉！令尊就是我，令堂就是你

媽媽，你是傻瓜。我們家就三個人。明白了嗎？我再說一遍。」傻瓜的爸爸又說了一遍，傻瓜就點點頭。第二天，傻瓜的爸爸和媽媽又外出，又是同一個客人來訪，傻瓜就去開門。客人依然客氣地問：「令尊、令堂在家嗎？」傻瓜就回答說：「唉！令尊就是我，令堂就是你媽媽。」客人往門裡看又沒大人在家，也就沒理會傻瓜要離開了，才一轉身，就聽到傻瓜繼續說：「你是傻瓜。」

　　如此巧合的故事生活中當然不會發生，但很多人不知道「令尊」、「令堂」所指何人卻是真實情況。

　　說起敬稱，有句話需要記住，那就是「家大舍小令他人」。這句話的意思是，在社交場合，說到比自己大的家人，譬如說到自己的父母、兄長時，前面要加一個「家」字——家父、家母、家兄；說到比自己小的家人，譬如弟弟、妹妹時，就要用「舍」字——舍弟、舍妹，以此來表示謙虛。而說到別人的家人，譬如父母時，前面通常加上「令」字——令尊、令堂，以示尊敬。因此，「令尊」、「令堂」是對別人父母的尊稱，而「家父」、「家母」則是對自己父母的謙稱。很明顯，「家父」、「家母」與「令尊」、「令堂」根本就不是同一人。「家父」僅作子女對別人謙稱自己父親之用，別人萬萬用不得。「令尊」中的「令」，含有美好義，是稱對方親人時的敬詞，萬萬不可用在自己身上。敬詞與謙詞互相對應（如「令尊」與「家父」）卻不可互相替代，這是一個常識性的問題，需要時時謹記在心。


# 「淑女」、「美女」大不同


　　「窈窕淑女，君子好逑。」每次讀《詩經》開篇《關雎》的第一句，總是會想到這個「淑女」到底是怎樣的女子，她又是靠什麼成為君子的好配偶呢？

很多人會把「窈窕淑女」解釋為身材苗條的女子，這多少有點狹隘了。之所以稱為君子的好配偶，當然是要符合「君子」的審美標準。在古代，人們評價女子，講究「美心為窈，美狀為窕」。所以「窈窕淑女」不僅僅指的是貌美，更重要的是心美。只有內外兼修，達到內在美和外在美的和諧統一，才能成為君子的好配偶。

如果按照這種標準，承擔得起窈窕淑女當真是少之又少。

愛美是女人的天性。既是天性，女人當然要想盡一切辦法，抓住一切機會來讓自己美。所以，無論走在大街上還是到商場購物，都能遇到不少漂亮的女性；隨便打開一張報紙，或是隨手翻開一本雜誌，美女靚照比比皆是；到飯店吃飯，有美女迎賓，到商場購物，有美女導購；要是打開電視或是網路，更是不得了，這個模特兒走秀了，那個選美了，個個容顏姣好，個個身姿婀娜，真是「亂花漸欲迷人眼」！

可是「美女」畢竟不是窈窕「淑女」。「淑女」是美女的升級版。「淑」講究的是內在修為和美麗容貌的巧妙結合，既要美貌更需道德和智慧，因此淑女要知禮儀、明退進……這些事情，說起來容易，做起來難。不少美女感慨：「紅顏彈指老，剎那芳華。」因此寧願做美女，也不願做需要學習才能符合資格的淑女。所以就有美女不知道抗日戰爭歷經多少年，就有美女不知道《滿江紅》是何人所寫……，也就見怪

不怪了。

社會發展了，美女多了，可是淑女少了。美女變成一種大眾資源，淑女倒成了稀有動物，實在可悲！但大家都明白，僅有漂亮的外表是不夠的，那只能當「花瓶」而已！古人說：「充其內而顯於外。」一個人的心靈和心智，必然透過其言談舉止顯現出來。

所以，美女們應該提升自己，最後成為淑女，以找到屬於自己的「君子」。

# 生前無人有謚號

蘇軾謚號文忠，岳飛謚號武穆，林逋謚號和靖，諸葛亮謚號忠武侯……這些謚號如此響亮，如此深入人心，以致人們會情不自禁地將這些謚號和它的主人聯想在一起，譬如岳武穆，譬如林和靖……但需要注意的是，既然這些是謚號，那麼謚號的主人在生前既不可能知道自己將會有這麼一個響亮的稱號，更不可能在生前就有人這樣叫他。但在有的電視劇裡，就有人當面稱呼諸葛亮為武侯，在文學作品中，也有人在岳飛面前尊敬地稱他為岳武穆。

謚號是中國文化中特有的現象。在古代，帝王、后妃、諸侯、大臣等去世後，朝廷往往根據他們生平的事蹟行為和道德素質，追加他們含有總結評

價性的稱號，這個稱號就叫「謚」或「謚號」。可以這樣說，謚號是對一個人一生整體表現的綜合評定。

謚號始於周初，秦朝曾一度棄置不用，漢初又得以恢復。當時有專門用來評定謚號的法令，史稱謚法。謚法是專門用於對死者生前行為、品德進行總結和評價的法令，是維繫封建禮法的一項重要內容，為歷代統治者所重視。古人曾如此高度評價過謚法在勸誡臣民中的巨大作用：「古之聖王立謚法之意，所以彰善惡，垂勸戒，使一字之褒寵，逾綏冕之賜；片言之淩辱，過市朝之刑。」

謚號分官謚、私謚兩種。官謚是禮官給皇帝議上，由皇帝朝廷授予。私謚則是由死者的親友、門生、故吏所加予的謚號。私謚始於春秋末期，盛行於宋朝，有私謚的人，通常都是有名的文人學者或隱士。

從內容上說，謚號又分為美謚、平謚和惡謚三種。文、武、仁、昭等就屬於美謚。譬如漢文帝的「文」，代表著經緯天地，道德博聞，慈惠愛民，勤學好問，修德來遠，堅強不暴，德洽四國，化成天下。懷、靈等就屬於平謚。而屬、蕩等則屬於惡謚。但不管美謚還是惡謚都是在謚號的主人死後的追認，因此，任何人生前都不可能有屬於自己的謚號。

# 罪人名字才三字

劉備、孫權、曹操、關羽、張飛、呂布、劉表、周瑜、蔣幹……細心的人一定會感覺到其中的問題，那就是，為什麼三國的人姓名全是兩個字：姓加單字名。其實這種情況從東漢以來就開始了。有人統計過，《後漢書》、《三國志》中的人名，除了一些特立獨行的隱士之外，少有兩個字的。東漢至三國300多年間的人名，幾乎全是一個字，雙字名極少。只要有些身分的人，他們的名字必然是單字。

為什麼會是這樣？原因出在王莽身上。王莽是漢元帝皇后王政君的侄子，平帝時王政君以太皇太后的身分臨朝稱制，王莽藉機取得了大司馬大將軍的職位，總攬朝政。平帝死後，王莽立年僅兩歲的孺子嬰為帝。不到三年，王莽便於西元9年廢孺子嬰，自立為帝，改國號為「新」。為了強調政權的合法性，從土地制度到用人制度，從貨幣到地名，王莽推行了一系列「新政」。

在全國範圍內所推行的「托古改制」的新政中，王莽特別重視事物的名字。譬如，他下令將天下的農田改名為「王田」，將奴婢改名為「私屬」，將「匈奴」改名為「降奴」，把「單于」改名為「服于」。當然，中央各級官名、地名也全都改了，以示新朝之「新」。王莽對人的姓名

更是特別在意，下面的件事就表露無遺：王莽的長孫王宗素有野心，本來他可以按部就班地等來王位，可是，性子太急的他實在等不及了，就自己造了天子的服飾、刻製了幣模，準備奪權。人算不如天算，最後此事敗露，王宗只有畏罪自殺。對於十惡不赦的王宗，王莽做出了這樣的處理：「宗本名會宗，以製作去二名，今復名會宗。」「製作」即法令，這句話的意思就是，王宗原來的名字是兩個字，叫「會宗」，現在犯了滔天大罪，雖然他已畏罪自殺，但依據法令，仍然剝奪王宗使用單字名稱的權力，讓他改回兩個字的名字以示懲罰。從王莽對於犯罪者的懲罰中，我們至少可以看出，在王莽時代，只有良民才配享用單字名稱（加上姓是兩個字）。讓一個人使用兩個字的名字（加上姓是三個字），本身就是一種懲罰。

由於這樣一個奇怪法令，當時的人們普遍養成了取單字名的習慣，以顯示自己是良民，以致於兩個字的姓名成為一種時尚。

# 人到七十才「致仕」

先是余秋雨誤用，後來是金文明「咬嚼」，再來則是余秋雨引經據典的蒼白辯解，最終使得相對陌生的「致仕」成為一個知名度很高的辭彙。如果現在還有人不清楚何為「致仕」，那的確是一件很稀奇的事情。可見，名人誤用辭彙是一件好事，否則，在中國社會上怎麼會有如此好的普及古文化的

機會？儘管如此，對於這個辭彙，我們仍然有必要重新認識一番。

《禮記・內則》明確規定：「七十致政。」致政亦即還君事、還祿位於君。「致政」也稱「致仕」、「致事」，就是今天所說的「退休」。夏、商、周均有官員年老致仕制度，官員到七十歲即應退休，此即所謂「七十致政」。

不實行官僚終身制當然是件好事，但看看「七十致政」的上下文，我們也許會有另外的感受。

在《禮記・內則》裡，規定了七十歲應該享受的待遇：「大夫七十而有閣」（可以有自己存放美食的菜櫃）；「七十養於學」（年七十以上的可以在大學裡養老）；「七十杖於國」（七十歲可以在國都拄拐杖）；「六十宿肉，七十二膳」（六十歲的人應該隔一天吃一次肉，七十歲的人除了吃肉外還要另外再加上一樣美食）……把這些待遇合在一起，那就是，一個人到了七十歲，就被國家供養在大學之內，在他的房間裡有專用的食櫃，櫃子裡放著各式各樣的美食，每兩天可以吃一餐肉，同時還有精美的點心和小吃，吃飽之後可以拄個拐杖在首都四處視察……由此我們應該可以感受到，在當時，能真正享受到這麼高待遇的人一定少之又少，否則，在國民生產總值極低的情況下，國家的財力根本受不了。更進一步，我們應該由此推知，在當時的情況下，能活到七十的人應該少之又少，「人生七十古來稀」。所以，所謂的「七十致政」，雖說到了七十歲要退休，但和終身制並沒有太大的區別。

# 致仕之後怎麼辦

「致仕」也稱「致政」，就是今天所說的「退休」之意。夏、商、周均有官員年老致仕的制度，官員到七十歲即可退休，此即所謂「七十致政」。很顯然，在古代也沒有幹部終身制，到了規定的年齡就必須退休——致仕。現在的問題是，在封建社會，歷代都沒有「高薪養廉」之說，因此，官員的俸祿都不是太高，對於一個奉公守法的官員來說，退休之後怎麼辦？

其實，對於退休官員的待遇，歷代都有明確規定：

夏、商、周實行「世祿制」，即各級封君享受自己封地上的收入，官位及俸祿可世襲。因此，在當時，退休和不退休是一樣的。只是當時規定，官員退休後，應該到各級學校去傳播知識（養於學）。

秦、漢實行「爵祿制度」。秦、漢之爵分為軍功爵和賜爵，主要依據功勞而定，賜爵面廣，爵位與官職無固定關聯。爵和祿各成系統，爵表示特權，祿則是供職後的待遇。漢朝規定，公卿退休後受到優厚待遇，通常給原俸的三分之一，功勳極其卓著的少數官員甚至可以享受原俸。另外，在退休時還有一次性賞賜，如錢、黃金、糧食、房屋、車馬等。

　　由於魏晉南北朝時期門閥士族的橫行，退休制度執行情況欠佳，不肯按時退休的官員很多，造成機構的冗員驟增和效率的低下。

　　隋、唐時期，官員身體欠佳或年逾七旬即可退休，五品以上官員退休由皇帝批准，六品以下官員退休則由尚書省批准。五品以上官員退休享受半俸，有功之臣因皇帝特恩者可獲全俸。

　　宋朝則是另外一番景象，朝廷為了鼓勵官員按時退休，自神宗以後准許官員帶職致仕，並對退休官員給予種種禮遇和優待，一度准予領取全俸，並設置大量宮觀安置致仕官員。

　　明朝官員退休制度較前代更加制度化。朱元璋將退休年齡從前代的70歲提前到60歲。明孝宗甚至規定，有病的官員可在55歲冠帶退休（近似於今天的「內退」，退休者依然著官服，並享有一定的特權）。明朝官員退休後仍享有一定的待遇。官員退休後通常是回故鄉養老，其返鄉交通工具和途中費用由政府提供，回鄉後仍列名官籍，享有免稅、免役特權，地方官府還會派人為其服役。除此之外，還規定：如四品以下官員退休晉級一等，官員退休，其子孫可獲蔭補資格。有特殊貢獻的官員按原俸祿發放，一般官員則多是半俸。

　　清朝退休制度規定，年滿60歲的官員即可退休，退休後官員仍名列官籍，享有免稅、免役特權，並有向皇帝陳訴地方政務情況的權力。退休官員通常均回故鄉養老，退休官員俸祿按原俸祿減半發放，但對那些有特殊功績的官員，如打仗負傷者，則全數發給。

由此可以看出，在古代，退休之後的官員並不會有衣食之憂。


# 至尊為何是「九五」


「九五之尊」也可稱為「九五至尊」。在漢語語言環境中，「九五」絕不可等閒視之，「九五」是個特定的概念，「九」、「五」兩個數字有著至高無上的象徵意義，只有特定的人才能享有和使用這個概念，這個人就是皇帝。那麼，為什麼「至尊」一定要是「九五」呢？這就需要對「九」和「五」兩個數字做一番具體解析。

一般認為，中國古代把數字分為陽數和陰數，奇數為陽，偶數為陰。陽數中九為最高，五居正中，因而就以「九」和「五」象徵帝王的權威，稱之為「九五之尊」。

也有人認為，「九五」一詞的起源和《易經》密切相關。《周易》六十四卦的首卦為乾卦，乾者象徵天，因此也就成了代表帝王的卦象。乾卦由六條陽爻組成，是極陽、極盛之相。六個陽爻，從下向上數就是：初九、九二、九三、九四、九五、上九，「初」就是第一位，依次向上推，到六位（六位是上位，在乾卦中，就是「上九」）。

為什麼放著比「九五」還要高的「上九」不用，皇帝卻只占定「九五」呢？這是因為比「九五」再高的地方是「上九」了，而「上九」的位置，就是「亢龍」，過猶不及，結局只能是「亢龍有悔」，這往往意味著傾、覆、亡、失、敗、退。所以，中國古代的皇帝就老老實實地待在了「九五」這個位置上。

從另外的角度看，九五是乾卦中最好的爻，乾卦是六十四卦的第一卦，因此九五也就是六十四卦三百八十四爻的第一爻，它代表帝王之相也就不足為奇了。

這樣的觀念在整個社會慢慢推廣開來，於是人們自然就把「九五」直接和皇帝聯想起來，用「九五之尊」或「九五至尊」來指皇帝。

# 「使節」原來不是人

毋庸置疑，「外交使節」現在指的是外交人員，但「使節」的原始意義指的是物而不是人。

「使節」最早指的是諸侯遣使出聘所授予使者的憑信。派使者外出，為了讓其方便證明自己的身分，國王需要給使者配備相對的可以證明身分的東西。這種東西古代就叫「節」，使者所帶的「節」就稱為「使節」。使者所

持的「節」對外來說類似後代的「國書」，對內來說卻是「特別通行證」，這是證明「VIP」身分的一個標誌。

「使節」以金屬（通常使用的材料是銅）製成，其上分別鑄有龍、虎、人三種圖案，稱龍節、虎節和人節。《周禮》規定：「掌節掌守邦節而辨其用，以輔王命。守邦國者用玉節，守都鄙者用角節。凡邦國之使節，山國用虎節，土國用人節，澤國用龍節，皆金也，以英蕩輔之。關門用符節，貨賄用璽節，道路用旌節，皆有期以反節。」這裡的「掌節」是個官職名稱，他的職守是負責保管王國的節。這段話的意思是說，掌節負責保管王國的節並能分辨它們的用途，以輔助執行王的命令。諸侯派遣使者出使於國內用玉節，采邑主派遣使者出使采邑內用角節。凡諸侯國的使者出境所用的節是這樣安排的，山區之國用虎節，平地之國用人節，澤地之過用龍節。節都是銅製的，用有畫飾的盒子盛著。出入國都城門和關門用符節，運輸貨物用璽節，通行道路用旌節。各種節都有規定的有效日期以便按時歸還。凡通行天下，必須持有節，沒有節的人，遇有檢查就不能通過。

「使節」的作用和信陵君竊符救趙過程中兵符的作用很接近，都是證明某種身分和權力的憑據。只要一個人掌握了兵符，就可以號令三軍，兵符要比人重要很多。「節」也一樣，很多時候要比「使」重要得多。因此，「使」也就慢慢變成了「使節」。

# 「快婿」、「乘龍」不「成龍」

　　對於女婿的稱謂有很多，譬如「東床婿」、「金龜婿」、「乘龍快婿」，其中「東床婿」、「金龜婿」通常不易出錯，但「乘龍快婿」卻很容易誤為「『成龍』快婿」，如此錯誤的出現，和不知「乘龍快婿」典故的由來有關。

　　「乘龍快婿」的故事的雛形最早見於西漢劉向的《列仙傳》。其中只說秦穆公以女弄玉妻蕭史，蕭史日教弄玉作鳳鳴，招來鳳凰，後二人皆隨鳳凰飛去，並未言有龍。後來的《太平廣記》中的《仙傳拾遺》對這個故事有所發展：「蕭史不知得道年代，貌如二十許人。善吹簫作鸞鳳之響。而瓊姿煒爍，風神超邁，真天人也。混跡於世，時莫能知之。秦穆公有女弄玉，善吹簫，公以弄玉妻之。遂教弄玉作鳳鳴。居十數年，吹簫似鳳聲，鳳凰來止其屋。公為作鳳台。夫婦止其上，不飲不食，不下數年。一旦，弄玉乘鳳，蕭史乘龍，升天而去。秦為作鳳女祠，時聞簫聲。」這時蕭史乘龍的情節已經出現。

　　馮夢龍在《東周列國演義》中，對這個故事進行了發揮，使得蕭史和弄玉的故事情節更為曲折生動，因而其影響也更大，蕭使乘龍而去的故事也就更加深入人心。於是，身為秦穆公得意門婿的蕭使便和乘龍而去的傳說緊密相連，當時的人們便把蕭史稱為「乘龍快婿」。隨著時間的推移，人們就推而廣之，將所有的女婿都譽為「乘龍快婿」。因此，「乘龍快婿」也就成了

一個可以替代女婿的、含有嘉許之意的辭彙。

女婿因為「乘龍」所以快，女婿乘了龍並沒變成龍，所以，「乘龍快婿」不能誤為「『成龍』快婿」。

另外，女婿又有「金龜婿」之稱。「金龜婿」的稱呼與唐朝官員的佩飾有關。據《新唐書·車服志》記載，唐初，內外官五品以上，皆佩魚符、魚袋。魚符以不同的材質製成，「親王以金，庶官以銅，皆題其位、姓名。」裝魚符的魚袋也是「三品以上飾以金，五品以上飾以銀」。武后天授元年（西元690年）改內外官所佩魚符為龜符，魚袋為龜袋。並規定二品以上龜袋用金飾，四品用銀飾，五品用銅飾。可見，金龜既可指用金製成的龜符，還可指以金作飾的龜袋。但無論所指為何，均是親王或三品以上官員。後世遂以金龜婿指身分高貴的女婿。但在現代漢語中，其「貴」的含義正在逐漸減弱，而「富」的含義卻有逐日加強之勢。

與「乘龍快婿」、「東床婿」指「女兒的配偶」不同，金龜婿側重於指「女子的配偶」。

# 「太牢」、「少牢」非牢房

　　中國素被稱為「禮儀之邦」。所謂的禮，指的就是約束全社會的一套行為規範與準則，這便是古代中國的禮制系統。幾千年來，奴隸王朝與封建王朝迭興迭廢，但禮制的核心內容卻代代承繼，時至今日仍在或多或少地影響著人們的生活習慣和價值觀念。

　　作為禮制的重要組成部分，祭祀在古代一直是國之要政。《左傳》說：「國之大事，在祀與戎。」認為國之政以祭祀與戰爭最為重要，所以歷代統治者對於祭祀一直是「有謹而不敢怠」。古代祭祀的對象大到日月星辰，小到門窗戶牖，甚至作為炊具的灶本身也成為灶神。這些神祇在祭祀典章中被按照世人的標準分出高低、貴賤，這便是大祀、中祀和小祀。

　　用於祭神的物品叫犧牲玉帛。犧牲就是毛色純一的牛、羊、豕（豬）三種家畜，三牲俱全稱為大牢或太牢，用於供奉大祀諸神；有羊、豕而無牛稱為少牢，供奉中祀、小祀諸神。只有貴為天子者方可使用太牢之禮，諸侯、大夫及其以下人等，只能使用少牢，否則就是越禮。至於平民百姓之祭，以碗、盤盛上自家最好的瓜果配上一碗肉，就足以表示對神的誠意了。

　　很多人看到「牢」就想到「監獄」，實際上，最初沒有「監獄」這個名稱。監獄的起源可以追溯到遠古時代。「獄」原本是原始人用作馴養野獸，到氏族社會後用來關押俘虜。國家產生之後，監獄也產生了。比如夏朝的

「夏台」是中央監獄，一般監獄叫「圜土」。商朝監獄叫「羑里」，在今天的河南湯陰縣東北。傳說中，周文王就是在羑裡演八卦。周朝時，監獄也叫「囹圄」，成語「身陷囹圄」即來自於此。監獄從漢朝開始稱為「獄」。

因此，太牢和少牢不是牢房，無論如何也跟「坐牢」扯不上關係。可是有人居然將老子《道德經》那句「眾人熙熙，如享太牢，如春登臺」中的「如享太牢」譯為「好像坐牢一樣痛苦」，實在是錯得離譜。

# 「招搖」怎樣算「過市」

「招搖過市」是個成語，《現代漢語詞典》的解釋是：故意在公眾場合虛張聲勢，引人注意。《漢語成語詞典》對於「招搖」的解釋是，故意炫耀自己，引起別人的注意。二者都把「招搖」當成了一種狀態，一種虛張聲勢，自我誇耀的狀態。這樣的解釋固然不錯，但卻沒有交待出「招搖」的本意。

其實，「招搖」是個專有名詞，是北斗第七星的名字，後來就用這個辭彙指北斗。北斗七星分別叫天樞、天璿、天璣、天權、玉衡、開陽、招搖（又稱搖光）。古代行軍時，士

兵往往畫北斗七星於旗幟之上，這面旗幟就被稱為「招搖」。除招搖之旗之外，軍隊還有另外幾面特製的旗幟：朱鳥旗、玄武旗、青龍旗、白虎旗。這五面旗幟在行軍佈陣之時具有特別重要的意義，它們的重要作用之一就是確定佈陣的方位和行軍的方向。

「朱鳥」又稱「朱雀」，是二十八宿之南方七星所構成的鳥形，象徵南方。「玄武」是二十八宿之北方七宿所構成的龜蛇相纏之形，象徵北方。「青龍」是二十八宿之東方七星所構成的龍形，象徵東方。「白虎」是二十八宿之西方七星所構成的虎形，象徵西方。根據《禮記》記載，行軍之時，「前朱鳥而後玄武，左青龍而右白虎，招搖在上」。「招搖」之旗在諸旗正中，且高度在諸旗之上，以其來正四方，使四方之陣井然有序。很顯然，招搖之旗不僅地位要高於其他旗，而且是軍隊行軍的重要參照物。

因此，可以想像，當威武之師在「招搖」旗幟的指引之下，車轔轔，馬蕭蕭地通過街道之時，那場面該是何等威武、何等壯觀，於是，「招搖過市」就成了一種宏大場面，恢宏氣勢的象徵。

只是在後來的詞義演變中，這個辭彙卻成了貶意詞，至少從漢代開始，「招搖」就已經有了故意顯示的意思。《史記·孔子世家》中有這樣的話：「靈公與夫人同車，宦官雍渠參乘，使孔子為次乘，招搖市過之。」這裡的「招搖」顯然含有明顯的貶意，後來這樣的用法越來越多，以致於人們連「招搖」本意也徹底忘記了。

# 「冠冕」並不皆「堂皇」

「冠冕堂皇」是一個成語，比喻外表很體面然而實際並非如此。但在古代，「冠」和「冕」二者的詞義所指並不太一樣。

帽子古代稱首服，「冠」在古漢語裡第一個意思就是首服的通稱。古時，人的社會身分不一樣，「冠」也就不一樣：庶人戴的為緇布冠。緇為深黑色，緇布冠就是深黑色的布所製作的帽子。而大夫和士戴的是玄冠，用黑繒製成。玄也是一種顏色，是淺黑色。冠的第二個意思是冠禮的意思。冠禮是男子的成人禮，士二十而冠。

與冠相比，冕的地位要高很多，冕為首服之最尊者。冕的大致規格如下：上面是木板，木板外包麻布，上面是黑色，下面是紅色。一般來說，只有天子、諸侯、卿大夫才有資格戴冕。

因此「冠冕」雖然連用，但二者卻有嚴格的區分，冠和冕內部又有很多差別，所以冠冕並不皆堂皇。

# 「長跪」和謝罪無關

　　近幾年，「長跪」是個熱門辭彙，各種媒體上不時可以見到，堪稱「報」不絕書。2006年6月份，中國多家報紙都出現過《湖南無牌警車撞死三人，肇事員警長跪三小時謝罪》的新聞標題，內容暫且不去管它，但標題中的「長跪」一詞卻大有來頭。

　　「長跪」是古代的一種坐姿。南北朝之前，中國尚未出現所謂的桌椅板凳，正常交往之時，人們要坐就只能席地而坐。採用的姿勢有兩種：一種姿勢是兩膝著地，直身而股不接觸足跟，此種姿勢為「跪」，亦稱「長跪」，有時也稱「跽」。另外一種姿勢是兩膝著地，兩股壓在足跟上，這種姿勢則為「坐」。　一家媒體曾出現過這樣的標題，《單腳長跪女生宿舍前獻上玫瑰，一男大學生如此浪漫求婚》，這名學生固然浪漫，但從嚴格意義上講，「單腿」是無法「長跪」的。

　　很顯然，不論是跪還是坐，都是一種很普通的坐姿，都是兩膝著地，不同之處在於大腿和屁股是否接觸腳跟，接觸腳跟者為「坐」，未接觸腳跟者為「長跪」。古人會客之時，通常採用的都是「坐」的姿勢，因為，這樣會比較舒服些。如果遇到特殊情況，就會將身子直立起來，這樣屁股和大腿

就離開了腳跟，成為「長跪」。唐雎出使秦國，唐雎恐嚇道：「若士必怒，伏屍二人，流血五步，天下縞素，今日是也。」於是，挺劍而起。秦王有些緊張，就把「坐」的姿勢改為了「長跪」。但無論是「坐」還是「長跪」，都和謝罪無關，也和求饒無關。

和謝罪、求饒有關的動作是「下跪」。員警開無牌照車撞人肇事，應該是下跪以求寬恕。下跪了三個小時，從時間上來說的確是夠「長」的了，因此，在現代的語境中，我們就暫且說這是「長跪」吧！

# 「此致」乃到此結束

幾乎所有識字的中國人都寫過信，幾乎所有寫過信的人都會用「此致」、「敬禮」作為結束語。「敬禮」的意思比較確定，「此致」到底什麼意思，「此致」和後面的「敬禮」到底是什麼關係，卻是眾說紛紜的問題。

先看一個例子，此例出於《魯迅手稿全集·書信第六冊》，在《1935年4月1日致徐懋庸》的結尾，魯迅先生這樣寫道：「此致，即請道安。」在《1935年8月3日致李霽野》的結尾，魯迅先生寫道：「此致，即頌暑祺。」魯迅先生的這樣用法，至少說明了一個問題，「此」者不是指後面的「道安」、「暑祺」，因為在「道安」和「暑祺」前還有「即請」、「即頌」一類的辭彙來引領。既然如此，「此致」和後面的「暑祺」就不可能再有主

賓關係。同理，「此致」和「敬禮」之間的關係也不可能是主賓關係，或者說，二者在詞義上不存在任何直接關係。

那麼，「此致」是什麼意思呢？其實，這是從古文傳承下來的一種用法。這裡的「此」，其作用在於概指前文，而「致」字在這裡的意思是「盡」、「結束」，「此」、「致」連用，表達的意思是「我要說的事情到這裡已經說完了」。

瞭解了「此致」的意思，我們就會明白，為什麼下發通知的公文末尾要用「此通知」，發佈命令的公文時末尾要用「此令」⋯⋯所有一切，其實都是結尾語。

所以，從慣例上講，信件的結尾，「此致」和「敬禮」都必須單獨成行，而「致以⋯⋯敬禮」的用法則是錯誤的。

# 「授受不親」有權變

「男女授受不親」後來被後人奉為圭臬，亦被視為儒學貽害無窮的一個觀點。其實這是理學家們對「男女授受不親」過度闡釋的結果。

這句著名的話出自《禮記‧禮器》，原文這樣說：「寡婦之子，不有見焉，則弗友也，君子以避遠也。故朋友之交，主人不在，不有大

故，則不入其門。以此坊民，民猶以色厚於德。」「子云：『好德如好色。諸侯不下漁色。故君子遠色以為民紀。男女授受不親。』」《禮記·曲禮》也曾對於「授受不親」做過比較具體的界定：「男女不雜坐，不同椸，不同巾櫛，不親授。叔嫂不通問，諸母不漱裳，外言不入於梱，內言不出於梱。女子許嫁，纓非有大故不入其門。姑姊妹女子已嫁而反，兄弟弗與同席而坐，弗與同器而食。」這樣的要求非常苛刻，一家之中，共同生活的男女成員不能隨便坐在一起，不能將衣服掛在同一個衣架上，不能使用同一個手帕和梳子，不得手接手地傳遞東西。叔嫂之間不對話，男子在外做官，不與女子談論政事，母、妻、女也不得參與政事。女性的家務瑣事，男子亦不應過問。女子年十五許嫁他人後，除非遇到夫家有疾病、突發事故，否則不得進未婚夫家門，更不許與未婚夫相見。女子出嫁後回家，兄弟不得與之同席而坐，同器而食。

後來「男女授受不親」已經發展到了十分變態的程度，明朝的沈采在其作品《千金記》中，曾對「男女授受不親」做出非常具體的注解：一個女人要給男人送一件東西，她是這樣處理的，「自古道『男女授受不親』，侍奴家放在地下，客官自取。」

那麼孟子是如何解釋「授受不親」的呢？在一次和淳于髡的對話中，孟子說出了答案。淳于髡曰：「男女授受不

親,禮歟?」孟子曰:「禮也。」曰:「嫂溺則授之以手乎?」曰:「嫂溺不授,是豺狼也。男女授受不親,禮也;嫂溺授之以手,權也。」以上這段論述就較為開明,孟子雖然贊成「男女授受不親」,但嫂子落水快淹死時,必須拉她、救她,這是「權」(變通),否則,見死不救,就是豺狼。

很明顯,孟子沒有後代理學家那麼死腦筋。孟子的很多文章裡,都充滿了諸如此類「人性的光輝」。有原則、有變通,外圓內方,正氣浩然。誰知後人忘了權變,用死板的思維將「授受不親」推至慘絕人寰的程度,孟子若地下有知,不知做何感想?

# 「浮以大白」因罰酒

在一些場合,很多人會經常看到「浮以大白」這個語詞,但是並不知道其中之意。有些人覺得這個說詞的意思很奇怪,就根據上下文,推斷其可能表示「誇獎」之意。事實上,這個語詞與飲酒有很大的關係。

「浮以大白」這個說詞中,「浮」,即違反酒令被罰飲酒;「白」,意為罰酒用的酒杯。「浮以大白」的意思原指罰飲一大杯酒,明、清之後,也指飲一大杯酒。

「浮以大白」出自漢朝劉向的《說苑・善說》。魏文侯設宴招待諸位大夫，命令公乘不仁做「觴政」，並對大家說：「飲不釂者，浮以大白。」意思是說，如果有人沒有把杯中酒喝完，就罰他喝一整杯酒。眾大夫哪敢不從，都一飲而盡。可是魏文侯喝了一會兒，就不想喝了，可是酒杯裡還剩下一些。公乘不仁就站在魏文侯前面，說「從前有些國家之所以滅亡，就是因為政令無法貫徹，臣子不容易，國君也不容易。現在您下了命令讓臣子執行，難道大家可以不遵守嗎？」魏文侯見他講得有道理，就端起酒杯喝完了，並讓他坐上座。

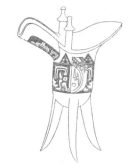

西周時期有著很嚴格的飲酒禮儀制度。除了設有專門「掌酒之政令」的酒官外，在酒宴上還設有監視人們飲酒的「監」、「史」。《詩經・小雅・賓之初筵》中說：「凡此飲酒，或醉或否。既立之監，或佐之史。」不管敬酒、罰酒，都要受到「監」、「史」的節制，不准飲酒過度，不准有失禮儀，違者予以懲處。而到了春秋戰國時期，隨著西周奴隸制度的解體，禮崩樂壞，「監」、「史」則被「觴政」所取代，而「觴政」是在宴會上執行罰酒的使命。

人們在喝酒時候，往往想開懷暢飲，以求盡興。監酒的公乘不仁，不但很有原則，而且也算是很會勸酒的了。

# 「即刻問斬」使不得

　　現在電視上古裝戲很多，很多是「大話」、「戲說」的套路。如果經常看，就會看到其中斷案的片段：通常是官員詢問犯人之後，確定其罪行，然後便從堂桌上抽出一支令牌，大聲高喝：「驗明正身，即刻問斬！」若是斬了壞人，觀眾就大快人心；若是斬了好人，除了痛恨官員之外，通常還會期待有刀下留人的機會。

　　不過，電視上的故事多為虛構，而且很少注意到古時的典章制度。在古代，即使犯人犯了死罪，也不會輕易就「即刻問斬」的。

　　古時，執行死刑通常是在秋、冬季節。這與古人的自然神權觀念有關，即順應天意。春、夏是萬物生長的季節，而秋、冬是樹木凋零的季節，象徵肅殺。人的行為包括政治活動都要順應天時，否則會受到天神的懲罰。皇帝即是天的兒子，更要遵守天意，按照天時行事。處決犯人也是如此。

　　從西周開始就有了秋、冬行刑的做法，到了漢朝成了制度。除了謀反等大罪可以立即處決外，通常死刑犯都要等到秋天霜降後冬至以前才能執行。

　　古代還有行刑的禁忌，唐、宋規定正月、五月、九月為斷屠月，每月的十齋日為禁殺日

（初一、初八、十四、十五、十八、二十三、二十四、二十八、二十九），即使謀反重罪也不能在這些日子處死。明朝也規定十齋日禁止行刑，否則笞刑四十。國家進行大的祭祀活動時也禁止行刑。行刑的具體時間有的規定在下午1點到5點之間，錯過時間則要等到第二天。

所以，當看到電視上有「即刻問斬」的場面時，只當是導演沒有考慮到這些規定吧！不過，「大話」調侃得再好，「戲說」表演得再像真的，固然有趣，但「誤導」的負面效應卻不可忽略。

# 封禪到底為哪般

在史書或者是歷史劇中，經常會看到帝王封禪。其中各種儀式十分繁雜，皇帝帶領皇族宗室及文武大臣，登山而祭拜，甚為威嚴。那麼，帝王為什麼要這樣大規模封禪呢？

上古傳說中，黃帝出巡泰山時，氣勢不凡：大象駕轅，六龍拉車；蚩尤在前開路，虎狼在後護衛；群鬼列侍保駕，眾神簇擁陪行；風伯掃除，雨師灑道；蟒蛇伏地，鳳凰覆上。黃帝登臨泰山之巔，詔鬼神，議國事，定大位，劃疆域，祭天神。這種場面，河南新鄭黃帝故里的壁畫渲染得淋漓盡致。

　　黃帝出巡泰山雖是傳說，但也反映了原始社會時期的祭山活動，而真正的封禪制度起源於夏、商、周時的郊祀活動。那時，天地是直接影響人類生存的重要自然條件，悠悠皇天，廣博后土，使它們神秘莫測，產生了對大地自然神的崇拜。於是，帝王在都城近郊祭天，在地神祠祭地。又因為高山大川由於生雲化雨，猛獸出沒，物產豐富，繼而出現了崇拜山神河伯的活動。

　　而在帝王的諸多封禪儀式中，對泰山的祭祀活動頻繁且形式多樣。據清朝唐仲冕所撰《岱覽・岱禮》記載，古帝王有事於泰山，其典有六種：宗、巡狩、柴、望、血祭、旅。其中，宗是郊祭六宗，即天宗日、月、星；地宗岱、河、海；巡狩是王者巡視諸侯守土，東至岱宗。《尚書・質疑》：「帝王巡狩必不能一歲而至四岳，唯泰山為太子親至，餘皆不至其地。泰山唯有明堂可以為證。」柴是因為太子代天理民，為天遠行，便至於岱宗燒柴祭天，稱謂「柴於上帝」；望是望而祭之，諸侯在本疆內望祭東嶽；血祭是由原來的殺奴隸祭東嶽而漸漸變為殺牲畜祭東嶽；旅是登泰山陳列祭品而祭。

　　封禪制和封禪大典便是由岱宗六典綜合演變而成。至今岱頂玉皇廟內懸掛的「柴望遺風」的匾額，就標明東封泰山的由來。天子封泰山既藉此巡狩東方諸國，又要在岱頂築壇設牲牢，燔柴燒祭品以祭天，各侯王均在本守土內望祭東嶽，所以說封禪大典是各種祭祀活動的綜合性國家政治大典。

如今，很多地方也開始了各式各樣的新式祭祀活動，借助不忘祖的場面，謀求巨大之經濟效益。此類祭祀活動，已經與諸如古時候的祭祀活動大不一樣了。

# 「椿萱」原來指父母

在漢語辭彙中，父母有專用的別稱，若不留意，極易出錯，因此，在日常使用中不可不慎。筆者曾見有人為孩子直接取名「椿萱」，真令人為之臉紅。

譬如「椿萱」，就有約定俗成的意思。在特定的場合，椿、萱已經不是兩種植物，而是指父母。

這種稱呼自有其由來。在《莊子·逍遙遊》中有一段話：「上古有大椿者，以八千歲為春，八千歲為秋。」這極長壽的椿樹，就被後人借用為長壽老人的代稱。又由於在《論語·季氏》中，有孔子的兒子伯魚「趨庭而過」，接受父親教誨的記載，後人遂將「椿」和「庭」合起來，將父親稱為「椿庭」。萱就是「萱草」，又寫作「諼草」，萱草的花蕾就是金針花，又叫黃花或黃花菜。由於在《詩經·衛風·伯兮》中有「焉得諼草，言樹之背」的詩句，而按照漢朝學者對這句詩的解釋：「諼草令人忘憂；背，北堂也。」就是說，諼草是一種忘憂草，如果種在母親所居住之處就可

以令人忘憂。因此，後人取其美好的聯想意義，就把母親稱之為「萱堂」，或簡稱為「萱」。就這樣，「椿庭」和「萱堂」就成了父母的代稱，有時又將父母合稱為「椿萱」。

當然，「椿萱」這樣的雅稱通常在正式的祝壽場合使用，為父親祝壽可以稱作「椿壽」，為母親祝壽則稱「萱壽」。後來，人們將此意推而廣之，凡是為父輩的男性祝壽，都可以用「椿壽」來祝福，為母輩的女性祝壽，都可以用「萱壽」來祝福。

# 「笑納」非笑著納

中國自古就號稱禮儀之邦，說話講究「禮」字。隨著時代的發展，逐漸遠離了繁文縟節，一些文明禮貌用語也漸漸在生活中消失去，但偶爾看到和聽到的卻常常是誤用。

比如「笑納」一詞，「納」是「接受」、「收下」之意，「笑」則是「嘲笑」、「哂笑」之意。「笑納」的意思是說，自己送給對方的東西不好，不成敬意，讓對方笑話了。所以應是「自己送禮物請對方笑納」。而有人把「笑」錯誤地解釋為「高興」，是因為高興而笑，所以會說對方送的禮物自己笑納了。

「笑納」被用錯的情況還有另外一種。在某地曾見到道路旁懸掛著一條橫幅：「做好東道主，笑納遠方客。」客人可以「笑納」嗎？答案顯然是否定的。從「笑納」一詞本意來看，它是有專指範圍的，只能納物，不能納人。「笑納遠方客」，從字面上解釋，即要對方把「遠方客」作為禮物收入。這不成了笑料了嗎？把人作為禮品請對方「笑納」，這多少有點不人道吧！相信這是誤解了「笑納」一詞的真正意思，如把「笑納」改為「笑迎」，應當是正確的。

用錯這類謙辭的原因首先是不瞭解詞義，其次是趕時髦。有人一看見別人用，便連忙跟著用，似乎用了幾個敬辭、謙辭就顯得文雅些。這種思維是不正確的。事實上，即使運用對象沒錯，也未必可以處處運用。在一般場合，還是運用大眾化的禮貌用語為宜，它更有一種親切感。

# 蓬蓽生輝是謙辭

一位朋友剛把新房屋裝修好，就叫了幾個哥兒們去他家參觀。參觀時，其中一位看得很認真，邊看邊問裝修的材料，並用羨慕的語氣說：「你們家用的材料真不錯，設計得很高雅，裝修後真是蓬蓽生輝啊！」他剛說完，我們就在旁邊笑，使得他很不好意思，拼命問原因。

「蓬蓽生輝」又可說成「蓬蓽增輝」、「蓬蓽生光」、「蓬閭生輝」，

其中，「蓬」是「蓬草」；「蓽」通「篳」，即用荊條、竹子等編製成的籬笆等物。「蓬蓽」連用，是「蓬門蓽戶」的省略語，比喻窮人住的房子。如杜甫在《客至》中寫道：「花徑未曾緣客掃，蓬門今始為君開。」雖然看起來很簡單、樸素，但也說明了他生活很貧苦。

用錯這個成語的原因有兩種。第一種是不瞭解該成語的意思，如北中國官網的北國體壇欄目曾經有一篇題為《葡英大戰：任意球蓬蓽生輝，英格蘭險復仇葡萄牙》的報導，顯然是錯誤的。任意球踢得再好，也不能夠「蓬蓽生輝」，更何況是在足球場上。還有人聲稱「讓我的2006年蓬蓽生輝」，也許他本人知道是什麼意思，可是別人就有些懵懂了。

第二種是不知道「蓬蓽生輝」是個謙辭，表示的是「由於別人到自己家裡來或張掛別人給自己題贈的字畫等而使自己非常光榮」的意思。所以，這個成語只能出於自己之口，不能出自他人之口，否則就有貶低別人，抬高自己的意思。例如，「在您的房間內種些花草，一定會蓬蓽生輝的。」還有人會說：「用燈飾裝扮你的家，讓你的家蓬蓽生輝。」諸如此類的錯誤句子，很多場合都可以看到、聽到。上文中那位朋友，就是錯在這裡。

# 自己「喬遷」不合適

　　一家商店開業，門前海報赫然寫著：「慶賀本店喬遷新店，特舉辦買一贈一活動。」這個「喬遷」用得可真是錯到家了。

　　「喬遷」一詞，來自於《詩經・小雅・伐木》：「伐木丁丁，鳥鳴嚶嚶，出自幽谷，遷於喬木。」整句話的意思是，鳥兒飛離深谷，遷移到高大的樹木上去，也就是說從陰暗、狹窄的山谷之底，忽然躍升到大樹之頂。由該詩可知，「喬遷」之「喬」，即高大的樹木，屬名詞。因此，古人又將「喬遷」作「遷喬」。如劉孝綽《百舌詠》：「遷喬聲迴出，赴谷響幽深。」李嶠《詠鶯》：「囀轉清弦裡，遷喬暗木中。」鄭愔《詠鶯》：「高風不借便，何處得遷喬。」透過這些詩句，我們就可以比較正確地瞭解「喬遷」的意思。

現在人們用「喬遷」一詞，比喻人搬到好的地方去住，常常用於祝賀別人，如「喬遷之喜」。這個辭彙用在自己身上似乎不太恰當，就像「令尊」一詞，只能用於對方的父親，用在自己身上就貽笑大方了。另外，「喬遷」一詞，還可以表達「官職升遷」之意。比如，唐朝張籍就曾經有詩如下：「滿堂虛左待，眾日望喬遷」。

值得注意的是，無論是「遷喬」還是「喬遷」，它們均為不及物動詞。正確的用法是只說喬遷，如「喬遷之喜」、「祝賀喬遷」，而不能說「喬遷新居」、「喬遷新址」、「喬遷新店」。若非要突出新居，欲與新居連用，可說「喜遷新居」。

# 「大肆」原本非放肆

現代漢語詞典對於「大肆」的解釋如下：無顧忌地（多指做壞事）。很明顯，這是一個含有貶義的辭彙。

然而，「大肆」最早的意思卻和字典上的解釋大相徑庭。「大肆」本來是一個禮儀動作，只是這個動作比較奇怪。

周朝有個官職叫「小宗伯」，小宗伯的職責就是掌管國王祭祀的神位和有關五禮的禁令。除此之外，小宗伯的職責範圍之內還有各式各樣的稀奇古

怪工作。在他要做的種種稀奇古怪之事中，就有一件事情叫「大肆」：「王崩，大肆以秬鬯灑。」秬鬯以秬黍（黑黍）為原料釀成的酒，供飲用，作浴液用時須在裡面浸泡鬱金香。就是如果國王死了，這浴液就派上了用場：小宗伯把國王的屍體充分伸展開來，然後用準備好的浴液充分洗滌國王的屍體。這裡出現了一個專有名詞「大肆」，一個死人的軀體被充分撐開以接受洗滌，就是「大肆」。

這個辭彙的意思的演變很不可思議。也許是屍體撐開，其情景過於張揚令人心生嫉妒，也許是國王死後還要如此大費周章令人心生豔羨，不知何時，大肆就和動作誇張過分、心理過於張揚聯想在一起。這才真正稱得上是「死詞」活用。

# 「豐碑」自古不是碑

碑本來指的是沒有文字的堅石或樁，其主要作用有三：一是豎立於宮廟前以觀日影、辨時刻。《儀禮·聘禮》曾說：「上當碑南陳。」鄭玄的注釋是：「宮必有碑，所以識日影，引陰陽也。」二是豎立於宮廟大門內拴牲口。三是古代用以引棺木入墓穴。最早的碑上有圓孔，施轆轤以繩被其上，引以入棺也，亦即下棺的工具（和現在工地上上樓板所用的叼板機的工作原理很類似）。古時往往用大木來引棺入墓，這大木的特定稱呼就是

「豐碑」。秦朝以前的碑都是木製的，漢朝以後才改用石頭。

但並不是每個人都有資格用豐碑來牽引自己的棺材，《周禮》有云：「公室視豐碑，三家視桓楹。」所謂「公室視豐碑」，就是公室成員死後，要用大木立於墓壙的四周，上設鹿盧，用以下棺於壙。該規格本來為天子之制，後來諸侯也僭用之。即使到了春秋戰國時代，對於豐碑的使用範圍仍然有著嚴格的限制。季康子的母親去世之後，公輸般勸說季康子用豐碑來下棺，結果就遭到了別人的一番挖苦（事見《周禮·檀弓》）。

顯然，所謂的豐碑在當時的語境之下，就是一種特殊的葬禮規格。先是只有天子才可使用，後來發展到公室成員，再往後發展到諸侯亦可用。後人沿襲了此種習俗，「舊時王謝堂前燕，飛入尋常百姓家」，一般百姓也學著用起了「豐碑」，他們在自己親人的墳前立起了石頭。只是他們忘了原來的碑是下葬的工具，忘記了碑最原始的功能。

因為忘記了碑的功能，所以，後來有人開始在光禿禿的石頭上開始刻字記錄父輩的功績，這就是今天我們見到的墓碑。

從某種意義上說，武則天的無字碑倒是歪打正著，有點符合古禮的要求。除此之外，其他人就顯得有些東施效顰了。

暢銷好書

# 暢銷好書

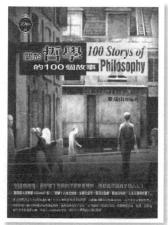

### 關於哲學的100個故事

黎瑞山◎編著　　定價300元

羅馬的哲人西塞羅（Cicero）說：「哲學！人生之導師，至善之良友，罪惡之勁敵，假使沒有你，人生又值得什麼！」

書中的每個故事都饒有趣味，極具經典性和代表性，它們濃縮了哲學的精髓。閱讀這些故事，挖掘、汲取含蘊於其中的哲理智慧，不僅可以對哲學的歷史、思想和人物有更真切的理解，還能獲得啟迪，對事業、生活和感情有所幫助。

### 關於心理學的100個故事

汪向東◎編著　　定價300元

「心理學」一詞來源於希臘文，意思是關於靈魂的科學。主要研究人類的思考、學習、知覺、感覺，以及如何與他人互動和了解自己與別人的科學。

我們生活中的很多心理困惑和苦惱，都是可以在心理學面前迎刃而解的，然而，由於很多人對心理學知識的瞭解還很膚淺或者存在誤解，使得一些問題逐漸惡化，最終造成了不可挽回的損失。

### 關於經濟學的100個故事

陳鵬飛◎編著　　定價300元

經濟學是一門研究人類經濟行為的社會科學，經濟行為就是選擇的行為；我們的生活離不開選擇，了解經濟學可以讓我們做出最明確的選擇。

本書力主簡約不簡單，透過我們日常生活中一些眾所周知的故事，以及一些名人的成功案例等，來詮釋經濟學的理論與方法，並分析、解釋經濟學領域的各種現象，讓一般人也能真正了解經濟並能為己所用。

國家圖書館出版品預行編目資料

中國人最易誤解的文史常識／郭燦金、張召鵬著.
－－初版－－ 台北市：宇河文化出版；
紅螞蟻圖書發行，2007〔民 96〕
面　　　公分，－－(Reading；1)
ISBN 978-957-659-610-0 (平裝)
1.中國語言-成語，熟語-通俗作品 2.中國-歷史-通俗
作品
802.35　　　　　　　　　　　　96004231

Reading 1

# 中國人最易誤解的文史常識

作　　者／郭燦金、張召鵬
發 行 人／賴秀珍
榮譽總監／張錦基
總 編 輯／何南輝
特約編輯／林芊玲
平面設計／龍于設計工作室
出　　版／宇河文化出版有限公司
發　　行／紅螞蟻圖書有限公司
地　　址／台北市內湖區舊宗路二段 121 巷 28 號 4F
郵撥帳號／1604621-1　紅螞蟻圖書有限公司
電　　話／(02)2795-3656（代表號）
傳　　眞／(02)2795-4100
登 記 證／局版北市業字第 1446 號
港澳總經銷／和平圖書有限公司
地　　址／香港柴灣嘉業街 12 號百樂門大廈 17F
電　　話／(852)2804-6687
新馬總經銷／諾文文化事業私人有限公司
新加坡／ TEL:(65)6462-6141　FAX:(65)6469-4043
馬來西亞／ TEL:(603)9179-6333　FAX:(603)9179-6060
法律顧問／許晏賓律師
印 刷 廠／鴻運彩色印刷有限公司
出版日期／2007 年 6 月　第一版第一刷
　　　　　2010 年 10 月　　　第六刷
定價300元　港幣100元

敬請尊重智慧財產權，未經本社同意，請勿翻印，轉載或部分節錄。
如有破損或裝訂錯誤，請寄回本社更換。
本書由中國書籍出版社授權出版

ISBN 978- 957-659-610-0　　　　　　Printed in Taiwan